Der Container
– Sara Konrad Thriller
(Band 4)

Marley Alexis Owen

AF202876

ÜBER DIE AUTORIN

Moin, mein Name ist Marley und ich bin
a) eine Hamburger Deern und
b) das offene Pseudonym von Melanie Amélie Opalka. Sie schreibt seit 2013 Frauenromane für mehr Selbstvertrauen und zum Wohlfühlen und seit 2023 kommt eine Serie Thriller mit einer starken Protagonistin hinzu.

Und bitte vergiss nicht: Als Autorin lebe ich von Sternen und Rezensionen, also freue ich mich auch von dir über eine Bewertung. Ich danke dir sehr.
Bis zum nächsten Buch!

Deine Marley

Der Container
– Sara Konrad Thriller

(Band 4)

Marley Alexis Owen

IMPRESSUM

Dieses Buch ist auch als eBook erschienen.

© 2024 – Marley Alexis Owen

Cover: Laura Newman Design
Lektorat: Kanut Kirches

Herausgeberin im Selfpublishing
Marley Alexis Owen
c/o Block Services
Stuttgarter Str. 106
70736 Fellbach

thriller@marleyalexisowen.com

Herstellung: booksfactory.de ein Service der Print Group Sp. z o.o.
(Polen)
Bestellung und Vertrieb: Nova MD GmbH, Vachendorf

Bibliografische Information der Deutschen Nationalbibliothek:
Die Deutsche Nationalbibliothek verzeichnet diese Publikation in
der Deutschen Nationalbibliografie; detaillierte bibliografische
Daten sind im Internet über http://dnb.dnb.de abrufbar.

ISBN: 978-3-98942-344-2

Es gibt Menschen, die sind wie ein sicherer Hafen.
Du kannst dort immer vor Anker gehen.

(Jochen Mariss)

PROLOG

Es war kurz nach 23 Uhr, als er endlich den Hafen von Rotterdam erreichte. Er konnte die geschäftige Anspannung spüren, die in der Luft lag. Jedes Besatzungsmitglied wartete darauf, mit dem Ent- und Beladen von mehr als 10.000 Containern beginnen zu können.

Dabei war das Verhältnis von Mensch zu Container lächerlich. Auf jedes Mitglied der Crew kamen etwa 1.000 Standardcontainer, die auf einer Länge von 400 Metern in 24 Reihen angeordnet waren. Doch mehr brauchte dieser Gigant nicht – hier wusste jeder Mann präzise, was seine Aufgabe war.

Nur viermal im Jahr befuhr dieser Containerriese der Megamax-24-Klasse die nördlichen Gewässer und es war jedes Mal spannend und herausfordernd. Die See hatte es nicht gut gemeint mit ihnen auf dieser Tour. Den Stürmen auf der Nordsee zum Trotz waren sie mit aller Macht im Zeitplan geblieben. Das hatte an den Nerven gezerrt und die Seeleute waren mehr als normal gefordert worden. Neun Wochen waren sie jetzt auf See und würden weitere zehn brauchen, ehe sie wieder ihren Ausgangshafen Tianjin Xingang erreicht hätten.

Doch das war nicht mehr Teil seines Weges.

Langsam schipperte er vorbei am Prinzessin-Ariane-Hafen und durch den Yangtze-Kanal bis zum Prinzessin-Amalia-Hafen. Überall blinkten Lichter an den Schiffen, Entladebrücken und mobilen Kränen. Es war wie auf einem Jahrmarkt. Unwillkürlich wurde man an das Lied von Frank Sinatra aus den 70ern erinnert: New York, New York und die Zeile die Stadt, die niemals schläft. Nun, wenn er New York schon für schlaflos hielt, dann hatte Sinatra wohl nie einen Containerumschlaghafen gesehen.

Das dumpfe Dröhnen der Dieselmotoren und immer wieder mechanisches Kreischen und Quietschen erfüllten die hereinbrechende Nacht. Trotz der späten Stunde lief hier der Betrieb ohne Unterbrechung weiter und die Lotsen und die Zentrale hatten alle Hände voll zu tun. Vorbei an riesigen Containerschiffen, Frachtern und winzig kleinen Schleppern führte der letzte Teil der heutigen Route zu seinem Anlegeplatz.

Ein Boot des Zolls kam in Sicht und eine Gruppe Männer in orangen Overalls, die über und über verrußt und verölt waren. Zwei Hunde waren mit an Bord. Jack Russel Terrier, die bis in die äußersten und engsten Winkeln eines Schiffes nach Drogen suchen konnten. Doch niemand würdigte seinen Frachter, der unter der Flagge Koreas fuhr, nur eines Blickes. Sie waren nicht das Ziel einer unangekündigten, stichprobenartigen Durchsuchung. Und selbst wenn. Ihm wäre es egal gewesen. Nur die Verzögerung hätte sich als lästig erwiesen.

Das 2.000 Hektar große Hafengebiet *Maasvlakte 2* war neu angelegt und von den Menschen regelrecht in die Nordsee gebaut worden, wie im lächerlich anmutenden Versuch, dem Meer ein paar Meter abzutrotzen. Und sie bauten weiter.

Was für ein sinnloses Unterfangen, wo weltweit der Meeresspiegel stieg und immer mehr Inseln und Küstenstriche unaufhaltsam vom Wasser verschlungen wurden. Aber auch das war ihm egal. Ebenso wie der Fakt, dass er die Stadt Rotterdam gar nicht erblicken würde. Nicht ohne Grund blieben die Giganten der Meere hier weit vorgelagert liegen. Während die eleganten Kreuzfahrtschiffe die Erlaubnis hatten, bis in die Innenstadt hinein zu fahren und dort am modernen Wilhelmina-Pier anzulegen, wurden die großen Containerriesen vor der Küste abgefertigt. Luftlinie 31,89 Kilometer von ihren kleinen, die kostbare menschliche Fracht transportierenden Schwestern entfernt.

Er hatte schon so viele Häfen gesehen, dass mittlerweile einer wie der andere aussah. Und ob 50 Kilometer Fahrtstrecke oder 50.000, Rotterdam war ohnehin nicht sein Ziel.

AMALIAH RWG DS QUAY kam der Schriftzug auf der Kaimauer in Sich, der den heutigen Liegeplatz markierte.

Das Signal zum Bereitmachen von Leinen und Fendern ertönte. Der Lotse signalisierte das Go und das letzte Manöver wurde mit chirurgischer Präzision durchgeführt.

Selbst in diesem automatisierten Teil des Container-Terminals brauchte es bis dato eine Handvoll Menschen, um bestimmte Dinge zu überwachen. Aber niemand sah alles. Wie auch? Mit einem Umschlag von rund 450 Millionen Tonnen im Jahr war Rotterdam der größte Hafen in Europa. Über 12.500 Hektar erstreckte er sich mit einer Gesamtlänge von ungefähr 40 Kilometern.

Hier war er nur einer von vielen. Und in drei Tagen würde er den letzten Abschnitt der Reise antreten mit seiner kostbaren Fracht.

I.

Etwa zur gleichen Zeit stand Sara über dem Grab und wischte sich den Schweiß von der Stirn. Normalerweise wäre es angemessen gewesen, bei einem Besuch ein paar Blumen mitzubringen. Nein, das stimmte nicht. Nicht für sie. Es gab gute Gründe, weshalb sie für die Ruhestätten ihrer eigenen Familie die Dauergrabpflege gebucht hatte. Denn ihr grüner Daumen war noch weniger entwickelt als ihre Kochkünste. Selbst zu anderen Gelegenheiten, wie Jahrestagen oder Ähnlichem, konnte sie mit Blumen nichts anfangen. Schon gar nicht um vier Uhr morgens auf dem Friedhof.

Sie streckte den schmerzenden Rücken durch, stieß den Klappspaten in den kleinen Erdhaufen und betrachtete ihr Werk.

Das Loch vor ihr war weniger als einen halben Meter breit und lang, dafür einen guten Meter tief. Sie hatte es vorsichtig ausgehoben, um nicht den Sarg darunter freizulegen oder gar zu beschädigen. Jetzt musste es tief genug sein, damit ihr Schatz nicht versehentlich entdeckt wurde.

Sie blickte sich wiederholt um, doch um diese Zeit war der Ohlsdorfer Friedhof nicht nur nicht für den Publikumsverkehr geöffnet, sondern es war auch wirklich noch keine Menschenseele hier. Ganz wie sie es sich gedacht hatte.

Behutsam senkte sie die witterungsbeständige Kunststoffbox, die sie bei einem Onlinehändler für

Militärbedarf bestellt hatte, in das Loch und stellte sie auf dem Boden ab. Dann schaufelte sie die Grube zügig zu. Wie vorherzusehen gewesen war, hatte sie zu wenig Erde, um den Erdboden wieder ebenerdig abzuschließen. Also stand sie auf und ging zur Schubkarre hinüber, um sie näher heranzufahren. Mit dem Spaten schichtete sie solange Mutterboden um, bis das Beet eingeebnet war und alle Pflanzen wieder in Reih und Glied blühten. Sie vergaß nicht einmal, die Blumen anzugießen, damit sie schnell wieder anwuchsen und ihr nächtlicher Besuch gänzlich unbemerkt bliebe. Suchmaschinen-Recherche sei Dank.

Das vorangegangene Ausspähen hier hatte sich bezahlt gemacht. Sie hatte ausgekundschaftet, wo die Gärtner ihre Sachen aufbewahrten und wo sie sich für ihren Zweck zusätzliche Erde beschaffen konnte. Sie hatte gewartet, bis in der Nähe von der von ihr ausgewählten Grabstätte gearbeitet worden war und hatte speziell diese Nacht genutzt, um ihr Vorhaben umzusetzen.

Sie brachte das geliehene Werkzeug an den Platz, wo sie es vorhin gefunden hatte, und kehrte noch einmal zum Grab zurück.

Wie reizend, dass die Vögel schon singen, dachte sie und grinste.

Lisa Maria Penkert, geliebte Ehefrau und Mutter, geboren am 15.3.1927, gestorben am 23.9.2017 stand auf dem Grabstein. Gleich daneben war das Grab von ihrem Mann, Georg Penkert.

Zunächst hatte Sara darüber nachgedacht, nach Berlin zu fahren, um das Sicherheitspaket dort bei ihrem Vater zu begraben. Aber dann war ihr eingefallen, dass Max, ihre neue Führungsperson, gesagt hatte, sie solle das Päckchen nicht nur sicher verwahren, sondern jederzeit Zugriff darauf haben. Und für diesen Zweck war Berlin von Hamburg aus einfach zu weit – da waren die Gräber der verstorbenen Eltern ihrer Nachbarn und Vermieter ihr gerade recht gekommen. Sie waren gepflegt und würden über Jahrzehnte erhalten bleiben. Und das Beste war, dass garantiert niemand auf die Idee kommen würde, ausgerechnet hier nach der unverwüstlichen kleinen Kiste mit ihren falschen Pässen und den Geldbündeln zu suchen.

Zufrieden sah sie sich um. Wäre sie religiöser gewesen, hätte sie vielleicht gebetet – oder wie in alten Zeiten salutiert. So nickte sie nur einmal, schnappte sich ihre Jacke und ihren Rucksack und joggte wieder los Richtung Ausgang Bramfelder Chaussee, wo in einer Seitenstraße ihr Wagen parkte.

II.

Piotr Matysiak zog lautlos die Tür hinter sich ins Schloss. Ewa musste morgen wieder um 4 Uhr aufstehen, um zur Arbeit zu gehen, und war bereits seit Stunden im Bett. Also bemühte er sich, so leise wie möglich zu sein.

Wenn er Nachtschicht hatte, sah er sie manchmal tagelang nicht. Aber sie beklagte sich nicht. Sie war eine gute Frau, eine hart arbeitende – und bescheiden.

Sie hatte nicht geklagt, als er vor zwanzig Jahren angefangen hatte, LKWs für eine Spedition nach Deutschland und weiter in den Westen zu fahren. Sie hatte nichts gesagt, als er vor fünfzehn Jahren entschied, für lange Monate am Stück auf den Großbaustellen überall in Deutschland zu arbeiten. Das Geld war gut, nur die Unterbringung schlecht und von Versicherungen wollten die Auftraggeber meist nichts hören. Deshalb hatte sie sichtlich aufgeatmet, als er vor acht Jahren entschied, nicht mehr zwischen ihrer Heimatstadt Zagórów und Deutschland zu pendeln, sondern sich im Hamburger Hafen fest anstellen zu lassen und damit eine Arbeitserlaubnis zu erwirken. Diese hatte es ihm auch ermöglicht, Frau und Tochter nachzuholen.

Obwohl sie bis heute kaum ein Wort Deutsch sprach, hatte Ewa sich nie beschwert. Sie war wirklich eine gute Ehefrau gewesen, seit sie mit gerade 18 geheiratet hatten.

Piotr zog seine Schuhe an, die wie immer aufgereiht auf dem Treppenabsatz warteten, und stöhnte leise, als er hochkam. Aufgrund der vielen körperlichen Arbeit spürte er jedes seiner 39 Jahre doppelt und dreifach. Trotzdem stahl sich jetzt ein Lächeln auf sein Gesicht, als sein Blick auf das weiße Paar Sneaker neben seinen ausgetretenen Latschen sah. Wie hatte seine Tochter sich über diese Schuhe gefreut. Und wie gut sie sie pflegte, dass sie noch immer aussahen wie neu, obwohl ihr Geburtstag schon fast neun Monate zurücklag.

Er hatte Martyna bei ihren Hausaufgaben zugesehen, während er seine Thermokanne mit Kaffee befüllt hatte. Helfen hatte er ihr nicht können. Voller Bewunderung hatte er heimlich seiner 15-Jährigen über die Schulter geschaut, als sie auf dem Tablet, das er letztes Jahr gebraucht von einem Kollegen gekauft hatte, ein Referat über den Bau und die Funktion von Zellen im menschlichen Körper verfasste. Stolz durchflutete seine Brust. Sie ging in die zehnte Klasse des Friedrich-Ebert-Gymnasiums und hatte die besten Chancen, ein Abitur mit einem Einserschnitt zu machen. Womit hatte er nur dieses kluge Mädchen verdient?

Auch sie klagte nie, dass sie nicht diverse Paare Schuhe hatte wie ihre Freundinnen oder wenn sie nur ein gebrauchtes Tablet statt einem nagelneuen iPad bekam. Seine Augen wurden feucht. Er schluckte heftig gegen den aufwallenden Gefühlscocktail an, der ihm den Hals zuschnürte. Was hatte er für zwei wundervolle Frauen. Und in welche Gefahr hatte er sie gebracht.

Mit dem Handrücken fuhr er sich über die Augen und zog die Kapuze seines Sweatshirts auf den Kopf.

»Dieses Mal ist das letzte Mal«, schwor er sich und schlich leise die knarrenden Stufen hinunter.

III.

Es war dunkel in der Tiefgarage und die feuchte Luft müffelte.

Eine der Leuchtröhren hatte offensichtlich einen Wackelkontakt und das Licht flimmerte. Ein Wagen fuhr um die Ecke auf der Suche nach einer freien Lücke. Durch die Betondecke dröhnte der Bass von oben. Die letzten Kurse waren in vollem Gange. Einzelne Menschen tropften durch die Tür zum Treppenhaus und gingen zielstrebig zu ihren Wagen.

Der Verkäufer stand mit der Kapuze tief in die Stirn gezogen an eine Säule gelehnt zwischen zwei Autos da. Die Ärmel des übergroßen, grauen Sweatshirts waren an den Schulternähten abgetrennt worden und ließen den Blick auf die überdurchschnittlich gut trainierten Oberarme frei. Beidseitig zierten Tattoo Sleeves die Haut vom Handgelenk bis unter den Rand des Pullovers. Das Gesicht war in der dunklen Garage nicht zu erkennen, doch das brauchte der Kunde auch nicht.

Er betrat das Parkdeck aus Richtung der Abfahrt und warf seine Sporttasche von der rechten über die linke Schulter. Dann blickte er sich unauffällig einmal um, ehe er auf den Verkäufer zusteuerte.

Die beiden Parteien begrüßten sich jeweils mit einem kurzen Kopfnicken. Sie kannten sich vom Sehen. Nicht, dass sie Freunde gewesen wären. Doch wer hier kaufte, gehörte zu einem auserwählten kleinen

Kreis und kam auf persönliche Empfehlung. Diese Bedingung war es, die beide Seiten schützte und ihnen die nötige Anonymität garantierte.

»Was brauchst du?«

»Hast du wieder das in den Fläschchen?«

Der Verkäufer schüttelte knapp den Kopf.

»Nein, heute noch nicht. Nächste Woche habe ich wieder alles da und du wirst staunen, die Qualität ist der Hammer. Die Proben haben alles getoppt. Hier, ich habe noch die für dich.«

Ein Päckchen Tabletten wechselte die Hand. Der Kunde zuckte mit den Schultern und verlangte: »Dann gib mir noch was von den blauen dazu und wir sind fein. Also Montag?«

»Dienstag, um auf Nummer sicher zu gehen. Und ich leg dir was zurück. Wie viel willst du?«

»250 für 4.«

»Kein Problem, kriegst du.«

»Und ich hätte da noch jemanden.«

»Safe?«

»Absolut, ein Kollege von mir.«

»Okay, stell ihn nächstes Mal vor.«

Der Kunde nickte, schob dem Verkäufer einige abgezählte, zusammengefaltete Scheine in die Hand und verabschiedete sich wieder mit einer kurzen Kopfbewegung. Die Päckchen verschwanden unauffällig in der Seitentasche seiner Sporttasche. Dann wandte er sich in Richtung des Treppenhauses, um nach oben ins Fitnessstudio zu gehen. Im Vorbeigehen streifte sein Blick eine topfitte Frau mittleren Alters. Sie sah ihn nicht an, sondern steuerte ebenfalls das Parkdeck an. Der Verkäufer wartete, bis seine nächste Kundin bei ihm war.

IV.

Mit dem Klingeln des Handyweckers drehte Lukas sich um und wollte seinen Arm um Sara legen, doch als sein Unterarm zum Liegen kam, stellte er fest, dass ihre Bettseite leer und kalt war. Er rappelte sich hoch und lauschte.

Keuchender Atem.

»Und, wie viele Push-ups hast du?«

Saras Kopf tauchte von unten über der Bettkante auf ihrer Seite auf und sie grinste ihn an.

»Na, mehr als du jedenfalls, Surferboy.«

Lukas lachte und struwwelte sich durch sein braunes, volles Haar.

»Na, den Titel verdiene ich ja nun wirklich schon lange nicht mehr, aber wie wäre es, wollen wir vielleicht für den Herbst mal schauen, ob wir nicht zwei Wochen irgendwo am Meer Urlaub machen?«

Sara hatte sich auf das Bett gesetzt und ließ sich zu ihm hinüberrollen. Er zog sie an sich und küsste sie zärtlich.

»Schöne Idee«, murmelte sie und rieb sich an seinen Bartstoppeln.

»Wann musst du heute los?«

Lukas gähnte und überlegte.

»Ich weiß gar nicht genau, ich glaube, mein Flieger geht erst gegen 10 Uhr oder so. Also, keinen Stress. Und der Kunde ist eh entspannt. Wir machen die Installationen diese Woche, danach die Hausmesse das ganze Wochenende und anschließend komme ich Sonntagnacht direkt wieder.«

»Soll ich dich abholen?«

»Nee, das ist Quatsch mit der Kleinen. Ich nehme mir ein Taxi. Mach dir keinen Kopf. Aus Oslo sind die Flieger ja meist pünktlich … obwohl um die Zeit? Da will ich nicht, dass ihr nachts womöglich sinnlos am Flughafen steht und auf mich wartet.«

Sie zuckte mit den Schultern und kuschelte sich wieder an. Ein paar Tage ohne Lukas waren kein Problem. Renée ging jetzt bis nachmittags zu ihrer Tagesmutter Anja und wenn sie abends außer der Reihe was vorhatte, konnte sie ja Nele anrufen.

Heute Abend käme die sowieso vorbei. Also erlaubte sie sich, für weitere fünf Minuten Lukas' Nähe zu genießen.

Es fühlte sich immer noch gut an, neben ihm aufzuwachen. Und niemand war überraschter als sie selbst, dass es schon zwei Jahre waren, seit sie damals – wenige Wochen nach ihrem mehr als spontanen One-Night-Stand in Paris – in Hamburg aufgetaucht war, um ihm mitzuteilen, dass sie schwanger sei. Wenn sie sich an den Moment erinnerte, lief ihr jedes Mal ein Schauer über den Rücken. Die Schwangerschaft, ihr posttraumatisches Belastungssyndrom und mittlerweile ihr neuer Job … ja, sie hatten wirklich in kürzester Zeit schon eine ganze Menge durchgemacht.

Sara lehnte sich ein Stück zurück, um ihren Mann betrachten zu können. Er hatte noch mal die Augen geschlossen und ein zufriedenes Lächeln umspielte seine Lippen. Ja, sie fand ihn nach wie vor toll. Vor allem dafür, dass er sie als Soldatin nahm, wie sie war.

Er öffnete ein Auge und schielte sie an.

»Was? Spucks schon aus!«

»Nichts«, grinste sie zurück. »Ich habe nur gerade überlegt, dass dir ein paar Push- und Sit-ups auch nicht schaden würden.« Sie tätschelte seinen Bauch.

»Bitte?« Mit einem Schlag war er hellwach und warf sich auf sie, um sie durchzukitzeln. Und auch wenn er ihre 1,82 m mit sieben Zentimetern toppte und für einen Manager im IT-Bereich ziemlich fit war, wäre es ihr als ehemalige Angehörige einer militärischen Eliteeinheit ein Leichtes gewesen, ihn aus dem Bett zu werfen. Doch heute früh gönnte sie ihm seinen Triumph und hielt ihn nur minimal in Schach.

»Das nimmst du sofort zurück.«

»Schon gut«, lachte sie und lenkte ein, »dann sieh zu, dass du Kaffee machst, du junger Adonis, und ich kümmere mich um die Maus.«

Wie bei einer Huldigung setzte er sich auf und grüßte mit dem Handrücken.

»So ist es recht, Weib.«

Sara warf ihm nur einen schiefen Blick zu und verschwand hinüber in das Zimmer ihrer Tochter.

Renée lag bäuchlings in ihrem Bett. Die Decke hatte sie weggestrampelt und beide Beine unter sich angezogen, sodass sie aussah wie eine kleine, zusammengerollte Raupe. Ihr strohblonder Schopf stand in verschwitzten Löckchen von ihrem Kopf ab. Die Wangen waren gerötet, und sie schmatzte zufrieden im Schlaf.

Sara hockte sich neben das Kleinkind und legte ihr behutsam die flache Hand auf den oberen Rücken. Bei der ersten Berührung schoss die Kleine hoch in den Sitz und rieb sich mit beiden Fäusten über die Augen. Dann blinzelte sie Sara an.

»Mama«, verkündete sie laut und deutlich.

Sara lächelte versonnen und ihr wurde sofort warm ums Herz. Wie immer, wenn sie dieses Kind ansah, dessen Existenz an ein kleines Wunder grenzte, war sie hin und hergerissen zwischen Oh und Ach. Einerseits war es eine unbeschreiblich schöne Erfahrung, trotz ihres zu hohen Testosterons und ihres Berufs damals als Scharfschützin überhaupt Mutter geworden zu sein. Andererseits bekam sie durch die damit einhergehende Verantwortung und die Größe dieses Jobs immer wieder eine Gänsehaut. Doch in diesem Moment war es okay, und sie betrachtete lächelnd das kleine Mädchen, das vor wenigen Tagen die magische 18-Monats-Marke passiert hatte. Wie groß sie schon war und wie schnell das alles ging.

Saras Blick fiel auf die Uhr mit dem Teddybären, die im Kinderzimmer an der Wand hing, und sie erhob sich.

»Komm, Maus, wir müssen aufstehen. Auf dich wartet Anja und auf mich wohl Max. Mal sehen, was die Sisterhood demnächst so mit mir vorhat.«

Nach ihrem letzten Einsatz in Afghanistan hatte sie etwas Zeit gehabt, sich zu sortieren, zu heilen und ihre Ausbildung als Aktive abzuschließen. Ganz ihrem Standard entsprechend hatte sie alle Prüfungen mit Auszeichnung bestanden. Seither hatte sie nur an einer kleineren Operation mitgewirkt. Noch immer hatte sie kein wirkliches Gefühl dafür, aufgrund welchen Kriterien die Missionen ausgewählt wurden. Nach ihrem lebensgefährlichen Einsatz in Afghanistan hatte es sich fast albern angefühlt, dieses Rattennest voller Skinheads auseinanderzunehmen, das ein Frauenhaus in Lübeck terrorisiert hatte. Wichtig, natürlich, vor allem, für die Frauen, die dort Unterschlupf gefunden hatten – aber die Dimension der Mission im größeren

Zusammenhang war in ihren Augen doch eher … nun ja, bescheiden gewesen.

Max, Saras Führungsperson, hatte ihr wiederholt versprochen, dass sie schon bald die Verantwortlichen kennenlernen und weitere Einblicke erhalten würde, doch darauf wartete sie bislang vergeblich. Also zwang sie sich zu entspannen und beobachtete. Und was sie sah, war mehr als interessant.

Die Besetzung in der Trainingshalle variierte nicht groß. Alles in allem hatte die Sisterhood etwa zehn aktive Frauen wie Sara, die abwechselnd über unregelmäßige Zeiträume verschwanden. Auf Missionen, folgerte Sara, denn gesagt wurde ihr ja bekanntlich nichts, was sie nicht unbedingt wissen musste. Super Taktik. Trieb sie auch nur mittelschwer in den Wahnsinn. Doch bislang hatte ihr gefürchteter Konrad-Blick keine Wirkung bei Max gezeigt.

Da Jay, ihre Trainingspartnerin, schlagartig nach ihrer eigenen Rückkehr verschwunden war, hatte Max Saras weitere Ausbildung übernommen, die in Anbetracht ihrer vorangegangenen Erfahrungen in Eliteteams und natürlich dem ruhmhaften Ausgang ihrer Mission in Afghanistan zügig abgeschlossen wurde.

Sara konnte es nur recht sein, sich nicht mehr derart unter Aufsicht vorzukommen. Dass sie immer noch die Neue im Team war, ließ sich nicht ändern und dass sie dank ihres eher unorthodoxen Vorgehens beim letzten Auftrag von einigen sogar mit einer gewissen Zurückhaltung betrachtet wurde, konnte sie ebenso wenig leugnen. Beides würde sich früher oder später geben. Wenigstens mit Jay war sie mittlerweile fein.

Die brünette Draufgängerin fehlte ihr, auch wenn Sara das natürlich nie zugegeben hätte. Aber Jay war zu einer der wenigen Konstanten geworden und ohne sie und den ewigen Wettbewerb mit ihr war Sara fast ein wenig langweilig.

Sie seufzte. Ohne darüber nachgedacht zu haben, hatte sie Renée nebenbei gewaschen, gewickelt und wieder angezogen. Sie spielte mit den kleinen Füßen und Renée rappelte sich hoch, um sich hinzusetzen.

Sara nahm sie auf den Arm und ging mit ihr hinunter in die Küche, um die Kleine ihrem Vater zu überlassen, während sie unter die Dusche sprang.

Vor dem Spiegel betrachtete sie ihren frisch geschnittenen weißblonden Undercut und musterte die mittlerweile verblassende zartrosa Narbe an ihrem Oberarm, die von einem Streifschuss aus der Wüste stammte. Sara grinste. Ihre gesamte Militärzeit hatte sie ohne nennenswerte Verletzungen überstanden, von ein paar Abschürfungen und Gehirnerschütterungen abgesehen. Kurz wanderten ihre Gedanken zu dem schweren Autounfall, der auf so traumatische Weise ihr Ausscheiden aus der Bundeswehr nach sich gezogen hatte, doch selbst bei dem hatte nur ihr Kopf was abbekommen. Kaum war sie jedoch Zivilistin geworden, hatte sie sich zunächst beim Training mit Max eine Rippe gebrochen und war bei ihrem ersten Einsatz für die Sisterhood angeschossen worden.

»Nicht wie geplant, da musst du echt besser werden«, murmelte sie und schloss die Inspektion ihres austrainierten Körpers ab. Sich im Spiegel fixierend fügte sie hinzu: »Du musst jetzt auf dich selbst aufpassen, Konrad.«

Die Reflexion der Frau grinste und zwinkerte ihr zu. Genauso, wie sie es liebte.

V.

19.23 Uhr. Sara tigerte im Haus auf und ab. Immer wieder warf sie abwechselnd einen Blick aus dem Küchenfenster, das zur Straße hin lag und auf die Uhr über dem Küchentresen.

»Wo bleibt sie denn nur?«, murmelte sie und presste die Zähne zusammen. Sie hasste Unpünktlichkeit. Sie selbst war nie unpünktlich – und normalerweise war Nele es auch nicht.

An sich war nichts Dringendes los. Sie hatte nur als Ausgleich zu der Klettereinheit, die sie am Vormittag bei der Sisterhood absolviert hatte, vorgehabt, eine Runde zu laufen. Lisha, die junge Frau mit der beneidenswert samtigen Haut und dem etwas plapperigen Mundwerk, hatte es empfohlen. Sie waren sich vor ein paar Wochen an der Kletterwand das erste Mal begegnet. Lisha war einen Hauch jünger als Sara und hatte bereitwillig erzählt, dass ihre Mutter Britin und ihr Vater Ghanaer seien und sie frisch aus Großbritannien übergesiedelt wäre. Was genau sie dort für die Sisterhood getan hatte, oder warum sie jetzt in Hamburg war, hatte sie nicht erwähnt. An der Stelle war sie ebenso verschwiegen, wie alle Aktiven, denen sie im Training begegnete. Aber Klettern war offenbar Lishas Lieblingsdisziplin, und sie hatte Sara einige wertvolle Tipps gegeben.

Weitere fünf Minuten vergingen und endlich konnte Sara ein Auto hören, bevor sie es sah. Genauer konnte sie den Bass durch die Scheiben vibrieren spüren. Dann hielt der aufgemotzte BMW vor ihrer Auffahrt und die Beifahrertür schwang auf. Es dauerte einen Moment, bis erst ein Fuß und dann ein weiterer in Sicht kamen.

Sara runzelte die Stirn. Die Füße waren nackt. Schließlich gelang es einer schlanken Gestalt, sich aus dem Inneren des Wagens zu winden. Erst auf den zweiten Blick gelang es Sara, das blasse Etwas mit den komplett verwuschelten Haaren als ihre Babysitterin zu identifizieren. Der Jeansmini hing auf halb acht und ihr buntes Top war so verrutscht, dass eine Brust fast heraushing. Hinter ihr wurden aus dem Wageninneren zwei weiße Sneaker und eine Handtasche in die Auffahrt geworfen. Der Fahrer gab Gas, die Tür schwang von dem Momentum zu und die junge Frau wankte strauchelnd in Richtung Haustür.

Saras Magen zog sich zusammen, als habe sie einen Liter kaltes Wasser auf einmal hinuntergestürzt. Sie drehte sich um, war in wenigen Sätzen bei der Tür, riss sie auf und erreichte Nele rechtzeitig, bevor diese halb auf dem Bürgersteig ohnmächtig wurde. Intuitiv hob Sara den Kopf und starrte dem trotz 30-Zone davonrasenden Wagen nach. Das Kennzeichen war gut zu erkennen und brannte sich in ihr Gedächtnis.

»Nele, Nele!«, sprach sie das Mädchen an, das mit flatternden Augenlidern in ihren Armen hing. Unzusammenhängende Laute kamen aus ihrem Mund und Sara entschied, dass sie erst mal von der Straße mussten. Sie stand auf und schob sich von der Seite vor die junge Frau, sodass sie diese, wie sie es mit ihren Kameraden gelernt hatte, auf dem Rücken tragen konnte. Sie legte sie drinnen auf der Couch so behutsam ab wie möglich.

Die Jüngere stöhnte auf und rollte sich sofort seitlich in Embryonalstellung zusammen.

In Saras Adern pulsierte Adrenalin. Schnell checkte sie die Vitalwerte des Mädchens und stellte fest, dass sie benommen wirkte, die Pupillen geweitet waren und der Puls eher langsam ging. Sie überlegte, direkt einen Notarzt zu rufen …

»Nele«, erklang es fröhlich von unten und Renée kam auf ihren wackeligen Beinchen angelaufen und tätschelte das Gesicht, auf dem das Make-up in alle Richtungen verschmiert war.

»Nele muss sich ein bisschen ausruhen, Schätzchen«, sagte Sara in beruhigend leisem Ton und nahm ihre Tochter auf den Arm, die eigentlich längst ins Bett gehört hätte. Sie selbst steckte in ihren Laufklamotten. Doch jetzt musste sie ganz schnell umdisponieren.

Sie wiegte ihr Kind auf dem Arm und schaute besorgt auf die junge Frau auf ihrer Couch. In der Position, in der die lag, kam sie nicht umhin, festzustellen, dass sie keine Unterwäsche trug, dafür aber die Innenseiten der Oberschenkel zahllose blaue Flecken aufwiesen und die Knie Brandwunden, wie sie durch Reiben auf dem Teppich entstanden. Sara schluckte hart. Sie brauchte keine Medizinerin zu sein, um sofort eine Ahnung zu haben, was hier passiert sein mochte. Ihre Besorgnis wuchs.

Auf ihrem Arm gähnte Renée und verlangte nach Bobo, was der Name ihres Lieblingsteddys war, ein sicheres Zeichen, dass die Kleine ins Bett musste. Sie sah sich suchend nach ihrem Handy um.

»Ich bring dich gleich ins Bett, Mäuslein, ich rufe nur schnell einen Krankenwagen für Nele …«

»Nein«, rief diese und fiel sofort, wie von der kurzen Anstrengung überwältigt, wieder auf die Couch zurück, »bitte nicht ...« Die ohnehin nur schwache Stimme brach und verstummte.

Sara überlegte blitzschnell. Wenn sie sich selbst um Nele kümmern musste, dann musste sie als erstes Renée versorgt wissen. Lukas war bis einschließlich Sonntag auf Geschäftsreise, also keine Hilfe. Blieb nur Manuela Penkert, ihre Nachbarin und Vermieterin, die ihr Nele als Babysitterin empfohlen hatte. Die hatten vor gar nicht langer Zeit schon einmal angeboten, dass Renée jederzeit bei ihnen schlafen dürfe, wenn Lukas und Sara mal etwas vorhätten. Und ein erster Versuch hatte erstaunlich problemlos funktioniert.

»Dann wollen wir mal schauen, ob Tante Manuela dich ins Bett bringen kann?«, sagte sie leise und küsste ihre Kleine auf die Schläfe.

Nele lag zusammengekrümmt auf der Couch und mittlerweile liefen Tränen aus ihren geschlossenen Augen. Sara war sich sicher, dass die junge Frau wach war und nur die Lider so fest zusammenpresste, um einem Gespräch zu entgehen. Laut sagte sie:

»Ich bringe nur schnell die Kleine zu Penkerts und dann kann ich dich ins Krankenhaus fahren.«

Keine Reaktion. Nur eine weitere Träne.

Saras Entschlossenheit wuchs. Sie wählte den kürzesten Weg über die Terrasse und klopfte an der Tür zum Garten bei ihren Nachbarn. Binnen Sekunden wurde die Gardine zurückgezogen und Gerds Gesicht erschien an der Scheibe. Seine Überraschung wich einem breiten Lächeln, als er Sara und Renée in ihrem zauberhaften Einteiler mit Entchen darauf erblickte.

»Na, ihr zwei Süßen, was verschafft uns denn die späte Ehre?« Seine Jungs hatten ihn noch immer nicht zum Opa gemacht und umso mehr legte er sich bei Renée ins Zeug.

Sara nickte ihm zu und zwang sich zu einem Lächeln, um ihn nicht zu alarmieren.

»Hallo Gerd, sag, ist Manuela zufällig auch da …«

Ehe sie ihre Frage vollenden konnte, erschien seine Frau schon neben ihm an der Tür und lächelte ebenfalls erfreut und erstaunt zugleich.

»Was macht ihr denn hier, will da etwa jemand nicht schlafen?« Sie hatte die Hand nach Renée ausgestreckt, die sich spontan vorlehnte, um auf ihren Arm überzusiedeln.

Sara ließ es geschehen und wählte dabei ihre Worte sorgfältig.

»Doch, eigentlich ist sie total müde, aber Nele hatte leider einen kleinen Unfall, und ich sollte sie besser zum Arzt fahren. Kannst du Renée ins Bett bringen? Lukas ist doch noch in Oslo.«

Die Penkerts tauschten einen besorgten Blick und sahen dann beide aufmerksam Sara an. Sie wussten so gut wie nichts von ihrer großen schweigsamen Nachbarin, doch, dass selbige eine Frau der Tat war, der es nicht leicht fiel, um Hilfe zu bitten, und die ihre Tochter liebte, war für sie klar.

»Was ist denn mit Nele? Geht es ihr gut?«, fragte Manuela besorgt und wollte gleich hinüberlaufen, doch Sara hielt sie mit einem einzigen Blick zurück.

»Sie wird okay sein, aber jetzt muss ich wirklich los.«

Ihre ältere Nachbarin sah beunruhigt zu ihrem Mann, doch der nickte nur und beschied: »Geh. Wir haben deine Nummer, Manuela legt die Kleine bei uns oben hin, ihr Reisebett steht da eh noch. Wir passen schon auf sie auf. Melde dich, wenn du weißt, wie es dem Mädchen geht. Sollen wir ihre Eltern anrufen?«

Stimmt, dachte Sara, Neles Eltern waren mit den Penkerts befreundet. Sie mussten informiert werden, allerdings war Sara nicht sicher, ob das ohne Neles Einverständnis geschehen sollte. Zunächst musste sie herausfinden, warum sie zu ihr gekommen und nicht direkt nach Hause gefahren war.

Langsam schüttelte sie den Kopf.

»Ich denke, dass kann Nele gleich selbst tun«, sagte sie so bestimmt wie möglich. Die Penkerts nickten. Für einen Augenblick standen alle da und wussten nicht, was sie sagen sollten. Sara fiel es schwer, Renée so ad hoc allein zu lassen, doch sie hatte keine andere Wahl. Also trat sie einen Schritt vor und küsste ihr Kind noch einmal. Dann nickte sie den beiden älteren Herrschaften zu.

»Danke, ich melde mich nachher.«

Als sie ging, vernahm Sara Renées Protestgeschrei, die nun auch erfasste, dass irgendetwas nicht war, wie es sein sollte. Sara biss die Zähne zusammen und schloss rasch die Terrassentür hinter sich.

Sie lehnte sich von innen dagegen und überlegte ihre nächsten Schritte. Dann ging sie hinüber zu Nele, die unverändert dalag, allerdings mittlerweile am ganzen Körper zitterte. Mit einer Hand nahm sie die Decke von der Couch und bedeckte die junge Frau. Dann hockte sie sich neben ihren Kopf und strich ihr behutsam eine Strähne aus der Stirn.

»Nele«, sagte sie leise.

Zur Antwort presste die andere nur Lider und Lippen noch fester zusammen.

»Ich weiß, dass du mich hören kannst. Du musst nichts sagen. Ich kann mir denken, was passiert ist. Ich werde dich jetzt ins Krankenhaus bringen, denn du brauchst medizinische Hilfe.«

Jetzt riss Nele die Augen auf und begann heftig den Kopf zu schütteln.

»Nein, nein, die rufen die Polizei … meine Eltern …«
Ein Schluchzen entrang sich ihrer Brust.

Sara schnürte es den Hals zu. Empathie war nicht ihre starke Seite. Ihre intuitive Reaktion auf eine derartige emotionale Spannung wäre gewesen, sich auszupowern, laufen zu gehen oder irgendwas kurz und klein zu schlagen. Doch hier nützten weder Aggression noch Wut. Stattdessen zwang sie sich ruhig, aber nachdrücklich zu entgegnen: »Mach dir keine Sorgen. Du bist doch jetzt volljährig. Es gilt die ärztliche Schweigepflicht. Wir können dir medizinische Hilfe besorgen, ohne dass jemand etwas davon erfahren muss. Es sei denn du möchtest das … vielleicht später.«

Das Kopfschütteln hatte aufgehört und Neles wässrig blaue Augen sahen sie an.

»Ehrlich?«

»Ja, versprochen. Wir müssen nur hinfahren, um sicherzustellen, dass …«, Sara wählte ihre Worte mit Bedacht, »dass du wieder in Ordnung kommst.«

Nele schloss noch einmal die Augen und Sara sah, wie es hinter ihrer Stirn arbeitete. Dann nickte sie kaum merklich.

Das genügte Sara. Sofort half sie ihr, sich in die Decke gehüllt aufzusetzen. Da sie sich instinktiv auf einem Arm abstützte, um das Gleichgewicht zu halten, eilte Sara rasch hinüber in die Küche und holte ihr ein Glas Wasser. Nele trank in kleinen Schlucken und nickte Sara dann zu.

Diese wickelte die Decke um ihre Schultern und half dem Mädchen auf die Füße. Nele schwankte und lehnte sich gegen Sara.

Es war erschreckend festzustellen, wie zerbrechlich sie sich anfühlte. Sara hielt sie so behutsam, wie ein rohes Ei. Schritt für Schritt führte sie sie nach draußen und zum Wagen. Im Vorbeigehen griff sie ihr Slingbag, einen Handtaschenersatz, der nur über eine Schulter geworfen, wie ein Köcher für Pfeile, getragen wird, und nahm auch ihr Smartphone mit. Erst als die junge Frau saß und den Sicherheitsgurt anlegte, schoss Sara los, sammelte ihre Schuhe und Tasche von der Auffahrt und warf alles in den Fußraum hinter ihrem Sitz. Dann gab sie Gas.

Während der Fahrt warf sie immer wieder einen Blick auf ihre Beifahrerin, die die Augen geschlossen hatte. Das Navi zeigte zwölf Minuten bis zur Notaufnahme und Sara versuchte, nicht unnötig zu rasen. Nele hatte ihren Kopf seitwärts gegen das Fenster der Beifahrertür gelehnt. In die Decke versunken hatte sie die nackten Füße auf den Sitz gezogen und weinte lautlos vor sich hin.

Sara brannten tausend Fragen auf der Zunge. Doch aus Angst, es für das Mädchen nur schlimmer zu machen, schwieg sie.

An einer Ampel wandte sich Nele ihr unvermittelt zu und fragte fast unhörbar: »Ist dir das schon passiert?«

Sara nahm den Fuß vom Gas und sah das Mädchen an. War das der Grund, warum sie sie ausgewählt hatte? Weil sie dachte … Die blauen Augen hatten Mühe zu fokussieren und ihr Blick flatterte von Saras einem Auge zum anderen, als würde sie nach der Antwort suchen.

Sara schluckte hart. In ihrer Erinnerung tauchte ein dunkler Verschlag irgendwo in Afghanistan auf. Grobe Männerhände, die ihre Arme und sie auf einen Tisch fixiert hielten … langsam schüttelte sie den Kopf.

»Nein«, antwortete sie und fügte dann, ohne mit der Wimper zu zucken hinzu, »aber ich war einmal sehr, sehr kurz davor.« Sie musste sich zwingen, dem Blick der jungen Frau standzuhalten. Das hatte sie niemandem erzählt. Weder Max und Jay beim Debriefing nach ihrer Rückkehr noch Lukas, als sie nach Hause gekommen war. Sie hatte es in ihrer Erinnerung verschlossen. Wie so viele Erfahrungen, die sie bei Einsätzen rund um die Welt gemacht hatte. Und das war okay gewesen. Vor allem, weil es nicht zum Äußersten gekommen war – und sie die Männer alle bestraft hatte. Damit konnte sie definitiv umgehen.

Nele schien das Zugeständnis zu genügen. Sie zog die Decke bis übers Kinn, starrte jetzt blind durch die Windschutzscheibe und flüsterte: »Ich wusste, du würdest es verstehen … meine Eltern …« wieder brach ihre Stimme und sie konnte nicht weitersprechen.

Saras Blick fiel auf die Ampel, die längst grün war, und sie gab Gas. Einem Impuls folgend fuhr sie nach der Kreuzung auf einen Haltestreifen an der Seite und stellte den Motor aus. Alles in ihr sträubte sich dagegen, doch sie wusste genau, was sie zu tun hatte.

Sie wandte sich in ihrem Sitz nach rechts, streckte ihre Hand über die Mittelkonsole und ließ sie mit der Handfläche aufwärts so liegen, dass die junge Frau sie jederzeit nehmen konnte. Dann fragte sie leise und so neutral wie möglich:

»Wer war das, Nele?«

Nele erschauerte, schloss die Augen und dicke Tränen quollen unter ihren Wimpern hervor. Sie schrumpfte noch mehr in ihrem Sitz zusammen.

Sara schluckte hart und fragte sich erschrocken, ob das blöd von ihr gewesen war und doch blieb das Gefühl, dass wenn überhaupt, Nele nur ihr die

Wahrheit anvertrauen würde. Also biss sie sich auf die Lippe und zwang sich, ganz still dazusitzen und abzuwarten.

Und tatsächlich. Nach einer gefühlten Ewigkeit krabbelten die Finger des Mädchens aus der Decke und tasteten nach Saras Hand. Diese ergriff sie, sanft und zugleich fest und drückte sie kurz.

Es dauerte weitere lange Augenblicke, ehe die Babysitterin mit gebrochener Stimme anfing zu erzählen.

»Es war eigentlich alles wie immer. Xiú Mian hatte angerufen und gesagt, er habe etwas zu feiern … und ich sollte in den Club kommen.« Sie schniefte und brauchte einige Atemzüge, ehe sie weitersprach. »Und ich habe ihm gleich gesagt, ich könne nicht lange bleiben, weil ich noch zu Renée müsse … und er hat gelacht und gesagt, das wäre fein … und dann waren die anderen nicht da … nur zwei Fremde … angebliche Geschäftspartner … und er wollte … « Sie schluchzte auf und ihr ganzer Körper verkrampfte sich. Sara beobachtete, wie ihre Züge von Panik ergriffen wurden und sie zu hyperventilieren begann.

»Ruhig«, raunte sie ihr zu und zählte für sie: »Einatmen, langsam, 5, 4, 3, 2, 1, Luft anhalten, 5, 4, 3, 2, 1 und jetzt langsam, ganz langsam ausatmen.«

Sie wiederholte das solange, bis das Mädchen sich dem Mantra beugte und wieder normal atmen konnte. Sie wagte nicht mehr, Sara anzusehen, sondern sprach jetzt noch leiser weiter. Sara musste sich zu ihr hinüberlehnen, um sie überhaupt zu verstehen.

»Sie hatten Kokain … und ich wollte keines … aber da war irgendwas in meinem Apérol … und dann wurde mir schwindelig und … er … und sie …« Sie konnte es nicht aussprechen, denn nun begann sie so heftig zu schluchzen, dass ihr komplett der Atem zum Weitersprechen fehlte.

Sara spürte, wie es in ihrem Kopf anfing zu pulsieren. Ein neues Gefühl überkam sie. Sie konnte die Hilflosigkeit spüren, die Scham, das Leid und vor allem Neles Selbsthass darüber, dass sie nichts hatte tun können. Instinktiv wusste sie, dass sie ohne ihre psychologische Vorbereitung wohl auch ganz anders mit dem Vorfall in Afghanistan umgegangen wäre. Und sie hatte sich selbst befreien können. Sie hatte die Sache richtiggestellt. Sie war eine Kriegerin und ein Survivor, eine Überlebende ... aber dieses Mädchen? Sie war ein Opfer. Und Sara saß hier und hatte keine andere Möglichkeit, als ihre Hand zu halten. Seit sie selbst Mutter geworden war, war genau so eine Situation das, was ihren schlimmsten Albtraum darstellte: hilflos daneben zu sitzen.

»Weißt du, wer die anderen waren?«

Nele schüttelte den Kopf. Sara schwieg. Hinter ihrer eigenen Stirn arbeitete es. Wenn das Mädchen von mehreren Männern missbraucht worden war, dann war es umso wichtiger, dass sie schnell ins Krankenhaus kam, damit die Spuren gesichert wurden. Sara richtete sich in ihrem Sitz auf. Der Pragmatismus übernahm und drängte die Gefühle, die ihren Fokus nur unnötig vernebelt hätten, in den Hintergrund. Sie räusperte sich.

»Wir sollten jetzt weiterfahren. Du musst dich untersuchen lassen.«

Wieder warf Nele ihr einen verängstigten Blick zu.

Sara zwang sich, sie bestätigend anzulächeln.

»Ich bin ja da, du schaffst das.«

Nele schluckte und nickte unter Tränen. Sara startete den Motor und lenkte den Wagen entschlossen zurück auf die Fahrbahn.

Im Krankenhaus angekommen, übergab Sara Nele an eine Krankenpflegerin, die sie inklusive der Wolldecke übernahm und sofort diskret abseits des Trubels in der Notaufnahme im hinteren Teil in ein Behandlungszimmer führte.

Sara durchsuchte derweil die Handtasche der jungen Frau und füllte den Anmeldebogen aus, so gut es eben ging. Ein Glück hatte Nele ihr Portemonnaie dabei gehabt inklusive der Krankenkassenkarte, so konnte sie die wichtigsten Informationen für ihre Behandlung eintragen und die anderen Details, die Sara nicht wusste, konnten warten. Eine Weile hatte sie auf dem Flur gesessen und gewartet. Ihr rechtes Knie wippte die ganze Zeit vor Anspannung und Ungeduld. Irgendwann zückte sie ihr Handy und schrieb eine kurze Nachricht an Max.

Ausnahmsweise kam die Antwort postwendend: »Wozu?«

»Erklär ich dir später, mach einfach«, schrieb Sara zurück und steckte das Smartphone genau in dem Moment wieder ein, als eine Ärztin aus der Tür des Behandlungszimmers kam, in das seit gefühlten Stunden ständig eine Pflegerin ein- und ausging. Sie sah sich um und ihr Blick blieb an Sara hängen.

»Frau Konrad?«

Sara nickte und sprang sofort auf.

Die Ärztin öffnete die Tür etwas weiter und ließ Sara eintreten. Bevor sie durch den Türrahmen war, hielt die Frau sie dezent am Arm zurück.

»Da Sie nicht zur Familie gehören, darf ich Ihnen keine Auskunft geben.«

Sara hielt dem durchdringenden Blick der Ärztin stand. Sie nickte knapp. »Aber wenn es in Ihrer Macht steht, dann sprechen Sie bitte nochmal mit Frau Jasper.

Zum derzeitigen Zeitpunkt will sie die Polizei nicht hinzuziehen und auch keine Anzeige erstatten. Sie hat uns allerdings erlaubt, alle Spuren zu sichern, sodass sie es sich auch später noch anders überlegen kann. Wir heben die Proben ein Jahr lang auf, verstehen Sie?«

Wieder nickte Sara und reichte der Frau, die im Gehen begriffen war, die Hand.

»Danke, dass Sie ihr geholfen haben. Behalten Sie sie jetzt hier?«

Dieses Mal war es an der Ärztin, zu nicken.

»Sie ist etwas verwirrt und kann sich angeblich an nichts erinnern. Ja, wir behalten sie zur Beobachtung über Nacht hier.« Sie warf einen Blick zurück zu Nele. »Wir geben ihr etwas zur Beruhigung. Vielleicht wäre es gut, wenn jemand, dem sie vertraut, hier wäre, wenn sie aufwacht.«

Auch Sara sah zu Nele hinüber, die jetzt ein Krankenhaushemd anhatte und gerade in ein Bett stieg, in dem sie sich zusammenrollte.

»Ich kümmere mich darum.«

Sie durchquerte den Raum und setzte sich zu Nele auf die Bettkante. Das Mädchen sah nicht auf, ergriff aber wieder ihre Hand. Schweigend betrachtete Sara sie und kämpfte gegen die für sie unbekannte Mischung aus Mitgefühl und Wut. Mit Letzterer konnte sie umgehen, Ersteres hingegen schmolz ihren Fokus und das machte sie kribbelig.

»Kann ich noch irgendwas für dich tun?«

Nele sah sie an und wieder formten sich Tränen in ihren Augen. »Vielleicht kannst du doch meine Mama anrufen?«

»Natürlich.« Sara lächelte sie an. »Mach ich gleich, wenn sie dich in dein Zimmer bringen. Sie haben dir was zum Schlafen gegeben. Ruh dich aus.«

Sie kaute kurz an ihrer Unterlippe, dann drückte sie die Hand der jungen Frau und sah ihr fest in die Augen. »Du schaffst das. Du weißt es jetzt vielleicht noch nicht. Aber du schaffst das. Und du wirst stärker daraus hervorgehen.«

Nele sah sie mit glasigem Blick an und Sara hätte sich gewünscht, etwas Sinnvolleres in petto zu haben als diese Glückskekssprüche. Und doch hoffte sie in ihrem tiefsten Inneren, dass sie recht behielt. Denn ihrer Erfahrung nach überlebte man Trauma nur so: stärker – oder gar nicht.

Auf dem Nachhauseweg rief sie die Penkerts an und bat Gerd, Neles Eltern ins Krankenhaus zu schicken. Sie gab so wenig preis wie möglich und übermittelte nur die Zimmernummer.

»Danke, dass du dich um das Mädchen gekümmert hast«, sagte Gerd, »und mach dir keine Sorgen um Renée, die schläft oben in ihrem Nestchen und hat Manuelas Hand nicht losgelassen.«

Sara durchzuckte ein Stich ins Herz. An ihre Maus hatte sie gar nicht mehr gedacht. Umso besser, dass sie friedlich schlief, denn Sara würde jetzt wohl kaum schlafen können.

Ihr Handy signalisierte eine Nachricht und sie ließ sie sich über die Autolautsprecher vorlesen. Lukas war gut angekommen, hatte das erste Essen mit den Kollegen hinter sich und wollte hören, wie ihr Tag war.

Sara zögerte und sandte dann ein »Durchwachsen« zurück. Postwendend klingelte das Telefon.

»Ist irgendwas mit der Maus?«, fragte Lukas, kaum dass sie den Anruf angenommen hatte.

»Nein«, erwiderte Sara und versuchte, so neutral wie möglich zu klingen, »der Maus geht es bestens.«

»Du bist unterwegs, oder? Was machst du denn draußen zu dieser Zeit?«, fragte er misstrauisch.

»Ich komme aus dem Krankenhaus …«

»Sara!«

Bevor er sie mit Fragen bombardieren konnte, sprach sie laut weiter: »Mir geht es gut und mit Renée ist auch alles in Ordnung. Ich habe Nele hingefahren.«

»Nele?«, fragte Lukas hörbar irritiert. »Wieso, was ist passiert?«

Sara fuhr sich durch ihren blonden Undercut und seufzte. Dann erzählte sie ihm kurz und schnörkellos, was vorgefallen war, und warum sie keine Wahl gehabt hatte.

»Um Gottes Willen«, sagte Lukas fassungslos. »Hoffentlich erstattet sie Anzeige, das kann man doch unmöglich so durchgehen lassen.«

»Da bin ich voll deiner Meinung, aber wenn du das Mädchen heute Abend gesehen hättest … ich bin nicht sicher, ob sie das durchziehen kann. Sie war ganz schön neben der Spur.«

»Aber ich verstehe das nicht, dieser Typ ist doch angeblich ihr Freund gewesen und dann … so was …?« Lukas fehlten die Worte. In Sara begann es wieder zu brodeln.

»Ja, das Arschloch hat sie zur Feier des Tages einfach mal eine Runde an seine Buddys weitergereicht und die drei hatten eine ganz tolle Party – auf ihre Kosten.«

Als habe er ihre Gedanken gelesen, sagte Lukas plötzlich energisch: »Sara Konrad, das geht dich überhaupt nichts an. Lass die Polizei ihren Job machen und misch dich da ja nicht ein.«

Sara verzog das Gesicht.

»Ich mach ja gar nichts«, brummelte sie. »Aber was, wenn Nele keine Anzeige erstattet? Dann macht dieser

Ximan oder wie er heißt einfach weiter ... Stell dir vor, es wäre deiner Tochter passiert.«

Lukas atmete hörbar aus und Sara wusste, dass sie eine Grenze überschritten hatte.

»Sara, ich verstehe, dass dir das nahe geht, du bist auch eine Frau. Ich finde das ebenfalls furchtbar und verabscheuungswürdig, aber lass Renée da raus. Das ist so schon schlimm genug. Wie gesagt, lass die Behörden das regeln, das geht uns nichts an.«

Natürlich hatte er recht und doch fühlte Sara sich merkwürdig persönlich betroffen. Denn man hatte Nele auf ihrer Schwelle entsorgt, wie einen Haufen Dreck. Das machte es zu ihrer Sache. Aber das sagte sie nicht. Ebenso wenig äußerte sie ihre Sorge, dass der Schuldige, wenn er damit durchkäme, bei der erstbesten Gelegenheit mit der nächsten das Gleiche machen würde. Nein, das würde sie auf keinen Fall zulassen. Aber das musste sie nicht jetzt mit Lukas diskutieren.

Sie räusperte sich und schluckte ihren Ärger um des häuslichen Friedens Willens runter.

»Schon gut. Vielleicht macht Nele das ja mit der Anzeige noch ...«

»Genau.«

Da sie nicht mehr antwortete, wechselte ihr Mann das Thema und erzählte ein wenig von seinem Reisetag. Sara hörte ihm nur mit einem Ohr zu und ihre Antworten blieben einsilbig. Am Ende gab Lukas auf.

»Okay, Liebling, leg dich hin und schlaf erst mal. Ich melde mich morgen, okay?«

»Ja«, murmelte sie, »du auch. Schlaf gut.«

Sie legte auf und bog in ihre Einfahrt. Nachdem sie den Motor abgestellt hatte, blieb sie eine Weile im Auto sitzen und starrte im Rückspiegel auf das dunkle Pflaster ihrer Auffahrt, wo sie vor wenigen Stunden Nele aufgesammelt hatte.

»Hoffentlich entscheidet sie sich, das Richtige zu tun.« Sara seufzte.

VI.

Das Meeting war zufriedenstellend gelaufen. Xiú Yema hatte hinten in ihrem Mercedes-Maybach S 580 Platz genommen und die Beine elegant überschlagen. Ihr cremefarbener Hosenanzug saß wie angegossen und die schwarze Seidenbluse darunter umschmeichelte ihre schlanke Figur.

Ihre sorgfältig manikürten Finger spielten mit der goldenen Kette um ihren Hals, die sie nie ablegte und in deren Mitte ein Anhänger in der Gestalt einer kleinen, drachenartigen Kreatur hing. Der Pi Yao war ein Glücksbringer, der finanziellen Wohlstand symbolisierte, den er mutmaßlich in allen Ecken des Landes in Form von Schätzen fand, um ihn dann in seinem dicken Bauch zu verschlingen. Genau wie sie. Xiú Yema war eine ehrgeizige Frau und sie war stolz. Sie, die nichts gehabt hatte und deren Familie sie für ein paar Yuan an ihren Mann verkauft hatte, als sie noch ein halbes Kind gewesen war. Bis heute wusste sie nicht, welchem wohlgesonnenen Ahnen sie das Glück zu verdanken gehabt hatte, dass dieser bereits damals berüchtigte Geschäftsmann aus dem Clan der Wan sich ausgerechnet in sie verliebt hatte. Und mit Wan Li hatte sie sehr gut gelebt, er hatte sie alles gelehrt. Sie war seine heimliche Vertraute und erste Beraterin gewesen und hatte ihm zum Dank drei Söhne geschenkt.

Ein Nerv an ihrem Auge zuckte, als sie an ihre Kinder dachte. Bo, ihr Erstgeborener war wahrlich ihr

Augenstern gewesen. Mit gerade einmal zwanzig und nur wenige Monate nach ihrer Eheschließung hatte sie ihn zur Welt gebracht, und er hatte ihr Leben für immer verändert. Als sie vier Jahre später trotz aller Vorsicht wieder schwanger geworden war, hatte sie begriffen, dass die Gesetze Chinas für sie und ihre Familie kaum mehr als grobe Richtlinien darstellten. Verborgen in den Lehren des Kommunismus blühte der Kapitalismus und so war es kein Problem, als Mian auf die Welt kam. Damals hatte sie nicht verstanden, warum ihr Mann auf diesen Namen, der einerseits *der Ehrbare*, aber eben auch *der Mittlere* bedeutete, bestanden hatte, doch als sich kaum zwei Jahre später ihr dritter Sohn ankündigte, glaubte sie nur einmal mehr an die Weitsicht ihres Mannes. Wie naiv sie damals gewesen war.

Bedächtig strich sie eine Strähne ihres akkurat kurz geschnittenen Haares zurecht. Ihr rabenschwarzes, volles Deckhaar verriet ihr Alter ebenso wenig wie ihre makellos glatte Haut. Kaum ein Fältchen bildete sich um die Augenwinkel oder zwischen Nase und Mund. Nie hätten Westler sie auf Ende vierzig geschätzt. Das hatte oftmals seine Vorteile, denn wer hatte sie mit ihrer graziösen Figur und ihrem freundlichen Lächeln nicht schon alles unterschätzt. Unwillkürlich dachte sie wieder an ihren jüngsten Sohn, Ning, der Friedliche, der zu Hause auf sie wartete.

Sie sah auf die elegante goldene Armbanduhr an ihrem Handgelenk.

»Ma Quan, wie lange noch?«

Ihr Fahrer und persönlicher Assistent warf einen Blick auf das Navigationsgerät und dann in den Rückspiegel.

»Nur noch wenige Minuten, Taitai Xiú.«

Gnädige Frau. Wenigstens hier im Westen wurde ihr der Respekt erwiesen, den sie verdient hatte. Dafür hatte sie jahrelang mit unnachgiebiger Härte gesorgt. Heute eilte ihr Ruf ihr voraus und niemand – abgesehen von den Triaden – wagte es, sich hier in Deutschland ihr gegenüber respektlos zu verhalten.

Sie nickte und sah wieder zum Fenster hinaus. Ihre Züge waren unbewegt und völlig undurchdringlich. Doch in ihrem Inneren tobte die Anspannung.

Seit dem Tod ihres Mannes und dem Verlust des Ranges in den Triaden, hatte sie die erduldete Schmach nie überwunden.

Sie war allein mit ihren minderjährigen Kindern nach Deutschland ausgewandert und hatte sich hier von null ein Imperium erschaffen. Was ihr in China niemals gestattet worden wäre, wurde hier geduldet und so war sie über die Jahre zur Chefin einer der einflussreichsten Schmugglerbanden aufgestiegen. Sie wusch ihr Geld im ganzen Land über diverse Ketten von Nagelstudios, die in Schein- und Unterfirmen gegliedert waren, doch alle ihr gehörten. Ihr Kerngeschäft mit Drogen wurde so mühelos verschleiert. Dieses Katz- und Mausspiel mit den Behörden war ihr Markenzeichen geworden.

Die unsichtbare Hand nannte man sie in den Besprechungsräumen der Einheiten für organisiertes Verbrechen der Polizei – und niemand von denen suchte nach einer Frau.

Ein kleines Lächeln umspielte Xiú Yemas Lippen. Sie hatte sorgfältig einen Bogen um Schutzgeld und Menschenhandel gemacht, um nicht mit den Clans in Konflikt zu geraten und zu viel Aufmerksamkeit auf sich zu ziehen, und sie achtete penibel auf Diskretion und Anonymität. Dass sie persönlich für ein Geschäft aus dem Haus ging, kam nur in den seltensten Fällen vor. Meistens blieb sie im Schatten verborgen im Hintergrund.

Nur dadurch war es ihr gelungen, über ein Jahrzehnt unter dem Radar der Polizei und der großen kriminellen Vereinigungen zu fliegen. Doch niemand hätte ihr das als Schwäche ausgelegt. Im Gegenteil, wo es nicht zu vermeiden gewesen war, hatte sie mit solch einer tödlichen Präzision dafür gesorgt, dass ihre Feinde ausgelöscht wurden, dass sie sich in ihren Reihen den Ruf einer Schwarzen Witwe eingehandelt hatte. Unter ihresgleichen wurde ihre Skrupellosigkeit bewundert.

Da sie sich – mit zusammengebissenen Zähnen – auch immer respektvoll gegenüber den Geschäften der Triaden gezeigt und verhalten hatte und darauf achtete, ihnen nicht in die Quere zu kommen, hatten sie mittlerweile an einigen Stellen zu einem Zustand duldender Koexistenz gefunden.

Die bevorstehende Kooperation kennzeichnete einen Meilenstein, auch wenn Xiú Yemas Magen sich beim Gedanken an die Konditionen zusammenzog. Aber sie würde geduldig bleiben.

Im Kopf ging sie das Treffen von eben ein weiteres Mal durch. Die Nummer 9 der chinesischen Führung des *SAP SIE KEE* Kartells, auch bekannt als die *14 K*, hatte sie persönlich zu Gesprächen einbestellt.

Es war keine Einladung gewesen und erst recht keine Bitte. Trotzdem war es ein Fortschritt, und nicht nur deshalb ein Novum, weil sie eine Frau war. Von Gleichberechtigung oder Begegnung auf Augenhöhe war natürlich nichts zu spüren gewesen. Nummer 9 hatte die Bedingungen der Zusammenarbeit diktiert und damit seine Überlegenheit demonstriert. Xiú Yema hatte gelächelt und akzeptiert. Selbstverständlich, denn sie wusste nur zu gut, wie wenig sie eine Wahl hatte und welche Konsequenz eine Ablehnung gehabt hätte. Und doch hatte in dieser Begegnung ein Sieg für sie gelegen. Sie waren zu ihr gekommen. Nach über zehn Jahren war es endlich so weit, dass die Triaden nicht mehr an ihr vorbeikamen. Im Schatten und in aller Stille mit Geduld und unendlich viel Fleiß, Blut und Schmerz hatte sie es schließlich geschafft. Ihre Familie war so kurz davor, wieder in ihrer alter Pracht zu erblühen. Und das nur dank ihr. Der kleinen Yema, dem unerwünschten Kind eines Bauern, das er mehr zur Strafe *wildes Pferd* getauft hatte. Doch sie hatte ihre bescheidenen Wurzeln nicht vergessen. Sie ließ den Anhänger um ihren Hals los und atmete aus.

Insgeheim ärgerte sie sich über sich selbst, dass die westlichen Gepflogenheiten sie so weit geblendet hatten, dass sie zeitweise vergaß, dass es in China nie einen Platz für Frauen an den Tischen der Macht gab. Doch sie würde das ändern. Sie wäre die Erste.

Ein winziger Muskel in ihrem Kiefer zuckte und hätte einem aufmerksamen Beobachter ihren unterdrückten Zorn verraten.

Sie würde ihnen schon beweisen, wozu sie fähig war. Ihre neue Idee würde ihnen Milliardenumsätze bescheren und aus der verlustreichen Konkurrenz mit den Gangs der Ostblockstaaten helfen. Und dann würden die Triaden sie anerkennen müssen und sie würde die Bedingungen der Verträge vorgeben. Sie hob das Kinn eine Nuance. Sie war so kurz davor.

VII.

Sara hatte sich die halbe Nacht schlaflos im Bett herumgewälzt und war überhaupt viel zu spät Schlafen gegangen. Das Gespräch mit Lukas hatte nachgehallt – und auch das, was Nele ihr erzählt hatte. Trotzdem stand sie bereits mit einem Kaffee in der Hand in der Küche, als Manuela mit Renée auf dem Arm an der Terrassentür klopfte.

Die Sonne schien und strahlte mit der Maus hinter dem Schnuller um die Wette. Auf Saras Gesicht breitete sich ein Lächeln aus. Sie ging hinüber, öffnete die Tür und nahm ihrer Nachbarin das Kleinkind ab.

»Na, Mausi, hast du gut geschlafen?«

Manuela lächelte sie entschuldigend an.

»Ich hätte sie ja länger behalten, aber ich hatte keine Windeln mehr und ich glaube, sie bräuchte eine frische.«

Dankbar lächelte Sara sie an.

»Lieben Dank, dass ihr überhaupt so spontan eingesprungen seid.«

Sofort wurde Manuelas Blick ernst: »Wie geht es Nele?«

Sara sah zu Boden und murmelte: »Sie kommt wieder in Ordnung. Die Ärzte haben sie nur zur Beobachtung dabehalten. Danke, dass ihr die Eltern verständigt habt.«

»Aber natürlich.« Einen Augenblick lang blieb ihre Nachbarin stehen und sah sie erwartungsvoll an, doch da Sara sich nur demonstrativ mit ihrer Tochter beschäftigte, verstand sie den Wink.

»Gut, dann werd ich auch mal wieder.«

»Danke nochmal.«

»Gar kein Problem, Sara, das machen wir immer wieder gern. Sie ist ja so eine Zaubermaus, deine Tochter.« Manuela trat nochmal einen Schritt zu den beiden und knuddelte die Wange der Kleinen. Sara fiel etwas ein.

»Vielleicht muss ich sie euch heute Nachmittag nochmal eine Stunde bringen, denn ich würde gern zu Nele ins Krankenhaus fahren …«

»Aber natürlich. Gut, dass du das sagst, dann besorge ich gleich ein paar Blumen auf dem Markt und geb sie dir nachher mit, wollen wir das so machen?«

Sara nickte zustimmend und verabschiedete sie. Dann wandte sie sich ihrer Tochter zu.

»Dann machen wir uns auch mal ausgehfein, denn Anja wartet sicher schon auf dich.«

Nachdem sie Renée bei ihrer Tagesmutter abgegeben hatte, fuhr Sara weiter nach Elmshorn, um in der Zentrale reinzuschauen. Ohne Jay hatte sie keine Lust auf Training, aber sie hoffte, Max anzutreffen.

Ihr stummes Gebet wurde erhört. Als sich die Fahrstuhltüren vor ihr öffneten, stand Max schon vor ihr. Wie immer, wenn sie them begegnete, war sie von der Wandelbarkeit des Auftritts beeindruckt. Bei Feist im Boxclub, wo die beiden sich zuerst – und gar nicht zufällig – über den Weg gelaufen waren, war Max regelmäßig als männlich gelesen aufgetreten. Jeans und T-Shirt, lässig und sportlich. Hier bei der Sisterhood hingegen wählte they meist eine weibliche Lesart und legte sehr viel Wert auf elegante Kombinationen aus feminin geschnittenen Hosenanzügen, High Heels und einem sorgfältigen Make-up. Sara fühlte sich regelmäßig underdressed angesichts dieser perfekten Auftritte.

Heute jedoch steckte Max ebenso wie sie selbst in zerrissenen Jeans und einem Leinenhemd. Das tiefschwarze Haar fiel lose um die Schultern und das Gesicht war nicht nur nicht geschminkt, sondern zum ersten Mal schlecht rasiert.

Sara blickte in die müden Augen und runzelte die Stirn.

»Alles okay, Max? Du siehst ja schlimmer aus, als ich mich fühle.«

Max verzog das Gesicht und winkte ab.

»Hab die ganze Nacht vor dem Rechner gehangen …« Mit einer Hand verbarg they mehr schlecht als recht ein Gähnen. »Was machst du hier? Ich denke, du hast die Woche Downtime? Kommst du trainieren?«

Sara schüttelte ungeduldig den Kopf. »Nein, ich wollte hören, was du herausgefunden hast.« Für einen Augenblick breitete sich Unverständnis auf den gleichmäßigen Zügen ihres Gegenübers aus. Dann dämmerte etwas in den dunklen Augen.

»Ach, du meinst deine Anfrage von heute Nacht?«

»Ja, natürlich.« Max gähnte noch einmal, dieses Mal völlig ungeniert, machte auf dem Absatz kehrt und gebot Sara zu folgen.

»Hab ich überprüft. Sorry, und vergessen mich zu melden.« Die nächsten Worte der Begründung verstand Sara nicht, weil sie so genuschelt waren.

»Sorry, wegen was?«, hakte sie nach. Doch ein Blick von Max und sie war still. Ja ja, ging sie nichts an. Schon klar.

Max lief wieder ins Büro zurück, wo die Luft stickig war, nach altem Kaffee und fast ein bisschen wie in einer Sportumkleide müffelte. Sara rümpfte angewidert die Nase. Max war die Regung trotz offensichtlicher Übernächtigung nicht entgangen und so wurde schnell im Vorbeigehen ein Fenster geöffnet.

Mit einem Fingertipp erwachten die Bildschirme zum Leben. Sara wollte schon mit hinter den Schreibtisch treten. Doch Max hob nur die linke Hand und gebot ihr Einhalt, um sie dann umgehend auf die beiden Sitze vor dem Tisch zu verweisen. Gehorsam nahm Sara Platz und wippte ungeduldig mit dem Knie.

»Jetzt mach es mal nicht so spannend. Wem gehört der Wagen denn?«

Max war im Begriff, sich zu setzen, überlegte es sich anders, ging zurück zur Tür und schloss sie. Erst danach nahm they hinter dem Schreibtisch Platz, klickte ein wenig mit einer Bluetooth Mouse herum und stapelte dann die feingliedrigen Hände übereinander.

»Ich habe herausgefunden, zu wem der Wagen gehört.«

»Und?«, fragte Sara und ihr Tonfall war schroff, denn sie hatte das Gefühl, dass Max aus für sie unersichtlichen Gründen auf Zeit spielte.

»Sag mir erst mal, woher du das Kennzeichen überhaupt hast. Und was du vorhast?«

Sara schnappte nach Luft. Dann fiel ihr ein, dass sie Max noch gar nicht eingeweiht hatte und sie zwang sich auszuatmen, ehe sie hervorpresste: »Meine gerade Mal 18-jährige Babysitterin wurde gestern vergewaltigt. Ein feines Mädchen, das dieses Jahr sein Abi gemacht hat. Sie ist das Opfer von einem Scheißkerl geworden, der ihren Freund spielte und sie dann kaltschnäuzig zwei von seinen Geschäftsfreunden zum Feiern vorgeworfen hat. Dann hat, wer auch immer dieses Auto gefahren hat, sie auf meiner Auffahrt abgeladen, wie einen Sack Müll. Ich musste sie ins Krankenhaus bringen. Was ich vorhabe? Ich werde dieses Arschloch finden und ein paar sehr klare Takte mit ihm reden — egal, ob sie Anzeige erstattet oder nicht.« Wütend lehnte Sara sich zurück und verschränkte die Arme vor der Brust. Sie hatte sich die ganze Zeit beherrscht, um Nele zu unterstützen, aber Max' Verzögerungstaktik brachte das Fass jetzt zum Überlaufen. Max runzelte die Stirn.

»Das ist furchtbar.«

Saras Nackenhaare sträubten sich.

»Aber?«, unterbrach sie, denn sie hatte den kommenden Widerspruch geahnt, bevor Max Luft holen und weitersprechen konnte.

Max klickte ein paar Mal und die Reflexion der hellen Screens auf dem Gesicht davor erloschen. Sara sprang auf und umrundete unaufgefordert den Tisch. Die Bildschirme waren tatsächlich schwarz.

»Was soll das?« Sie konnte nicht fassen, was hier passierte.

Max hatte beide Hände gehoben und entgegnete ruhig aber bestimmt: »Tut mir leid, aber unter diesen Umständen kann ich dir auf keinen Fall sagen, wem der Wagen gehört.«

»Bitte?«, entfuhr es Sara. Sie war kurz davor, Max am Kragen zu packen und aus dem Sitz zu zerren. Als habe Max ihre Gedanken gelesen, rollte der Bürostuhl einen halben Meter zurück.

»Ich weiß, du tickst gerade aus und glaub mir, ich verstehe das. Aber ich kann dir wirklich nichts sagen. Nur so viel: Lass stecken. So scheiße das ist, was deinem Mädchen da passiert ist, aber ich kann dir im Moment nicht helfen.« Max warf einen Blick zur Tür und fügte leiser hinzu: »Darf es nicht. So sind die Vorschriften, um die anderen Missionen zu schützen.«

Sara starrte in die dunklen Augen und suchte nach einem Ausweg. Sie war auch in der Bundeswehr schon das ein oder andere Mal gegen geschlossene Türen gerannt – oder gegen engstirnige Vorgesetzte, doch so krass war sie lange nicht abgebügelt worden. Vor allem nicht bei dem, was hier auf dem Spiel stand.

»Von wem kommt dieser Befehl?«, fragte sie und ein Zucken in Max' Gesicht verriet, dass Sara auf der richtigen Spur war.

»Das ist egal …«

»Mir nicht«, fauchte Sara, »ich will wissen, wem ich in den Arsch treten muss, damit wir diesem Mädchen helfen. Das hat sie nicht verdient. Ich denke, die großartige Sisterhood tritt genau für solche Frauen ein? Und jetzt deckt ihr dieses Dreckschwein?« Sie hatte sich zu ihren vollen 1,82 m aufgerichtet und stieß ihren Zeigefingern in der Luft, wie einen Dolch in Richtung von Max Gesicht. They zuckte nicht einmal mit der Wimper.

Ohne erkennbare Anspannung erhob Max sich aus dem Stuhl, strich sich die Haare zurück und trat dann einen Schritt vor, um der Frau vor sich beide Hände auf die Schultern zu legen.

Sara schüttelte sie ab und wich einen Meter zurück. Auf keinen Fall würde sie das hier schlucken. So einen Mist konnte niemand von ihr verlangen. Doch sie sollte sich irren

»Sara, hör mir jetzt gut zu: Du musst dich da um jeden Preis raushalten. Ich darf dir nicht sagen, warum oder wieso. Aber es geht um mehr, als du aus deiner

Perspektive sehen kannst … hey, sieh mich an!« Widerwillig beugte sie sich und obwohl sie sich schon reflexartig halb abgewandt hatte, drehte sie sich nun wieder zu Max und hörte mit zusammengebissenen Zähnen zu.

»Du mischt dich da auf keinen Fall ein. Das ist ein Befehl! Verstanden, Soldatin?« Sara starrte Max mit unverhohlenem Zorn an, doch schließlich sackten ihre Schultern nach vorn und sie nickte kaum merklich mit dem Kopf.

»Und es wäre sogar am besten, wenn deine … wie hieß sie … Nele, auch keine Anzeige erstatten würde.«

»Was?« Jetzt fiel Sara das letzte bisschen Fassung aus dem Gesicht.

»Max, das kann nicht dein Ernst sein … wie um alles in der Welt kannst du das sagen? Oder sogar verlangen? Tickst du noch ganz sauber? Was ist das hier für ein Laden? Was soll dieses ganze humanistische Getue? Sie soll ihn nicht anzeigen? Und ich soll was? Sie dazu überreden?«

»Es wäre das Beste …« doch Max' beruhigender und eindringlicher Ton zerschnitt den letzten Fetzen eines Geduldsfadens, der Sara geblieben war.

»Nein!«, brüllte sie, »ich bin hier fertig. Wenn ihr mir nicht einmal sagt, was hier eigentlich los ist, kann ich auf eure Unterstützung verzichten.«

Max sah sie müde an und zuckte mit den Schultern. In den dunklen Augen lag allerdings weniger die Bitte um Entschuldigung als mehr dieser Vorgesetztentick, den Max schon bei ihrer letzten Mission so zelebriert hatte. Sara verlor die Beherrschung: »Fick dich, Max! Und fick die Scheiß-Sisterhood! Für wen haltet ihr euch eigentlich?« Mit diesen Worten stürmte sie aus dem Zimmer.

Sie konnte nicht mehr hören, wie Max murmelte: »Bitte, Schätzchen, mach jetzt nur nichts Blödes.«

Sara hatte den ganzen Weg zum Krankenhaus im Auto geflucht wie ein Berserker. Sie war so unsagbar enttäuscht und wütend und ja, sie nahm das persönlich. Sehr persönlich sogar. Wie konnten die sie derart hängen lassen? Und vor allem ohne ein einziges Wort der Begründung. Nein und basta?

Sara schüttelte empört den Kopf. Dass sie nicht lachte. Als ob das irgendwann schon mal bei ihr funktioniert hätte. Grimmig scherte sie auf den Parkplatz ein und wäre um ein Haar mit einem entgegenkommenden Krankenwagen kollidiert. In letzter Sekunde riss sie den Wagen nach rechts und ließ den RTW passieren.

Ihr Herz klopfte, ihre Schläfe pulsierte. Betont langsam atmete sie ein und aus. So aufgebracht, wie sie war, konnte sie auf keinen Fall zu Nele rein. Sie zwang sich, ihren Puls und damit ihre Atmung so weit zu beruhigen, dass sie sich wieder im Griff hatte. Dann stieg sie aus und ging hinüber zum Eingang. Vielleicht würde sich ja ohnehin alles von ganz allein zum Guten wenden und Nele wäre fit und entschlossen genug, um Anzeige zu erstatten.

Wenn sie das auch nur eine Minute lang geglaubt hatte, wurde sie sofort eines Besseren belehrt, als sie das Zimmer des Mädchens betrat. Nele lag, trotz der Temperaturen mit der Decke bis zum Kinn hochgezogen, zusammengerollt in ihrem zu großen Krankenhausbett. Daneben saßen auf beiden Seiten besorgt dreinschauende Mittfünfziger. Das mussten die Jaspers sein. Die Frau sah aus, als wäre sie über Nacht um Jahre gealtert. Mühelos erkannte Sara die Gesichtszüge wieder und nahm wahr, dass auch Neles Mutter sonst eine attraktive Frau war. Jetzt allerdings hing ihr Haar ihr kraftlos und strähnig in die Augen und die Reste eines sonst sicher adretten Tages-Make-ups konnten weder Sorge noch Müdigkeit kaschieren. Der Mann, der mit dem Rücken zu ihr gesessen hatte und sich jetzt langsam zu ihr umdrehte, war schmächtig und seine Haltung war noch eingesunkener, als sein schmaler Körperbau gerechtfertigt hätte. Sara schluckte und widerstand dem Reflex, auf dem Absatz kehrtzumachen und zu fliehen. Es reichte ihr schon völlig, mit Nele mitzufühlen, da brauchte sie nicht auch noch die beiden geschockten Eltern. Doch sie hatte keine Wahl, wenn sie Nele helfen wollte.

Für den Bruchteil einer Sekunde überlegte Sara, wie ihr Vater ausgesehen hätte, wenn er in solch einer Situation hätte an ihrem Bett sitzen müssen. Doch der Gedanke, dass Stabsfeldwebel Herbert Konrad derart hilflos hätte wirken können, war absurd. Noch absurder, da er Sara nach so einem Vorfall nicht im Krankenhaus, sondern wohl eher bei der Polizei hätte abholen müssen.

Doch diese Eltern sahen beide selbst aus, als wären sie Opfer und Sara zog instinktiv den Kopf ein.

»Hallo«, sagte sie leise und schloss behutsam die Tür hinter sich. Die Jaspers tauschten einen Blick miteinander. Die Mutter wollte etwas sagen, doch die Tränen erstickten ihre Stimme und so erhob sich der Vater halb und räusperte sich.

Er trat zu ihr und blieb in einigem Abstand von ihr stehen, als fürchtete er, sie würde ihn schlagen, wenn er näherkäme. Sara bemühte sich, ihm ein beruhigendes Lächeln zuzuwerfen.

»Sie müssen Frau Sternberg sein ... «

»Konrad«, korrigierte Sara automatisch. Sofort trat Verwirrung in den Blick des Mannes. Sara beherrschte sich, ihre Ungeduld zu zeigen und fügte hinzu: »Schon richtig, ich bin Lukas' Frau und Renées Mama.«

Ein gehetzter Blick über die Schulter zu seiner Frau und dann trat er doch näher, ergriff ihre jetzt ausgestreckte Hand mit beiden Händen und raunte ihr zu: »Wir müssen Ihnen danken, dass Sie Nele gleich hierhergebracht haben.« Ein weiterer flüchtiger Blick auf sein Kind in dem Bett. Leiser fügte er hinzu: »Wissen Sie ... ähm ... hat sie Ihnen ... was ist denn bloß passiert?« Er sah Sara so verzweifelt und bittend an, dass sie am liebsten weggerannt wäre. Sie war wirklich nicht gut darin, mit Menschen in belastenden Situationen umzugehen. Sie hätte ihn liebend gern über die Schulter geworfen und aus einer Gefahrenzone getragen oder sich mit bloßen Händen einer Horde Angreifer gestellt, um ihn und seine Familie zu verteidigen. Aber hier zu stehen, seine kalten, schweißnassen Finger um ihre und außer Stande, irgendwas Tröstliches zu sagen. Nein, das war mal wieder gar nichts für sie.

Auch Sara warf einen Blick zu Nele, deren Augen geschlossen waren.

»Hat sie Ihnen denn nichts erzählt?«

Der Mann schüttelte den Kopf und warf ihr immer wieder schüchtern Blicke von unten her zu. Ihrem Blick standzuhalten vermochte er nicht. Sara sah noch einmal zu Nele und hätte schwören können, dass die ihre Lippen etwas fester zusammenbiss. Also traf sie rasch eine Entscheidung.

»Nein, leider kann ich Ihnen da nichts sagen. Vielleicht, wenn sie etwas zu Kräften gekommen ist?«

Sie konnte sehen, wie sich Erleichterung und Bedauern gleichzeitig im Gesicht des Mannes abzeichneten. Natürlich wollte er wissen, was seinem kleinen Mädchen zugestoßen war. Doch er hatte auch Angst davor, was es gewesen sein könnte. Sie verstand ihn und drückte abschließend seine Hände, ehe sie sich sanft aus dem Klammergriff befreite.

»Hier, die Blumen sind von Familie Penkert.« Sie reichte ihm den kleinen Strauß bunt gemischter Blüten aus dem heimischen Garten und er starrte ihn an, als hätte sie ihm eine lebendige Schlange in die Hand gedrückt. Dann trat sie näher zum Bett und schüttelte der Mutter die Hand. Trotz ihrer Verzweiflung hatte die Frau keine Hemmungen, Sara genau zu fixieren. Nur auch ihr fehlte jeder Kampfgeist, um noch einmal nachzufragen.

Hinter Saras Stirn arbeitete es. Wenn Nele ihren Eltern nichts gesagt hatte, musste sie die beiden auf jeden Fall aus dem Zimmer haben, um mit der jungen Frau allein sprechen zu können. Ansonsten würde sie niemals einwilligen, Anzeige zu erstatten. Also setzte sie ihr freundlichstes und mitfühlendstes Lächeln auf.

»Sie müssen beide furchtbar erschöpft sein. Wie wäre es, wenn Sie sich in der Cafeteria einen Kaffee holen würden und für die Blumen vielleicht etwas Wasser? Ich bleibe solange gern hier. Falls Nele aufwacht«, fügte sie hinzu.

Die Mutter zögerte einen Moment und sah zu ihrem Mann. Dann ließ sie ihre Schultern fallen und erhob sich.

»Ja, danke, das wäre schön, dann ist sie nicht allein …« Der Blick, den sie ihrer sich schlafend stellenden Tochter zuwarf, hätte Sara fast das Herz gebrochen. Renées lachendes Gesicht tauchte vor ihr auf und sie gebot sich sofort, den Impuls zu verdrängen.

Die Eltern verließen den Raum und Sara setzte sich umgehend zu Nele auf die Bettkante.

»Nele«, sagte sie leise aber mit Nachdruck, »ich weiß, dass du wach bist.«

Das Mädchen kniff noch einmal kurz die Augen zusammen, ehe sie sie öffnete und Sara anblinzelte. Die strich ihr behutsam eine Strähne aus dem Gesicht und nahm dann die Hand, in der jetzt eine Kanüle steckte, über die ein Tropf eine klare Flüssigkeit zuführte.

»Wie geht es dir?«

Die Augen wirkten seltsam leer und ein wenig unfokussiert. Vermutlich ein Beruhigungsmittel mutmaßte Sara.

»Ich weiß nicht ...«, murmelte das Mädchen. Sie schloss die Lider und wollte wieder der Realität entfliehen, doch Sara drückte ihre Hand fester.

»Nele, du darfst nicht aufgeben. Du schaffst das. Du musst kämpfen.«

Noch einmal öffnete das Mädchen erst die Augen und dann den Mund. Sie benetzte ihre spröden Lippen und Sara verstand den Wink und reichte ihr ein kleines Glas mit Wasser vom Nachtschrank. Nele nippte und ließ sich wieder in ihr Kissen zurückfallen.

»Ist doch alles egal ... ich kann doch eh nichts gegen die ausrichten ... ich will nur, dass es vorbei ist ... ich muss schlafen ...« Sie schloss wieder die Augen und entzog Sara ihre Finger.

Sara wollte widersprechen, wollte sie hochzerren und aufrütteln, doch gerade noch rechtzeitig wurde ihr klar, wie unangebracht und auch nutzlos das wäre. Sie hatte einen traumatisierten Menschen vor sich. Keine Chance, hier kurzfristig so etwas wie Kampfgeist zu entfachen. Nein, Nele würde keine Anzeige erstatten. Nicht jetzt und vielleicht sogar nie.

Lautlos erhob sich Sara und flüsterte leise zum Abschied: »Gib nicht auf, Nele. Es wird alles gut.«

Sie schlich auf Zehenspitzen zur Tür, obwohl sie genau wusste, dass Nele nicht wirklich schlief, und wollte soeben nach der Klinke greifen, als diese sich bewegte und eine Pflegekraft im Türrahmen erschien. Sara nickte ihr im Vorbeigehen zu. Sie hätte gar nicht sagen können, was sie mehr nervte. Der Fakt, dass Nele so wenig Gegenwehr zeigte, oder der, dass sie sich so hilflos fühlte, weil sie sie nicht zu einer Anzeige hatte überreden können. In ihre Enttäuschung mischte sich brennender Zorn. Auch das war völlig normal. Soldaten wurden oft wütend, wenn sie machtlos waren und einen Kameraden nicht schützen oder retten konnten. Wie viel lieber hätte sie jetzt ihren Frust herausgelassen und irgendwas kurz und klein geschlagen. Doch sie war keine Soldatin mehr. Sie musste niemandes Befehlen gehorchen.

Sie presste die Lippen zusammen, als sie an Max dachte.

»Und du hast mir schon mal gar nichts vorzuschreiben«, murmelte sie. »Dann eben wieder solo.«

VIII.

Er befand sich im Flur vor dem schwarzen Brett und studierte einen Aushang. *Allianz sicherer Hafen* stand da. Piotr nahm einen Schluck von seinem Kaffee und las. Sein Blick war undurchdringlich und im besten Fall als müde zu deuten.

»Matysiak«, sein Vorarbeiter, Anton Schmidt, tauchte neben ihm auf. »Ich habe mir die Dienstpläne angesehen. Diese und kommende Woche noch die Nächte, danach kann ich dich wieder in die Tagschicht stecken, okay? Harkan ist immer noch krank. Du hast also die vier.« Piotr nickte. Im Van Carrier vier war die Heizung kaputt, aber ihm war es egal, bei den Temperaturen brauchte er sie ohnehin nicht. Nicht einmal nachts.

»Wieder so'ne tolle Idee, von denen da oben.« Schmidt schnaubte und sein Kinn zuckte in Richtung des Aushanges. »Nur bringen tut das doch alles nichts.«

Unwillkürlich wanderte Piotrs linke Hand zu der Hosentasche, in der sein Smartphone steckte. Schmidt warf ihm einen kurzen Blick zu, doch da er offensichtlich nichts zu dem Thema beisteuern wollte, wandte er seine Aufmerksamkeit seinem Tablet zu und ging langsam wieder los.

Piotrs Finger entspannten sich und er ließ den angehaltenen Atem entweichen. Die Nachricht von heute Nacht hatte sich ihm ins Gedächtnis gebrannt. Seine Fracht war auf dem Weg. Sie würde Rotterdam morgen Abend verlassen und wäre dann Sonntag hier. Umso besser, wenn er sich nicht dadurch verräterisch verhalten musste, dass er kurzfristig Schichten tauschen wollte – und die Nacht- und Wochenendzuschläge machten den Monat auch wieder etwas leichter.

Schmidt verschwand um die Ecke, und er hörte, wie er weiteren Kollegen Anweisungen zurief.

Noch einmal fiel Piotrs Blick auf den Zettel. Ja, er war da gewesen, bei der Informationsveranstaltung für mehr *Awareness*. Erst war er sich dumm vorgekommen, aber später beim Gespräch mit den Kollegen hatte er verstanden, dass sie auch nicht wussten, was das heißen sollte. Viele ranghohe Leute aus der Chefetage und Politik waren da gewesen. Und natürlich jede Menge Presse. Hatte alles toll ausgesehen. Von Drogen war die Rede gewesen und einer Spirale der Gewalt. Er hatte nur nicht kapiert, was die jetzt genau dagegen tun wollten und warum alle so aufgeregt wirkten. War das nicht einfach ein Teil des Lebens im Hafen? Er hatte dann nicht weiter zugehört, sondern ein bisschen vor sich hingedöst.

Erst später hatte ihn sein Freund Bartosz aufgeklärt, dass es darum ginge, dem Schmuggel im Hafen zu Leibe zu rücken. Damit die Hafenarbeiter nicht mehr angeworben werden konnten von den Kriminellen. Bartosz hatte freudlos gelacht und Piotr einen wissenden Blick zugeworfen. War er es doch gewesen, der Piotr von dem leicht verdienten Geld erzählt hatte und was er dafür tun müsse. Er hatte ihm auch nach den ersten beiden erledigten Aufträgen jeweils einen Briefumschlag in seine Jackentasche gesteckt.

Doch als Piotr kalte Füße bekam, weil Harkan ihn erwischt hatte, als er gerade die Fracht aufgeladen hatte, und dumme Fragen stellte, und er aufhören wollte, da hatten ihn abends plötzlich drei Typen abgepasst, beim Verlassen des Hafens. Sie hatten ihn in eine Seitenstraße gezerrt, ihm den Mund zugehalten, die Arme fixiert und ihm dann ein paar in die Magengrube gegeben. Als Erinnerung, hatten sie gesagt, damit er nicht vergessen würde, dass er jetzt ihnen gehöre und gefälligst weiter das Geld nähme. Er solle hübsch weiter seinen Job machen, sonst … Der Satz war unvollendet geblieben, doch Piotrs Fantasie reichte durchaus, um die implizite Drohung zu verstehen. Als einer von den Kerlen dann auch noch an ihn herangetreten war und Ewas und Martynas Namen fallen ließ, waren Piotrs Knie weich geworden. Er hatte nur mit panischem Blick genickt. In dem Moment hätte er zu allem Ja gesagt, solange sie nur seiner Familie nichts taten.

Jedem Hinweis wird nachgegangen.
Wenn Ihnen etwas im Hafen auffällt,
melden Sie sich einfach anonym
unter folgender Nummer:

Dieser Teil war sogar in mehrere Sprachen übersetzt worden, damit auch die Kollegen es verstehen würden, deren Deutsch noch schlechter war als Piotrs.

Er las den Satz ein weiteres Mal. Auf Deutsch und auf Polnisch. Auch das Russische konnte er noch erfassen. Die Aufforderung war so klar und deutlich und schlicht. Wie verführerisch: Piotrs Augen wurden feucht und die Worte verschwammen vor seinem Blick. Nur für ihn war das keine Option. In drei Tagen kam seine nächste Fracht … und danach? Er wagte nicht, daran zu denken. Aber er würde mit Bartosz sprechen. Es musste doch einen Ausweg geben.

IX.

Sara hatte auf dem Gang gewartet, bis die Krankenpflegerin wieder gegangen war. Dann schlich sie auf Zehenspitzen zurück in das Zimmer.

Nele lag jetzt entspannt auf dem Rücken, ihr Kopf war zur Seite gewandt und der sich gleichmäßig hebende und senkende Brustkorb verriet, dass sie nun wirklich schlief.

Sara zögerte nur eine Sekunde, dann schlich sie zum Nachtschrank, wo Neles Handy lag und hob das Smartphone auf. Sie weckte das Display und das Gerät versuchte, ihr Gesicht zu scannen.

Einen Versuch ist es wert, dachte Sara und hielt es dem Mädchen vor die Nase und tatsächlich entriegelte der Bildschirm. Es erschien ein Foto von ihr und einem Typen, der in die Kamera grinste, während sie ihn auf die Wange küsste. Ein gut aussehender Mann mit asiatischen Zügen, vollem schwarzen Haar und, was Sara am meisten ansprang, grausamen Augen.

Sie fotografierte den Bildschirm mit ihrem eigenen Smartphone ab. Dann scrollte sie rasch durch die Kontakte und fand Xiú Mian am Ende der Liste. Sie schickte sich die komplette Karteikarte und löschte sorgfältig die entstandene Nachricht aus dem Ordner für gesendete Nachrichten. Dann rief sie die hvv-App auf und fand bei den abgelaufenen Fahrkarten diverse, die von Poppenbüttel bis in die Schanze galten. Auch das fotografierte Sara ab. Zuletzt checkte sie Google

Maps und fand im Suchverlauf der letzten gesuchten Ziele eine Bar, deren Adresse ebenfalls im Schanzenviertel lag. Bingo. Rasch machte sie ein letztes Foto.

Sie hatte gerade das Handy wieder auf den Nachtschrank zurückgelegt, als die Tür hinter ihr geöffnet wurde und die Eltern zurück ins Krankenzimmer kamen. Sie sahen noch genauso erschlagen aus wie vorher. Sara passte ihr Erscheinen aber bestens, denn sie wollte unbedingt los und hätte Nele nur ungern allein gelassen.

Sie ging zu den Eltern, drückte ihnen beiden im Vorbeigehen die Hand und verließ dann leise den Raum.

Nun hatte sie auch ohne Max' Hilfe einen Anhaltspunkt, wo sie anfangen konnte zu suchen.

Da es früher Vormittag und Renée noch ein paar Stunden in der Betreuung war, entschied sie sich spontan, etwas Aufklärung zu betreiben. Also fuhr sie in die Schanze. Dieser Stadtteil war bislang an ihr vorbeigegangen und sie war schnell genervt. Überall parkten Lieferwagen oder Paketzusteller in zweiter Reihe, Fahrräder schlängelten sich rücksichtslos durch den Verkehr, dazwischen Frauen mit Kinderwagen und zahllose Menschen, die irgendwie plan- und ziellos herumliefen. Sara hatte Glück und ergatterte direkt hinter dem Bahnhof Sternschanze einen Parkplatz. Ihr Ziel lag jetzt fußläufig von ihr entfernt, aber im Vorbeifahren hatte sie nichts gesehen und da sie dichter dran nicht hatte halten können, verriegelte sie den Wagen, setzte Cappy und Sonnenbrille auf und lief los.

Der gesuchte Laden lag in einer engen Straße, in der sich eine aufgemotzte Dönerbude an ein Restaurant schmiegte, welches wiederum an eine Bar grenzte. Selbige nannte sich *eBar*. Worauf auch immer das anspielen sollte. Die schmalen Bierbänke davor auf dem Bürgersteig waren schwarz gestrichen und zu dieser Stunde mit Ketten aneinandergebunden. Ein Lieferwagen parkte vor dem Laden, dessen Türen offen standen, die Tür zur Bar jedoch war geschlossen.

Sara sah, wie aus einem Gang, der kaum breiter war als einen Meter, ein Mann mit einer Sackkarre aus dem Schatten zwischen den Häusern trat. Eine Eisengittertür schwang hinter ihm zu. Vermutlich lag in der Richtung der Lieferanteneingang. Er lud die Sackkarre ein, schlug die Türen des Transporters zu und kletterte hinter das Steuer.

Sara schlenderte bis zum Ende der Straße und drehte dann um. Sie zückte ihr Handy und tat, als würde sie eine Nachricht lesen, während sie weiter die Bar beobachtete, die jetzt leblos und verschlossen dalag. Sie blickte die Straße rauf und runter und entschied sich, am anderen Ende Position in der kleinen Bäckerei zu beziehen. Innen entlang des Schaufensters war ein Stehtresen installiert. Sie ergatterte einen Platz in der Ecke, von dem aus sie eine direkte Sichtlinie auf den Eingang der *eBar* inklusive des Eisentores hatte. Gedanklich richtete sie sich auf eine längere Wartezeit ein.

Am Ende wurde ihre Geduld belohnt. Kurz vor Mittag hielt mit quietschenden Reifen ein dunkler BMW aus der Motorsport-Serie, der in der Sonne blau changierte. Sara hatte keine Ahnung und auch kein Interesse an Autos, jedoch war sie lange genug im Einsatz auf engstem Raum mit testosterongeladenen Männern untergebracht gewesen, um die M-Serie zu erkennen. Auf den ersten Blick brüllte der frisch polierte Wagen mit dem röhrenden Motor und den überproportional breiten Reifen, glänzenden Felgen und dunkel getönten Scheiben: »Schau mich an!«

Sara verzog den Mund, als die Tür aufschwang und ein für europäische Verhältnisse eher unterdurchschnittlich großer Mann aus dem Wagen stieg. Er trug eine helle Hose zu einem auffällig gemusterten schwarzgrundigen Seidenhemd und Sneaker. Sie kniff die Augen zusammen und als er seine Sonnenbrille abnahm, um den Wagen einfach in zweiter Reihe vor der Bar stehen zu lassen, erkannte sie eindeutig den jungen Mann von Neles Homescreen. Xiú Mian.

Saras Magen zog sich zusammen und obwohl sie gut verborgen und weit genug weg stand, zog sie instinktiv den Kopf weiter ein.

Er umrundete das Heck seines Wagens und wie von Zauberhand öffnete sich die Vordertür der Bar von innen, bevor er die Hand an den Griff legen konnte. Da die Tür in Saras Richtung aufschwang, konnte sie nicht erkennen, wer den jungen Mann reingelassen hatte.

Sara warf ihren Pappbecher in den Müll und stieß die Schwingtür der Bäckerei auf. Während sie die Straße überquerte, entwickelte sie im Marschtempo einen Plan. Auf der anderen Seite lief sie rasch zu der Tür der Bar und stellte fest, dass die Tür nicht wieder abgeschlossen worden war. Sie trat ein und fand sich in einem nur schwach beleuchteten Bereich wieder. Die Decke kam ihr seltsam niedrig vor, ein Eindruck, der vermutlich durch zusätzlichen Schallschutz entstand. Überall im Raum waren Cocktailcouchinseln um runde Tischchen arrangiert, die kaum groß genug waren, um drei Gläser gleichzeitig darauf zu stellen. Die einzige

Lichtquelle zum jetzigen Zeitpunkt bildete die indirekte Beleuchtung der Spiegelwand hinter der Bar, vor der auf Glasregalen deckenhoch das Alkoholangebot präsentiert wurde. Es roch nach kaltem Rauch, jedoch nicht nach Zigaretten.

Sara nahm die Sonnenbrille ab, steckte sie in ihr Slingbag und blieb solange an der Tür stehen, bis sich ihre Augen an das Halbdunkel gewöhnt hatten.

Der Raum war komplett menschenleer und nichts regte sich. Aus dem hinteren Teil vernahm sie gedämpfte Stimmen und folgte den Geräuschen links an der Bar vorbei. Direkt daneben, von einem schwarzen Samtvorhang verborgen, war eine Tür, die mattschwarz gestrichen und so in die Wand eingelassen war, dass sie fast nicht auffiel. Sara tastete sie ab und fand den Türgriff. Behutsam öffnete sie die Tür einen Spaltbreit und lauschte. Gerade noch nahm sie wahr, wie die Stimmen leiser wurden und eine Tür ins Schloss fiel. Sie schob sich in den gut beleuchteten Gang dahinter, der ebenfalls dunkel gestrichen war. Auf Zehenspitzen schlich sie weiter. Die Türen zu beiden Seiten des Flures waren geschlossen. Am Ende gelangte Sara an eine schwere Holztür.

Sie presste ihr Ohr dagegen, konnte jedoch nichts mehr hören. Auf Augenhöhe war ein Schild mit dem Wort Büro angebracht. Wieder überlegte sie und entschied sich im Bruchteil einer Sekunde. Sie hatte zwei Männer reingehen sehen. Mehr Menschen war sie auf dem Weg hinein nicht begegnet, also standen ihre Chancen gut, dass sie es mit maximal zwei feindlichen Personen zu tun hätte, falls es zum Äußersten käme. Sie straffte die Schultern, richtete sich zu ihrer vollen Größe auf und grinste. Das sollte kein Problem sein, schließlich wollte sie nur reden.

Ohne zu klopfen, riss sie schwungvoll die Tür auf und trat mit zwei entschlossenen Schritten ein. Die Tür fiel von allein hinter ihr wieder ins Schloss.

Dahinter fand sie ein großzügiges Büro, das fast so breit war wie die Bar vorn. Während auf der linken Seite ein schwerer Schreibtisch stand mit einem überdimensionalen Flachbildschirm und Tastatur, einem offenen Safe dahinter und einigen Regalen, befanden sich rechter Hand eine Sofalandschaft mit mehreren großen Sesseln aus Leder und eine Bar, die auf seidenen Teppichen thronten. Der flache Tisch war nicht abgeräumt und zeugte deutlich von den Resten einer ausschweifenden Party. Diverse Flaschen teuren und hochprozentigen Alkohols standen neben Cocktailgläsern und Shots. Ein Stück Stoff, das aussah, als wäre es ein Top oder eine Bluse, lag achtlos auf dem Boden und ein Tanga für Damen in Pink war zusammengeknüllt auf einer Glasplatte in den Resten eines weißen Puders vergessen worden.

Sara konnte nicht fassen, was sie sah, und augenblicklich stellten sich ihre Nackenhaare auf. Allerdings hatte sie noch ein vorrangiges Problem, denn sie stand nicht, wie erwartet, zwei, sondern drei Männern gegenüber. Außerdem hatte sie wie immer nicht berücksichtigt, wie sehr ihr Temperament danach strebte, mit ihr durchzugehen, was nicht half, den Fokus zu halten.

»Hey, das ist privat, hier können Sie nicht rein. Was machen Sie überhaupt hier?«

Sara hob beide Hände und lächelte breit.

»Sorry, bist du Xiú Mian?« Der so Adressierte verzog keine Miene.

Der Typ von rechts, der sie angesprochen hatte, kam mit ausgestreckterer Hand weiter auf sie zu und wollte sie an der Schulter packen. Er war etwas größer als sie, hatte ebenfalls asiatische Züge, ein grobes, rundes Gesicht mit einer breiten flachen Nase und einer fiesen Narbe über der linken Augenbraue. Sein Sakko saß so eng, dass Sara mühelos erkennen konnte, dass er eine Waffe im Schulterholster trug.

Instinktiv machte sie mit rechts einen halben Schritt nach hinten, verlagerte ihr Gewicht auf die Fußballen und spannte ihre Muskeln an. Wie nicht anders zu erwarten, griff der Typ mit der rechten Hand nach ihrer linken Schulter, um sie umzudrehen und wieder aus der Tür zu schieben. Doch stattdessen blockte Sara seinen Arm nach außen weg, beugte sich vor, um sein im Schritt nach vorn fast unbelastetes Bein unter dem Knie zu greifen, riss es hoch und warf ihn so mit Schwung auf den Rücken. Vom Aufprall kurz überrascht, konnte er nicht reagieren, als sie blitzschnell über ihm stand, sich seine Waffe griff, das Magazin auswarf und die Kugel aus der Kammer entlud. Mit einem weiteren Handgriff hatte sie die Waffe zerlegt, alle Teile einzeln in verschiedene Ecken des Raumes geworfen und drei Schritte von ihm weg in Richtung der anderen beiden Männer gemacht. Von Xiú Mians rechter Seite löste sich ein weiterer bullig wirkender Mann. Er hätte ein Zwillingsbruder des ersten Bodyguards sein können, nur dass sein Kopf geschoren und poliert wie eine Billardkugel und sein Gesicht von Aknenarben gezeichnet war.

Da Sara jetzt gewarnt war, wartete sie nicht ab, bis er hinter sich greifen und eine weitere Waffe aus dem Hosenbund ziehen konnte. Sie machte einen elastischen Ausfallschritt nach vorn und stieß ihm die Handkante so in den Kehlkopf, dass er sofort röchelnd mit beiden Händen an seinen Hals griff.

Sara federte zurück, wirbelte ihn herum, nahm auch ihm die Waffe ab und zerlegte sie genauso wie die erste. Dann sprang sie beiseite und wandte sich dem jungen Mann in der Mitte zu, der sich nicht bewegt hatte. Er stand nur da, noch immer mit seiner Sonnenbrille in den Händen und betrachtete das Spektakel mit einem amüsierten Lächeln auf den Lippen. Sara konnte sich nur knapp beherrschen, um nicht direkt zuzuschlagen.

Sie stand in sicherer Distanz vor ihm und fixierte ihn. Ohne sie aus den Augen zu lassen, breitete er die Arme aus und lächelte sie gespielt gönnerhaft an.

»Sehr beeindruckend. Ich bin Xiú Mian. Was kann ich für dich tun?«

Sara balancierte ihr Gewicht aus und entgegnete, bemüht ebenso gelassen zu klingen:

»Du kannst mit mir zur Polizei kommen und dich selbst anzeigen. Ich nehme an, das hier sind deine zwei Geschäftspartner, mit denen du gestern Abend hier so reizend gefeiert hast? Dann nimm die gleich mit.«

Sara spürte die Bewegung in ihrem Rücken. Der erste Mann war wieder auf den Füßen, doch Xiú Mian erhob nur eine Hand und gebot ihm Einhalt. Sara wandte sich trotzdem halb um und behielt ihn aus dem Augenwinkel im Blick.

Noch immer wirkte der junge Mann nicht im Geringsten beunruhigt. Im Gegenteil, es zuckte um seine Lippen und er fragte belustigt zurück: »Und welchen Grund hätte ich wohl, das zu tun?«

Sara machte einen Schritt auf ihn zu, fixierte ihn mit ihren grünen Augen und sagte betont deutlich: »Weil ihr Dreckschweine ein junges Mädchen vergewaltigt habt. Und wenn du dich nicht freiwillig stellst, werde ich dir höchstpersönlich den Arsch so aufreißen, dass du dir wünschst, du hättest sie nie nach ihrer Nummer gefragt. Letzte Chance.«

Jetzt lachte der Typ künstlich auf.

»Das ist ja herrlich, nur leider habe ich keine Ahnung, wovon du redest.«

Dann fing er sich plötzlich und richtete seine grausamen Augen auf Sara. Ohne jeden Anflug von Humor sagte er: »Und außerdem hast du jetzt genug von meiner Zeit verschwendet, Lady. Dein Auftritt hier ist ja ganz süß gewesen, aber du scheinst nicht zu wissen, mit wem du es zu tun hast. Ein guter Rat: Verpiss dich, bevor ich meine gute Laune verliere.«

Sie hatte sich von ihm ablenken lassen und ehe Sara einen Schritt nach vorn machen konnte, hatte der Bodyguard sie an der Schulter gegriffen und umgedreht. Sara ließ es nicht nur geschehen, sondern machte aus der Bewegung einen Spin, der ihren rechten Ellenbogen so nach vorn katapultierte, dass er an die linke Schläfe ihres Angreifers knallte.

Doch dieses Mal hatte er mit ihrem Angriff gerechnet und es gelang ihm, sie abzublocken. Augenblicklich setzte sie nach und nutzte ihr Vorwärtsmomentum, um den linken Ellenbogen direkt vor dem Körper hochzuziehen und ihm die Spitze unter das Kinn zu schmettern. Er taumelte ein paar Schritte rückwärts von ihr weg und schüttelte den Kopf, um wieder klar zu werden. Dann stürzte er erneut auf sie los.

Sara zog das hintere Bein nach vorn und ihr Knie kollidierte mit der Innenseite seines Oberschenkels. Auch wenn sie nicht ganz das Ziel getroffen hatte, war die Wirkung doch verheerend genug. Sein Bein gab leicht nach und er geriet für einen Moment aus dem Gleichgewicht. Sara federte mit beiden Beinen einmal am Boden und sprang dann hoch. In einem Drehkick wirbelte sie um die eigene Achse und traf mit der Ferse des linken angewinkelten Beines seinen Kiefer. Der Kopf schnellte zur Seite und der Typ stürzte der Länge nach zu Boden, wo er liegen blieb.

Im gleichen Moment griff Xiú Mian an. Er traf sie mit einem gut gezielten Tritt in den Rücken und Sara stürzte nach vorn, rollte ab und sprang zurück auf die Füße. Der kleinere Mann nahm jetzt Anlauf und kam ihr mit einem gestreckten Bein entgegengesprungen. Sara stürzte sich in den Tritt, machte eine Vierteldrehung, sodass sie seinen Fuß unter dem Arm fangen konnte und mit dem Bauch vor dem durchgestreckten Knie landete. Sie hakte den anderen Arm unters Knie und hob aus den eigenen Knien heraus den Angreifer vom Standbein, um ihn seitwärts in den Loungebereich zu werfen. Er federte vom Sofa, drehte sich in der Luft und stürzte auf den flachen Couchtisch. Dabei gingen halb volle Gläser, Flaschen und vor allem der Tisch selbst zu Bruch. Trotzdem war Mian im Handumdrehen wieder auf den Beinen. Er nahm mit zwei langen Schritten Anlauf über die Couch hinweg und flog Sara entgegen, um sie mit Schwung niederzureißen. Sara sah ihn kommen, ließ zu, dass seine Faust in Richtung ihres Kopfes zielte und vorschnellte, zuckte dann im letzten Moment nach rechts weg, sodass sein Schlag über ihre linke Schulter ins Leere ging. Während sie mit ihm zusammen kontrolliert nach hinten fiel und abrollte, schlug sie mit aller Macht ihre rechte Faust zwischen die Muskeln seines ausgestreckten rechten Oberarmes und traf den Hilfsnerv mit den Fingerknöcheln. Sie wusste, dass dieses im besten Fall ein solches Schmerzfeuerwerk in seinem Körper auslösen würde, dass er bewusstlos zu

Boden ginge. Es gelang ihr, sich unter ihm wegzurollen, doch auch er war nur angeschlagen, aber nicht bereit aufzugeben.

Drogen, durchfuhr es Sara, während sie wieder auf die Füße sprang und er sich, von oben bis unten mit Alkoholresten durchtränkt, hinter seinen Schreibtisch rettete.

Panik überfiel Sara, denn ihr Unterbewusstsein hatte bereits registriert, was sie noch nicht sehen konnte: Er musste da hinten eine Waffe versteckt haben.

Ohne zu zögern, rannte sie zum Schreibtisch, unter dem er im selben Moment eine moderne Maschinenpistole hervorholte. Sara blickte in den Lauf einer Heckler und Koch HK MP7 und widerstand dem natürlichen Reflex, sich in Deckung zu werfen. Sie wusste instinktiv, dass sie auf diese Distanz nur eine einzige Chance hatte, denn bei der Streuweite der Waffe musste der Idiot nicht einmal zielen, um sie zu treffen.

Sie legte also noch an Tempo zu, duckte sich und tackelte den Schreibtisch. Obwohl er höllenschwer war, gelang es ihr, ihn einerseits nach vorn gegen die Beine von Mian zu stoßen und gleichzeitig so zu kippen, dass die massive Tischplatte ihr zumindest einen gewissen Schutz bot. Im gleichen Augenblick feuerte der Mann auch schon unkontrolliert los.

Die Schüsse knallten in das Holz und rissen trotz der Dicke der Platte Löcher hinein. Jetzt ließ Sara sich zu Boden fallen und schützte ihren Kopf zusätzlich mit den Armen vor den herabrieselnden Splittern. Der Schreibtisch kippte über und begrub Mian unter sich. Die letzten Kugeln der Salve schlugen in der Decke ein.

Sara krabbelte auf allen vieren rasch vom Tisch weg und wagte erst einen Blick zurück, als sie eine gellenden Schrei vernahm und die Tür schon fast erreicht hatte.

Sie drehte sich um und ihr Herz setzte einen Schlag aus.

Mian lag halb unter dem umgekippten Tisch und Flammen schossen Richtung Decke, die eilig seine Kleidung entlangrasten.

Im ersten Moment wusste Sara nicht, was sie tun sollte, sie konnte ihn und seine Männer da nicht liegen lassen, aber einen Feuerlöscher konnte sie auch nicht sehen, und sich dem Tisch zu nähern, der jetzt ebenfalls Feuer fing, ebenso wie Teppich, Tapete und Ordner drum herum, wäre lebensgefährlich gewesen.

Mit wachsendem Entsetzen sah sie, wie die Flammen immer mehr um sich griffen, während die Bewegungen und Schreie des sterbenden Mannes schwächer wurden.

Beißender Rauch und der Geruch von verbranntem Fleisch stoben ihr in die Nase und Sara erwachte aus ihrer Schockstarre.

Gar nichts konnte sie tun. Nur sehen, dass sie hier so schnell wie möglich rauskam, ehe jemand das Feuer bemerkte und sie womöglich damit in Verbindung brachte. Sie rappelte sich auf, stürzte zur Tür und in den Flur. Sie wollte sie schon hinter sich schließen, um den sich schnell ausbreitenden Flammen den Weg zu versperren, als ihr noch frisches Training hochkam. Keine Spuren hinterlassen. Reflexartig schmierte sie mit der Handfläche innen und außen über den Türgriff, um ihre Fingerabdrücke zu verwischen. Das würde ihr etwas Zeit verschaffen. Sie rannte den schmalen Flur entlang zurück Richtung Bar. Dort angekommen sah sie sich hektisch um. Auf keinen Fall konnte sie vorn rausgehen. Schnell lief sie um die Bar herum und fand auf der anderen Seite den Weg zu den Toiletten und einer mit Notausgang gekennzeichneten Tür. Es gab einen Panikstangengriff und Sara zögerte eine Sekunde. Dann schob sie ihre Hand unters T-Shirt und drückte damit auf den breiten Türgriff. Die Tür schwang auf. Kein Laut ertönte. Halb hatte Sara mit gellendem Alarm gerechnet, aber offensichtlich hatte hier jemand an der falschen Stelle gespart. Selbst Schuld.

Sie sah die schmale Gasse auf und ab und als sie niemanden entdeckte, schlüpfte sie durch die Tür und ließ sie hinter sich zu fallen. Hinter der Hintertür verborgen, die von hier aus nur über ein Keypad zu öffnen war, befand sich eine weitere, die vermutlich zu den darüberliegenden Wohnungen führte. Ohne darüber nachzudenken drückte Sara auf alle drei Klingelknöpfe gleichzeitig. Sekunden später wurden zwei Sprechverbindungen freigeschaltet. Wütendes Stimmengekrakel kam aus der veralteten Anlage.

»Feuer«, sagte Sara laut über die Stimmen hinweg und wiederholte: »Das Haus brennt.« Dann lief sie flink zur Ecke an der Straße. Sie setzte ihre Sonnenbrille wieder auf, zog ihr Cappy zurecht und wandte sich ohne Hast in die Richtung, in der ihr Auto stand. Erst an der nächsten Kreuzung wagte Sara es, sich unauffällig umzusehen.

Aus der Gasse kamen nacheinander ein junges Paar und ein älterer Mann gelaufen und starrten an der Fassade hinauf. Sie diskutierten und gestikulierten und der junge Mann lief schließlich zum Eingang der Bar und probierte die Tür. Er verschwand im Inneren. Bereits nach wenigen Sekunden kam er wieder heraus. Er wirkte noch aufgeregter und tippte jetzt hektisch auf seinem Handy.

Sara drehte sich um und entfernte sich langsam, aber zügig vom Tatort. Die Rettungskräfte waren verständigt und wenn die Feuerwehr fertig mit dem Laden wäre, wäre von ihr garantiert kein bisschen DNA oder Ähnliches mehr zu finden.

Durch ihre Adern pulsierte das Adrenalin. Sie steckte die mittlerweile zitternden Finger in die Taschen und ging zu ihrem Wagen. An ihr haftete der Geruch von Rauch und nur sie wusste, dass das kein Barbecue gewesen war. Sie erschauerte. Erst als sie im Auto saß, erlaubte sie sich auszuatmen. Von irgendwoher erklangen die ersten Sirenen. Sara lehnte sich zurück und atmete tief durch.

Was zum Henker war denn da eben bloß passiert? Und dann dämmerte es ihr: Auf dem Schreibtisch hatte der Bildschirm gestanden. Vermutlich hatte der bei dem Sturz vom Tisch Funken geschlagen. Die alkoholgetränkten Klamotten von Xiú Mian hatten dann einen wundervollen Nährboden für das Inferno geboten. Vermutlich würden auch seine beiden Kumpels das nicht überleben.

Sara nahm das Cappy ab und fuhr sich durch ihr Haar. Dann sah sie in den Spiegel und nickte sich grimmig zu. Auch wenn das nicht so geplant gewesen war, aber der Kerl hatte auf jeden Fall bekommen, was er verdiente.

X.

Der Verkäufer hatte dort Position bezogen, wo er immer stand, und der Kunde trat in Begleitung eines zweiten Mannes zu ihm. Beide waren gut trainiert, Letzterer wirkte dennoch schmächtig im Vergleich zu dem Kunden.

Wie immer eröffnete der Verkäufer das Gespräch mit einem: »Was braucht ihr?«

Der Kunde schob seinen Kollegen vor, der sichtlich nervös von einem Bein aufs andere wippte und sich immer wieder umsah.

»Hey, entspann dich«, raunte der Verkäufer. »Du musst dir keine Sorgen machen, ich habe nur erstklassige Ware und du machst nichts Kriminelles, ist nur ein bisschen verboten.« Zwinkernd öffnete er seinen Rucksack und enthüllte diverse Präparate in unterschiedlichsten Darreichungsformen.

»Also ich …«, begann der schlankere Mann stammelnd, »ich weiß nicht, ich würde gern auch so aussehen, als würde ich dreimal die Woche trainieren, aber irgendwie leg ich nicht so richtig zu, trotz eiweißhaltiger Ernährung und so.« Er leckte sich über die Lippen und wischte sich den Schweiß von der Stirn.

»Alles klar«, entgegnete der Verkäufer, »kein Problem, ich habe genau das Richtige für dich.«

»Aber ist das nicht auch schädlich?«

Der Verkäufer und der Kunde lachten auf und tauschten einen Blick.

»Du musst das nicht permanent schlucken und auch nicht so übertreiben, wie die Bodybuilder, aber ein kleines bisschen kann schon echte Wunder bewirken. Ich würde dir empfehlen, am Anfang mal Dbol zu nehmen, damit da ein bisschen was an deine dürren Gräten kommt. Probier es mit Cycling, die Wirkung steigt und die möglichen Nebenwirkungen werden dadurch reduziert.«

Da man dem Neuen deutlich ansah, dass er nichts verstand, sprang der Kunde ein: »Heißt, du nimmst das jetzt für vier bis sechs Wochen, dann machst du Pause und in ein paar Wochen startest du einen neuen Zyklus. Hat bei mir am Anfang auch super gewirkt.«

Der Neue sah sich noch einmal unsicher um, dann fiel sein Blick auf seinen Kumpel und den Verkäufer.

»Okay, wie viel muss ich davon nehmen?«

»Fang mit 30mg am Tag an und steigere das auf 50mg, wenn du nach vierzehn Tagen das Gefühl hast, du verträgst es gut. Pass auf, Dbol hat nur eine kurze Halbwertzeit. Optimalerweise nimmst du die Dosis in vier bis fünf Portionen über den Tag verteilt. Und immer zum Essen, ist besser zu vertragen. Das Weitere kann dir dein Kollege erklären.«

Der Adamsapfel des Käufers hüpfte vor Aufregung.

»Hast du dir schon überlegt, welchen Aromatasehemmer und welches Testosteron du dazu nimmst?« Wieder konnte der Verkäufer auf den ersten Blick sehen, dass der junge Mann keine Ahnung hatte, worum es ging. Also klärte er ihn auf, griff zwei weitere Päckchen aus dem offenen Rucksack und drückte dem Typen alles in die Hand. Dann nannte er seinen Preis und steckte den Rest und das Bargeld rasch ein. Alle drei nickten einander zu. Die beiden Männer machten sich auf den Weg zum Training.

XI.

Im Büro ihres eleganten Penthouses, das im Untergeschoss der Maisonettewohnung direkt unter dem Zimmer ihres jüngsten Sohnes lag, stand Xiú Yema am Fenster und spielte mit ihrer goldenen Kette. Nachdem sie Xiú Mian auf Band gesprochen hatte, gab sie es auf.

Nur wer sie gut kannte, hätte die Missbilligung in ihrem Gesicht erkannt, das ansonsten reglos und fast maskenhaft wirkte. Sie hatte in ihrem Leben gelernt, ihre Gedanken, Absichten und vor allem Emotionen zu jeder Zeit unter Kontrolle zu haben – es war ein entscheidender Vorteil und als Frau in ihrer Position überlebenswichtig.

Trotzdem war sie jetzt ernsthaft verärgert über das respektlose Verhalten ihres Sohnes, der sie nicht zurückrief. Wie konnte er es wagen? Sie arbeitete hier so hart daran, ihm einen Weg in eine goldene Zukunft zu ebnen, und er ließ sich immer wieder vom scheinbar schnellen Geld, Drogen und andauernd irgendwelchen Blondinen den Kopf verdrehen. Alles, was sie sich für ihre Kinder in Europa gewünscht hatte, lag direkt vor ihnen, doch Mian schien nichts anderes zu tun zu haben, als sich einen würdevollen Aufstieg in die Triaden mit seinen ehrlosen, kleinkriminellen Aktivitäten zu versauen. Als hätten ihn die zwei Jahre Jugendgefängnis nicht klüger, sondern nur bockiger gemacht. Er war schon immer schwierig gewesen, hatte sich erst gegen seinen großen Bruder Bo aufgelehnt und dann gegen sie rebelliert. Aber in letzter Zeit wurde er zudem auch noch immer leichtsinniger. Damit gefährdete er am Ende nicht nur sich, sondern alles, was sie für die Familie aufbaute. Doch es schien fast, als wäre ihm das egal und er ständig nur darauf bedacht, seinen Spaß zu haben. Sie war so müde, ihn zu ermahnen und immer wieder seine Fehltritte auszubügeln. Wie viele Polizisten hatte sie schon bestochen, Anwälte bezahlt und Staatsanwälte erpresst, damit ihr Sprössling nicht erneut ins Visier der Justiz geriet.

Sie tippte gegen ihren Bluetooth-In-Ear-Kopfhörer und beendete das Gespräch, ohne eine weitere Botschaft auf der Mailbox zu hinterlassen.

Sie fluchte so leise, dass selbst Ma Quan, der lautlos mit frisch aufgebrühtem Tee den Raum betrat, es nicht hörte. Als sie sich umdrehte und ihn ansah, wusste er sofort, dass die gnädige Frau aufgebracht war. Und in solche Gefühlswallungen konnten sie nur zwei Dinge versetzen: ihre Söhne und die Triaden.

Wortlos verbeugte er sich tief und wartete, ob sie ihn ins Vertrauen ziehen würde. Er arbeitete seit über zehn Jahren für Xiú Yema. Sie hatte ihn von der Straße an ihre Seite geholt, hatte die Krankenhausrechnungen für seine Mutter bezahlt, dafür gesorgt, dass sein Vater würdevoll gepflegt und später bestattet wurde. Nachdem es der Zustand seiner Mutter erlaubt hatte, war Taitai es gewesen, die für ihre Ausreise aus China sorgte. Nun war seine Māma hier bei ihm in Hamburg und wurde rund um die Uhr von einem privaten Pflegedienst betreut. Er verdankte Taitai Yema alles und dafür konnte sie sich seiner Loyalität und Verschwiegenheit sicher sein.

Sie trat an den riesigen antiken Schreibtisch und gestattete ihm, ihr eine Tasse Tee einzuschenken.

»Sind wir im Zeitplan?«, fragte sie und nippte an der zerbrechlich zarten Porzellantasse. Er nickte und konnte erfreulicherweise bestätigen, dass der Frachter Rotterdam pünktlich verlassen hatte.

»In 36 Stunden ist unsere Ware in Hamburg.«

»Ist alles arrangiert mit den Käufern?«

Wieder verbeugte sich ihre rechte Hand respektvoll, ehe er antwortete.

»Alles ist bestätigt, wie Sie es gewünscht haben.« Er zögerte nur einen Moment und sofort spürte sie, dass er noch etwas zu sagen hatte.

Sie stellte die Tasse auf ihrer Untertasse ab und wartete. Intuitiv wusste er, dass es nichts half, schlechte Nachrichten vor ihr zu verbergen, also sagte er klar und deutlich, ohne zu viel Gewicht in die Aussage zu legen: »Es gibt Spannungen im Hafen. Die neue Taskforce der Polizei und Hafenbehörde hat für mehr Unruhe gesorgt als wünschenswert. Kein Grund zur Beunruhigung, Lo Shiyan und seine Männer werden sich darum kümmern.«

Zufrieden nickte sie kaum merklich und Ma Quan, der das mehr atmosphärisch wahrnahm, als auf eine Verbalisierung zu warten, fühlte sich gelobt, vollendete seine Verbeugung und zog sich zurück. Als er die Tür erreichte, hielt Yema ihn auf.

»Ich will mit Mian sprechen. Sofort.«

»Natürlich, Taitai Yema.«

Er verließ den Raum und schloss die schwere Holztür behutsam hinter sich.

Sie gestattete sich, sich einen Moment in ihrem Bürosessel zurückzulehnen. Kurz genoss sie die Aussicht aus den bodentiefen Fenstern über einen der, wie sie fand, schöneren Stadtteile Hamburgs. In zwei Tagen hätte sie es geschafft. Dann wäre ihr der Sprung in eine ganz neue Liga gelungen. Sie konnte ihren Triumph schon förmlich spüren.

Doch als Ma Quan kaum zwanzig Minuten später wieder in ihrem Büro erschien, war alle Vorfreude und Ruhe dahin.

Er war für seine Verhältnisse widernatürlich blass und konnte sie nicht ansehen. Angespannt trat er von einem Bein aufs andere. Sofort übertrug sich die Unruhe auf Yema, denn wenn Quan sich so benahm, musste etwas wahrhaftig Schlimmes passiert sein.

Sie setzte ihre elegante Lesebrille ab und schloss den Deckel ihres schmalen ThinkPads, das vor ihr auf dem Tisch gestanden hatte. Um Haltung zu bewahren, ließ sie die Finger auf dem Deckel ruhen und blickte Quan fragend an.

»Taitai Yema, es gab einen Unfall ...«

Ihr Herz zog sich zusammen, doch rein äußerlich war keine Veränderung wahrnehmbar.

»Was ist passiert?«, fragte sie tonlos.

»Die *eBar* ... es gab ein Feuer.«

Ungeduldig warf sie Quan einen flammenden Blick zu.

»Nun sag schon, was los ist!«, herrschte sie ihn an und verriet damit ihre aufkommende Panik.

»Xiú Yema, es tut mir leid, Xiú Mian war in seinem Büro, wo das Feuer ausgebrochen ist.«

Ohne es zu wollen oder zu bemerken, griff sie sich mit einer Hand an die Kehle. Sie konnte die Frage nicht aussprechen.

»Er ist tot, Xiú Yema. Ebenso wie Hu Li. Shen Dan ist im Krankenhaus. Ich werde sofort versuchen herauszufinden, was genau passiert ist.« Er verbeugte sich und verharrte in der Erwartung weiterer Befehle. Seine Hände zitterten leicht. Dieser Augenblick war auch für ihn lebensentscheidend. Denn er hatte selbst miterlebt, wie Yema damals den Überbringer der Nachricht, dass ihr Erstgeborener in einem Revierstreit von Rivalen erschossen worden war, im Affekt auf ihrem Wohnzimmerteppich hingerichtet hatte, ohne mit der Wimper zu zucken.

So kontrolliert und beherrscht sie normalerweise war, loderte da unter der Oberfläche ein Jähzorn, der in seinem verheerenden Ausmaß dem Zorn der Götter in nichts nachstand.

Fast noch irritierender war allerdings, dass sie anstatt eines Gefühlsausbruchs jetzt nur ganz langsam ihre Hand in Richtung des Tabletts mit dem Tee ausstreckte und sagte: »Der Tee ist kalt geworden, bitte bring mir frischen.«

Ma Quan verbarg mit einer Verbeugung seine Überraschung und Erleichterung, beeilte sich, das Tablett an sich zu nehmen und rückwärts mit weiterhin gesenktem Haupt den Raum zu verlassen. Noch immer schlug sein Herz bis zum Hals.

An der Tür sandte sie ihm hinterher: »Und verschaff mir Zugang zur Videoüberwachung aus der *eBar* – das muss alles in der Cloud sein.« Die Kälte in ihrer Stimme ließ ihn bis in die Knochen erschauern.

Erst als er die Tür hinter sich geschlossen hatte und sich eilig einige Schritte entfernt hatte, erklang ein Schrei, der ihm durch Mark und Bein ging. Eiskalte Angst bemächtigte sich seiner.

Ma Quan war ein harter Mann. Das Leben in Armut hatte ihn dazu gemacht und die Arbeit für Xiú Yema erst recht. Er hatte sich die Hände schmutzig gemacht für sie und hatte sogar in ihrem Auftrag getötet. Aber so hatte er noch keinen Menschen schreien hören.

In seine Erleichterung, dass er als Botschafter davongekommen war, mischte sich Mitleid mit demjenigen, der sich den Zorn dieser Mutter zugezogen hatte. Ihm blühte ein furchtbares Schicksal.

XII.

Sara hatte den Wecker ausgeschaltet und wollte mit ihrer Morgenroutine beginnen, als ihr Handy klingelte. Schon am Klingelton erkannte sie, dass es Max war, denn ihr Handy ließ eine Alarmsirene hören und rief: »Bullshit Alert!«

Sie grinste. Wenn Max das mitbekommen hätte, hätte they sie vermutlich gevierteilt, aber da Max selbst die meisten ihrer Anrufe entweder abwimmelte oder unbeantwortet ließ, hatte sie sich den Spaß erlaubt und freute sich seither jedes Mal, wenn Max sie kontaktierte.

»Moin«, sagte sie betont lässig.

»Hatte ich dir nicht ganz deutlich gesagt, dass du dich raushalten sollst?«

Der Tonfall klang super gereizt und ganz nach dem Ich-bin-der-Boss-Modus, den Max in der Afghanistan-Sache schon immer angeschlagen hatte.

Sara, die nur allzu gut wusste, was Max meinte, und ehrlicherweise schon damit gerechnet hatte, früher oder später deshalb zusammengeschissen zu werden, stellte sich dumm.

»Hey, komm mal runter. Was bitte habe ich denn nun wieder gemacht?«

Max schnaubte vor Wut.

»Erzähl mir ja nicht, dass du nichts damit zu tun hattest, dass in der *eBar* zwei Tote liegen und der Laden in Flammen aufgegangen ist!«

Sara konnte sich gerade noch auf die Zunge beißen, um nicht zu fragen: »Wieso nur zwei?« Stattdessen erlaubte sie sich einen Scherz.

»*eBar*? Kann man das essen oder was soll das sein?«

Sie fand es belustigend, wie Max sich aufregte.

»Sara, verdammte Scheiße, das ist nicht witzig. Du solltest dich raushalten und jetzt das.«

»Schon gut«, räumte Sara ein und gab zu: »Das war ja auch nicht meine Absicht. Ich wollte eigentlich nur mit dem Typen reden …«

»Du hast einen klaren Befehl missachtet, Sara, schon wieder! Verdammt, legst du es eigentlich wirklich darauf an, dass die Sisterhood dich rauswirft?«

Sara begriff langsam, dass sie vielleicht doch zu weit gegangen war, und wagte einen Erklärungsversuch: »Max, so ist das nicht. Ich wollte wirklich nur ein bisschen Aufklärung betreiben. Aber als ich den Typen dann gesehen habe, dachte ich mir, ich könnte genauso gut gleich mal mit ihm reden. Und dann waren da diese Bodyguards, die direkt mit Pistolen auf mich losgingen. Der Kerl hatte sogar eine Maschinenpistole unter dem Schreibtisch. Ist ja nicht so, als ob ich eine Wahl gehabt hätte. Und das Feuer ist versehentlich ausgebrochen, der Alkohol …«

Max atmete hörbar durch und fuhr mit gepresster Stimme fort: »Verdammt, Sara, hast du eigentlich eine Ahnung, in was für einem Schlamassel du steckst? Weißt du, wer der Typ war?«

In Saras Nacken begann es zu prickeln. Das geschah immer, wenn Gefahr drohte, und sie fing an zu realisieren, dass hier wohl mehr dahintersteckte.

»Nein«, sagte sie und wartete ab.

Noch einmal schnaufte Max am anderen Ende, dann fuhr they mit leiserer Stimme fort: »Das darf ich dir eigentlich alles gar nicht sagen, aber da du nun schon einmal mitten ins Hornissennest reingetreten bist … Xiú Mian ist der Sohn von Xiú Yema.« Max machte eine bedeutungsschwangere Pause. Sara begriff noch immer nicht.

»Und?«

»Und sie ist die Witwe von Wan Li.«

Sara wurde ungeduldig.

»Max, nun mach mal einen Satz draus, bitte. Diese Namen sagen mir alle nichts, was sind die, irgendwelche Reality Stars?«

Nun seufzte Max: »Nein, du hast dich mit niemand Geringerem angelegt als einer Frau, die hier in Deutschland ein kriminelles Imperium führt und nebenbei danach strebt, die erste Anführerin in den Rängen der Triaden zu werden.«

Jetzt war es an Sara zu schlucken.

»Triaden wie in chinesische Mafia?«

»Genau die«, bestätigte Max.

»Oh, shit.« Beide schwiegen und in Saras Kopf arbeitete es. Nach einer Weile fragte sie: »Okay, tut mir leid, wieviel Mist habe ich da angerichtet?«

»Ganz ehrlich, das ganze Ausmaß kann ich noch gar nicht abschätzen. Aber hier raucht es gerade gewaltig. Das einzig Gute dabei ist, dass es im Moment danach aussieht, als würden die offiziellen Ermittlungen in Richtung eines schief gegangenen Drogendeals gehen. Xiú Mian hatte da wohl ein kleines Kokaingeschäft am Laufen. Nichts Großes, eher Kleinkram im Vergleich zu dem, was seine Mutter mutmaßlich so bewegt. Er ist schon seit Jahren immer mal wieder im Fokus der Polizei, allerdings hat die liebe Mama bislang eine schützende Hand darüber gehalten. Die Bar steht im Verdacht, für Geldwäsche genutzt zu werden und auch

Untersuchungen im Zusammenhang mit Prostitution und mindestens eine Anklage wegen Vergewaltigung sind da anhängig.«

»Na, wenn das mal nicht ein echter Quell der Freude war«, stellte Sara fest und es tat ihr jetzt noch weniger leid, was passiert war.

Sie konnte hören, wie Max ausholte: »Ja, es sagt ja auch keiner, dass es einen Unschuldigen getroffen hat. Das Problem ist bloß, dass die Mutter nicht zu unterschätzen ist und wenn die dich ins Visier nimmt …«

»Wie sollte sie?«, unterbrach Sara sie. »Ich war nicht mit dem Auto da, die haben mich zuvor nie gesehen und dank des Feuers gibts da garantiert auch keine Spuren mehr von mir. Keine Chance, dass die auf mich kommen.«

»Unterschätz Xiú Yema nicht. Wir haben keine Ahnung, wie weit ihre Verbindungen wirklich reichen und woher sie überall Informationen erhält.«

Sara zuckte mit den Schultern.

»Ich glaube, ich kann schon auf mich aufpassen.«

Wieder seufzte Max.

Dann fiel Sara allerdings etwas ein: »Wer hat überlebt?«

»Einer von der Security. Ein gewisser Shen Dan, Ex-Militär, Söldner, liegt mit Gehirnerschütterung, gebrochenem Kiefer und einer Rauchvergiftung im Krankenhaus. Angeblich noch nicht wieder bei Bewusstsein.«

Sara erinnerte sich an den bulligen Kerl mit der Narbe über dem Auge. Grimmig stellte sie fest: »Dann sind die Chancen ja gut, dass er sich ohnehin nicht an viel erinnert. Und auch den habe ich vorher noch nirgendwo gesehen. Die haben keine Ahnung, wer ich bin. Mach dir nicht so viel Sorgen.«

Sie ging in Gedanken noch einmal den Austausch mit diesen Möchtegern-Gangstern durch und erinnerte sich, die Vergewaltigung vom Vorabend erwähnt zu haben. Allerdings hatte sie kein Wort darüber verloren, in welchem Verhältnis sie zu Nele stand. Sie schüttelte das aufkommende, ungute Gefühl ab.

»Nein, keine Chance, die kommen nicht auf mich.«

»Ich kann es nur hoffen. Und ich bete, dass dein Eingreifen nicht noch andere Konsequenzen hat«, grummelte Max.

»Um was geht es denn?«, fragte Sara. Doch statt einer Antwort legte Max auf.

Sara blickte auf das erloschene Display und murmelte: »Und dir auch noch einen schönen Tag, Max.«

XIII.

Zum bestimmt fünfzigsten Mal spielte sich die gleiche Szene auf dem Laptop ab. Yema starrte darauf, ohne etwas zu sehen, und tippte wieder auf *Play*, sobald der Feed abbrach. Das Szenario lief erneut vor ihren Augen ab. Ma Quan, der nur einen Schritt hinter ihr stand, hatte längst den Blick gesenkt. Er wusste mittlerweile auswendig, was kam.

Die Kamera war in der Ecke über Xiú Mians Schreibtisch angebracht gewesen und hatte von dort aus mehr oder weniger das gesamte Büro aus Mians Sicht eingefangen.

Eine hochgewachsene Frau hatte den Raum betreten – Jeans, T-Shirt, Cappy – und zunächst etwas gesagt.

Shen Dan hatte sie abweisen wollen, doch stattdessen hatte die Frau ihn überrumpelt, umgeworfen und ihn entwaffnet. Die Art, wie sie blitzschnell seine Pistole zerlegt hatte, ließ eindeutig auf einen Profi schließen.

Dann war Hu Li nach vorn gesprungen, doch ehe er seine Waffe ziehen konnte, hatte ihm die Frau so schnell mit der Hand vor den Kehlkopf geschlagen, dass es auf dem Video nur in Slow Motion zu erkennen war. Er war auf den tonlosen Bildern der Überwachungskamera mit beiden Händen am Hals zusammengebrochen.

Xiú Mian hatte die Situation offensichtlich völlig falsch eingeschätzt, denn aus seiner Haltung sprach seine übliche Lässigkeit und komplette Arroganz.

Ma Quan ahnte, dass Yema es kaum ertragen konnte, den unprofessionellen Auftritt ihres Sohnes zu beobachten, der ihm zum Verhängnis geworden war.

Er hatte die Frau so grundlegend unterschätzt, selbst nach dieser beeindruckenden Darbietung ihres Könnens. Quan warf einen Seitenblick auf Yema. Nein, das würde ihr auf keinen Fall passieren.

Still beobachtete er den kurzen, stummen Austausch zwischen den beiden. Shen Dan war wieder auf den Füßen und sichtlich verärgert. Er hatte die junge Frau gepackt und zu sich umdrehen wollen, doch sie hatte ihn gleich doppelt angegriffen und damit wieder überrumpelt. Er war rückwärts gestolpert und dann wie ein angestochener Bulle auf sie losgestürzt. Sein Fehler, sie hatte seine Wut genutzt, um ihn mit dem eigenen Momentum auszuhebeln und schließlich mit einem Kick zum Kopf bewusstlos zu treten.

Er hatte unverschämtes Glück gehabt, dass seine Nackenmuskulatur verhindert hatte, dass ihr Tritt ihm das Genick brach.

Danach war es Xiú Mian gewesen, der sie angegriffen hatte, von hinten … Quan schloss kurz die Augen, doch die Frau war nicht zu bremsen gewesen. Sie hatte ihn durch den Raum geworfen und dabei die Einrichtung in der Lounge-Ecke zertrümmert. Ihre Technik war vollendet, während seine fast schon ungelenk wirkte. Er hatte sich von seinem Zorn treiben lassen, als er das letzte Mal auf sie lossprang und sie hatte ihn erneut mühelos abgewehrt.

Er schien nicht benommen und steckte auch die Schläge erstaunlich gut weg.

Quan kam zu derselben Schlussfolgerung wie Sara: Mian musste unter dem Einfluss von Drogen gestanden haben. Irgendwas verhinderte, dass er vernünftige Entscheidungen fällte, ebenso wie es sein Schmerzempfinden unterdrückte.

Der letzte Teil war am schlimmsten anzusehen. Mian hatte die Maschinenpistole von unter dem Schreibtisch gezogen und wollte sie auf die Angreiferin richten. Die hatte keine weitere Möglichkeit gehabt, als den schweren Massivholzschreibtisch umzuwerfen, um dahinter in Deckung zu gehen. Er hatte Mian unter sich begraben. Der Funke, der den Alkohol entflammte, war auf dem Bildschirm nicht auszumachen, aber es war deutlich, dass die Frau nicht mit Absicht Feuer gelegt hatte, sondern sich selbst verteidigt hatte. Ma Quan atmete lautlos aus. Das würde ihr nichts nützen.

Endlich schloss Xiú den Laptopdeckel und wieder ließ sie ihre schmalen, langen Finger darauf ruhen.

»Kennen wir diese Frau?«

Ma Quan, der hinter ihr stand, schüttelte erst den Kopf und beeilte sich dann, laut hinzuzufügen.

»Nein, Taitai Yema, ihr Gesicht kommt mir nicht bekannt vor.«

»Wir müssen herausfinden, wer sie ist und was sie wollte. Ich will den Bericht der Spurensicherung und ich will, dass alle unsere Leute ihr Bild kennen. Wenn sie Geschäfte mit Mian gemacht hat, will ich das wissen. Wenn sie eines von seinen Flittchen war, will ich das wissen.«

»Jawohl, Taitai Yema.«

Er trat vor den Schreibtisch und verbeugte sich tief. Als er von der Tür zurückblickte, hatte sie den Laptop erneut geöffnet, um die letzten Augenblicke ihres Sohnes noch einmal anzusehen – bis die Kameralinse platzte und der Feed gnädigerweise abbrach. Doch zu dem Zeitpunkt hatten sich die Beine unter dem Tisch schon nicht mehr bewegt.

XIV.

Xiú Yema hatte für ihren Besuch im Krankenhaus einen schwarzen Hosenanzug gewählt und eine Bluse derselben Farbe.

Ihr Haar war sorgfältig gekämmt, ebenso wie ihr dezentes Make-up tadellos war. Trotzdem trug sie eine dicke, verspiegelte Sonnenbrille.

Ma Quan eilte ihr drei Schritte voraus, zwei Bodyguards folgten ihr auf Schritt und Tritt.

In China wäre sie jetzt vermutlich in Weiß gekleidet gewesen, mit schwarzer Gaze am Arm als Zeichen, dass sie einen Familienangehörigen verloren hatte. Doch hierzulande passte das Schwarz nicht nur zu ihrer Trauer, sondern verlieh ihr gleichzeitig die nötige Autorität.

Sie schritt den Korridor entlang und ließ sich nicht von der Krankenpflegerin aufhalten, die ihr beherzt in den Weg trat. Quan fing sie ab und sprach eindringlich mit ihr, während einer der Bodyguards die Tür zu Shen Dans Zimmer öffnete.

Er war mittlerweile wieder zu sich gekommen, hatte allerdings immer noch eine Maske über Mund und Nase, durch die er Sauerstoff zugeführt bekam. Außerdem war sein Kiefer fixiert. Er war an diverse Monitore angeschlossen und über einen Tropf erhielt er intravenös Flüssigkeit. Als er Xiú Yema erkannte, versuchte er sofort, sich aufzurappeln, um sich ordentlich hinzusetzen.

Mit einer knappen Handbewegung gebot sie ihm, das zu lassen.

Ein Bodyguard wollte ihr einen Stuhl zurechtrücken, doch auch das unterband sie mit einer weiteren minimalen Geste.

Ohne ein Wort der Begrüßung oder gar eine Frage nach seinem Zustand fragte sie nur: »Wer war das?«

Shen Dan rappelte sich nun doch hoch, was prompt dazu führte, dass er husten musste. Yema wartete, bis er genug Luft hatte, um sprechen zu können. Anzusehen wagte er sie nicht.

Ungeduldig griff Yema ihre Frage selbst auf: »Ich habe den Videofeed aus der *eBar* gesehen. Diese Frau jedoch habe ich noch nie gesehen. So wie sie sich verhalten hat, wirkte sie wie ein Profi. Was wollte sie und wer ist sie?«

Dan hustete, doch dann gelang es ihm, seinen Atem zu sammeln. Kaum verständlich nuschelte er durch die mit einer Schuchardt-Schiene zusammengehaltenen Kiefer: »Ich habe sie gesehen … als ich dieses Mädchen am Mittwoch … ähm … weggebracht habe. Es war die Adresse von dieser Frau, wo ich sie abgesetzt habe … aber ich weiß nicht, wer sie ist. Oder für wen sie arbeitet …«, fügte er hinzu, die nächste Frage von Xiú Yema vorausahnend.

Yema kniff die Lippen zusammen und nickte knapp. Dann machte sie ohne ein weiteres Wort auf dem Absatz kehrt und verließ das Zimmer.

Shen Dan wollte schon in sein Bett zurückfallen, doch Ma Quan trat zu ihm ans Bett und flüsterte ihm ein paar Worte zu. Wenn möglich wurde Dan noch eine Nuance blasser. Natürlich, sein Versagen würde nicht ohne Folgen bleiben.

Als Ma Quan zu der kleinen Delegation aufschloss, raunte Yema ihm zu: »Lass das Navigationsgerät des Wagens auslesen und beschaff mir die Adresse. Es wird Zeit, dass ich mit dieser Person selbst spreche. Sie muss verstehen, dass jede Handlung eine Konsequenz nach sich zieht.«

XV.

Als Sara mit Renée von der Tagesmutter nach Hause kam, war es fast 15 Uhr. Sie hatten sich Zeit gelassen und ein paar Kleinigkeiten auf dem Markt eingekauft, anstatt direkt nach Hause zu fahren. Es herrschten warme Temperaturen, aber der Himmel war leicht bedeckt und sie hatte ihre Sonnenbrille in die Haare geschoben.

Als sie um die letzte Ecke bog, fiel ihr sofort der dunkle BMW ins Auge. Er war nicht so aufgemotzt und getunt wie der andere, den sie gestern gesehen hatte, aber die dunklen Fenster und das tiefer gelegte Chassis fielen hier in der gutbürgerlichen 30er-Zone auf wie ein rosa Bus.

Augenblicklich stellten sich Saras Nackenhaare auf. Der Wagen stand nicht direkt vor ihrer Tür, aber doch so, dass er die Zufahrt zu ihrem Teil des Doppelhauses gut im Blick haben musste.

Spontan entschied Sara sich, auf Nummer sicherzugehen. Sie setzte die Sonnenbrille auf und gab Gas, um zügig, aber nicht zu schnell an dem geparkten Wagen vorbei zu fahren. Da es in Deutschland nicht erlaubt ist, die vorderen Seitenscheiben und die Windschutzscheibe zu tönen, konnte sie im Vorbeifahren einen Blick auf den Typen im Wagen werfen. Er wirkte wiederum asiatisch, auf die Schnelle konnte sie jedoch keine weiteren Merkmale aufschnappen, da er ebenfalls eine dunkle Sonnenbrille trug.

Sie fuhr um die nächste Ecke und beschleunigte dann. Aber es tauchte kein Verfolger in ihrem Rückspiegel auf. Sie fuhr noch eine weitere halbe Stunde kreuz und quer durch die Gegend, bis zur Autobahn nach Stapelfeld und zurück, bemerkte allerdings nichts Verdächtiges mehr. Je länger sie unterwegs war – und vor allem, je unruhiger Renée in ihrem Kindersitz wurde, umso mehr fragte sich Sara, ob sie etwas zu paranoid war.

Sie war vorsichtig gewesen. Wie sie morgens selbst zu Max gesagt hatte, war es so gut wie ausgeschlossen, dass sie jemand gesehen hatte oder mit dem, was in der *eBar* vorgefallen war, in Verbindung bringen konnte. Und auch in Sasel gab es asiatische Familien. Wie hoch wäre die Wahrscheinlichkeit, dass ausgerechnet der Überlebende sie identifizieren und finden konnte? Sie schluckte. Vielleicht war es Zufall, dass der Wagen da gestanden hatte. Doch das Kribbeln im Nacken wollte nicht aufhören.

Sie fuhr aus der umgekehrten Richtung wieder in ihre Straße und hielt schon drei Ecken vorher Ausschau nach Auffälligkeiten im Umfeld. Doch dieses Mal sprang ihr nichts ins Auge. Der Wagen war verschwunden und außer den üblichen Fahrzeugen der Anwohner stand nicht einmal der Postwagen irgendwo rum, der normalerweise um diese Tageszeit kam. Sara atmete langsam aus und versuchte, das ungute Gefühl abzuschütteln.

»Hungi«, jammerte Renée zum wiederholten Mal von der Rückbank und Sara lächelte ihr im Rückspiegel zu.

»Alles gut, Maus, wir sind da, ich mach dir gleich ein Gläschen warm.«

Mit einem letzten sorgfältigen Blick in alle Richtungen fuhr sie aufs Grundstück und unter den Carport.

Zur gleichen Zeit rollte der Wagen, den Sara zuvor gesehen hatte, über die Bramfelder Chaussee Richtung Innenstadt.

Ein Anruf wurde getätigt und in einer eigenen Kassibersprache, angelehnt an die Gaunersprachen, derer sich die Triaden gern bedienten, wenn es um den Austausch geheimer Informationen ging, die die Polizei und andere Strafverfolgungsbehörden nichts angingen, wurde eine Sichtung bestätigt und eine Adresse übermittelt.

XVI.

Als Piotr an diesem Abend zur Arbeit kam, war ihm schlecht. Er hatte kaum geschlafen, Ewa hatte sich gewundert, dass er nicht einmal sein Lieblingsessen angerührt hatte, aber sein Magen war wie zugeknotet und ihm war so übel, dass er Angst hatte, sich übergeben zu müssen. Krank machen war jedoch auch keine Option, also hatte er sich wie gewohnt zur Bahn geschleppt.

Er musste unbedingt mit Bartosz sprechen. So konnte es nicht mehr weitergehen. Die Angst, entdeckt zu werden, die Angst, was passieren würde, wenn er nicht mehr mitspielte, die Angst um seine Familie … Piotr hatte das Gefühl, kurz vor einem Herzinfarkt zu stehen. Er brachte seine Sachen in den Spind und machte sich auf die Suche nach den Kollegen. Einige standen in Grüppchen herum und als er den Gemeinschaftsraum betrat, wurde es plötzlich still. Alle schienen den Neuankömmling anzustarren und sofort rutschte Piotr das Herz in die Hose. Sie wussten es! Er war erwischt worden. Jetzt war alles vorbei. Er wurde blass und der Raum begann sich vor seinen Augen zu drehen.

Anton Schmidt kam herein, blickte in die Runde und als er Piotr erblickte, winkte er ihn sofort zu sich herüber. Auf weichen Knien und mit hängenden Schultern folgte Piotr ihm auf den Flur. Verwundert blieb er stehen, weil der Vorarbeiter nicht hinüber in sein Büro ging, sondern einfach mitten im Gang stehen geblieben war.

»Gibt keine Art, dir das schonend beizubringen, Matysiak. Du warst mit Bartosz Wójcik befreundet, richtig?«

Stumm nickte Piotr. Sein Hals fühlte sich an wie Sandpapier und sein Mund war komplett trocken. Selbst wenn er gewusst hätte, was, hätte er nichts sagen können.

Jetzt legte ihm Schmidt eine Hand auf die Schulter und Piotr wäre um ein Haar in die Knie gegangen.

»Wir hatten einen Unfall hinten im Ladebereich zwei. Der Wójcik hat es nicht geschafft. Tut mir leid.«

Er kniff die Lippen zusammen und machte ein zerknirschtes Gesicht. »Wenn du willst, kann ich dir die Nummer von einem Seelsorger geben, du weißt schon, falls du reden willst.« Mit diesen Worten ließ er den verdutzten Piotr stehen. Der sank augenblicklich seitwärts gegen die Wand. Erst ganz langsam rieselten die Informationen in sein Hirn. Bartosz war tot. Er schüttelte ungläubig den Kopf und rappelte sich wieder auf, um zurück in den Gemeinschaftsraum zu gehen.

Noch in der Tür stehend, fragte er mit kratziger Stimme. »Was ist passiert?«

Die meisten Kollegen schwiegen und sahen betroffen zu Boden. Esra kam zu ihm, legte ihm eine Hand an den Arm und führte ihn zu einem Tisch. Ein anderer Kollege brachte ihm einen Kaffeebecher. Darauf war ein Rosenstrauß, stellte Piotr irritiert fest.

Esra war einer der ältesten Kollegen am Dock und immer derjenige, der schlichtete, wenn die jüngeren sich in die Haare bekamen. Nun sah er Piotr voller Mitgefühl aus seinen feuchten dunklen Augen an und fasste in seinem für ihn typischen schweren Akzent zusammen: »War nix zu machen, der Wójcik ist unter LKW gekommen. Die haben sofort Polizei und Rettungswagen gerufen. Eine Stunde sie haben gekämpft und nix zu machen, mein Freund. Dummkopf, hat einfach versucht, Ladebereich zu überqueren, obwohl LKW doch am Rumrangieren war. Vielleicht hat gesoffen …«

Piotr sprang so plötzlich auf, dass der Holzstuhl, auf dem er gesessen hatte, polternd nach hinten umfiel. Sofort herrschte Totenstille im Raum.

»Nein«, widersprach er heftig atmend. »Nein, das kann nicht sein.«

Esra, der verstand, dass Piotr Mühe hatte, den Tod seines Freundes zu akzeptieren, schüttelte traurig sein Haupt mit den mehr weißen als schwarzen Locken und sagte betrübt: »Tut mir leid, mein Freund. Furchtbarer Unfall.«

Noch immer schüttelte Piotr ungläubig den Kopf. Fassungslos sah er in die Gesichter in der Runde, dann spürte er, wie sein Bauch sich zusammenzog, und stürzte aus der Tür und über den Flur zu den Toiletten. Er schaffte es knapp, bevor sich die Galle wie eine Fontäne aus seinem Magen ins Waschbecken ergoss.

Er spuckte mehrmals aus, bis sich der ohnehin nur gelbliche Speichel endlich verzog und spülte dann den Mund aus. Bartosz war tot. Ein Unfall, dass er nicht lachte. Sein Freund war sicherlich viel gewesen, leichtsinnig, geldgierig und immer hinter dem nächsten Rock her. Aber er kannte niemanden, der so viel Wodka vertrug, ohne je betrunken zu werden – und außerdem war er nie, wirklich niemals betrunken zur Arbeit erschienen. Es war gänzlich unmöglich, dass das ein Unfall gewesen war.

Piotr dachte an die Begegnung mit den asiatisch wirkenden Schlägern und schluckte hart. Nein, er wusste genau, was da passiert war. Sie hatten ein Exempel statuiert, weil Bartosz gierig geworden war und mehr Geld hatte haben wollen. Noch einmal schluckte er. Ein Exempel, um auch ihm zu zeigen, was passieren würde, wenn er versuchen würde, aus der Reihe zu tanzen.

Mit zitternden Fingern umklammerte er den Rand des Waschbeckens und sah sich im Spiegel in die Augen. Sein schütteres mittelbraunes Haar fiel ihm strähnig in die Stirn. Seine Haut war fahl und wirkte wachsartig unter dem künstlichen Licht. Er sah aus wie der Tod auf zwei Beinen. Es war vorbei. Jetzt konnte er wirklich überhaupt nichts mehr tun. Sie hatten ihn in der Hand. Er senkte den Kopf und eine einzelne Träne rann seine Wange entlang. Er würde tun, was sie verlangten. Denn er hatte keine Wahl.

XVII.

Das Zimmer war elegant in sanften Erdtönen eingerichtet und doch täuschte nichts über die Funktionalität eines Krankenzimmers hinweg.

Das Pflegebett, das direkt am bodentiefen Fenster stand, Regale voller Medikamente, Beutel und Katheter und der Notfallkoffer mit dem Defibrillator. Davor der Rollstuhl mit der extra hohen Rückenlehne und der breiten Nacken- und Kopfstütze. Ihr Blick blieb an den Riemen hängen, die es brauchte, um ihren Sohn zu fixieren und so am Herausfallen zu hindern, wenn er in dem Stuhl saß. Unweigerlich wurde sie an einen elektrischen Stuhl erinnert und musste wegsehen.

Xiú Yema fuhr sich mit zitternden Fingern über die Augen und atmete ein paar Züge tief durch, um die Tränen zurückzudrängen. Sie würde jetzt nicht weinen.

Die Sonne war am Aufgehen und das erste Licht schob sich unter den schweren Vorhängen hindurch. Als sie sich spätabends in das Zimmer ihres Jüngsten geschlichen hatte, hatte sich die Nachtschwester, die normalerweise dafür sorgte, dass er über Nacht keinem Krampfanfall erlag, diskret zurückgezogen.

Yema streckte ihre steif gewordenen Knie. Auch wenn sie nicht geschlafen hatte, brauchte es doch eine Weile, um die Durchblutung ihrer Gliedmaßen wieder anzukurbeln nach den langen Stunden im Ohrensessel.

Sie war so aufgewühlt gewesen gestern und es war immer das Einzige, was sie beruhigen konnte, wenn sie hier bei Ning saß. Friedlich. Sie hatte die richtige Wahl getroffen, als sie ihm seinen Namen gegeben hatte. Während sein Vater Wan Li es schwer gehabt hatte, sich mit dem Fakt abzufinden, dass sein dritter Sohn schwer körperlich und geistig behindert war, hatte sie dieses Kind besonders wegen seiner Andersartigkeit geliebt. Und er war für sie immer eine Quelle der Ruhe gewesen. Nur heute Nacht hatte auch seine Präsenz sie nicht beruhigen können.

Sie hatte auf die sanften, unregelmäßigen Bewegungen seines Brustkorbs beim Atmen gestarrt und es schien das Einzige zu sein, das sie noch mit der Realität verband. Er kämpfte schon wieder, wie so oft, mit einem Atemwegsinfekt. Und jedes Mal bangte sie, denn solch ein kleiner Virus könnte eine bakterielle Infektion nach sich ziehen und wenn die Lunge betroffen war, gäbe es keine Hoffnung mehr bei seinem geschwächten Allgemeinzustand.

Sie kämpfte mit einer Welle von Gefühlen, die sie zu ertränken drohte. Ihr ältester Sohn war tot. Der Stolz ihres Mannes und ihr Augenstern. Nach Wan Lis Verlust war mit Bo ein weiterer Teil ihres Herzens erkaltet.

Nun war auch noch Mian tot. Nicht, dass sie große Hoffnungen in ihn gesetzt hatte, aber auch er war ihr Sohn gewesen und sie hatte trotz allem erwartet, dass er eines Tages ihr stolzes Erbe antreten würde. Nach Bos Verlust war er ihre einzige Chance gewesen, die Zukunft ihres Imperiums zu sichern und ihre Blutlinie fortzuführen. Nun waren all die gesunden Männer aus ihrem Leben gerissen worden.

Der Schmerz war unermesslich. Ihre Gedanken wanderten unaufhörlich zu all den Opfern, die sie gebracht hatte, den unzähligen Stunden, die sie in ihr

Geschäft investiert hatte, immer mit dem Ziel, ihren Kindern ein Erbe zu hinterlassen, auf das sie stolz sein konnten. Jetzt schien all diese harte Arbeit vergebens. Wer würde ihr Vermächtnis weiterführen? Wer würde das verstehen und schätzen, wofür sie gekämpft hatte?

Ning erzitterte im Schlaf und Yemas Gedanken kehrten zurück ins Hier und Jetzt. Unter all der Trauer regte sich ein liebevolles, warmes Gefühl. Er war ein besonderer Junge. Seine Behinderung würde ihn auf immer daran hindern, ein nur annähernd normales Leben zu führen – ganz davon zu schweigen, ihr Imperium zu übernehmen. Doch hier, in diesem Moment, während sie bei ihm am Bett saß, fühlte sie eine tiefe Verbindung und Liebe, die über geschäftliche Erfolge hinausging. Tief in ihrem Inneren wusste sie, dass ihre Rolle als Mutter wichtig war, vor allem für dieses Kind. Sie könnte den Rest ihrer Tage nichts anderes tun, als für ihn da zu sein. Doch ihr Stolz und ihr Ehrgeiz ließen sie sofort zornig die Tränen fortwischen. Nein, sie war mehr als nur eine Mutter. Sie war eine Geschäftsfrau. Und wer ihr in die Quere kam, der musste mit den Konsequenzen leben – oder für seine Taten sterben.

Sie würde jetzt keine Schwäche zeigen. Sie würde diesen neuen Deal durchziehen und ihr Imperium für die Zukunft festigen. Sie war noch jung, sie hatte jede Menge Zeit, um einen Nachfolger heranzuziehen.

In diesem Augenblick zählte nur eines: ihr Erfolg – und ihre Rache. Mit einem letzten Blick auf Ning erhob sie sich.

Sie hatte ein Geschäft abzuwickeln – und eine Beerdigung vorzubereiten.

XVIII.

Sara rollte mit Renée über den Boden und die Kleine kreischte vor Lachen. Saras Handy meldete sich – ausnahmsweise nicht mit der Alarmmelodie.

»Oh, wollen wir gucken, ob das der Papa ist?«

»Papa«, machte Renée und klatschte in die Hände, ehe sie sich auf die Füße rappelte und loslief in Richtung des flachen Couchtisches.

Sara sprang blitzartig auf und hatte sie mit zwei Schritten überholt. Triumphierend hielt sie das Smartphone in die Luft, während Renée immer noch lachend an ihrem nackten Schienbein landete.

Sara nahm den Anruf an und ließ sich rückwärts auf die Couch fallen, während sich die Videoverbindung aufbaute, und zog Renée zu sich hoch.

Lukas strahlte augenblicklich über das ganze Gesicht, als er seine beiden Lieblingsfrauen erblickte.

»Hallo ihr beiden, wie gehts euch?«, fragte er und schnitt unablässig Grimassen für seine Tochter.

Sara musste lachen.

»Uns gehts gut, wie läuft die Hausmesse?«

Er grinste fast bis zu den Ohren, schaltete dann die Kamerarichtung um und filmte einmal rundum durch einen beeindruckenden großen Raum, in dem diverse Geräte an unterschiedlichen Ständen aufgebaut und präsentiert wurden, Computeranimationen über Bildschirme huschten und deckenhohe Banner an den Wänden hingen.

»Die Ruhe vor dem Sturm«, sagte er aus dem Off und stellte dann die Kamera wieder zurück. »Alles fertig und in einer halben Stunde gehts los. Drück uns die Daumen, das kann echt gut werden.«

Sie lächelte und streckte zur Antwort den erhobenen Daumen ins Bild.

»Sieht super aus. Ihr rockt das. Freust du dich?«

Zur Antwort wurde sein Grinsen noch eine Nuance breiter.

»Wie läuft es bei euch?«

Saras Gedanken wanderten für einen kurzen Moment zurück zu dem Wagen, den sie am Tag zuvor gesehen hatte. Dabei hatte sich der Hauch einer Sorgenfalte auf ihrem Gesicht gebildet, was Lukas nicht entgangen war.

»Was ist?«, fragte er sofort. »Irgendwas mit der kleinen Maus?«

Augenblicklich schüttelte Sara den Kopf und setzte ein schiefes Lächeln auf.

»Nein, vergiss es, alles gut.«

»Sara.« Seine Stimme war ernst, und er sah sie durchdringend an. Sie hatte die Augen gesenkt und schien Renée davon abzuhalten, mit ihren kleinen Patschehändchen das Gespräch vorzeitig zu beenden, doch in Wirklichkeit arbeitete ihr Verstand auf Hochtouren. Dann verwarf sie ihre Zurückhaltung und hob den Blick.

»Ich hatte gestern kurz das Gefühl, dass hier ein komischer Wagen in der Straße gestanden hat, weiter nichts.«

»Was für ein Wagen?«

»Ein dunkler mit getönten Scheiben. Aber ich bin um den Block gefahren und dann war er weg«, spielte sie die Details herunter.

Nun runzelte auch er die Stirn.

»Wer kann das gewesen sein?«

Sie zuckte mit den Schultern und verschwieg ihren Verdacht. Er war schon beunruhigt genug – und das doch wohl völlig umsonst.

»Verdammt, wir haben gesagt, keine Lügen mehr.«

Sara kaute an ihrer Unterlippe und nickte. Dann strich sie ihren Pony zurück und sagte: »Hast du das mit dem Feuer in der Schanze gelesen?«

Überrascht überlegte Lukas einen Augenblick.

»Ja«, antwortete er, »da war irgendwas in der Tagesschau-App über einen Laden, der ausgebrannt ist.« Seine Augen weiteten sich. Ehe er etwas sagen konnte, fügte Sara knapp hinzu: »Es war ein Unfall.«

»Scheiße, da stand was von Bandenkriminalität und Geldwäsche in Zusammenhang mit Drogen ... Verdammt, was hat das ... oh Gott.« In seine Züge trat Erkennen. »Hat das was mit Nele ... «

Wieder nickte sie nur knapp.

»Oh nein, Sara, ich hatte dich doch gebeten, dich da rauszuhalten.«

Er wirkte sichtlich erbost und Sara rutschte auf dem Sofa hin und her.

»Wie gesagt, ich bin da nur hin, um ein bisschen Aufklärung zu betreiben. Aber dann ... kam es irgendwie anders und ... aber ich kann nicht damit in Verbindung gebracht werden, hat Max gecheckt ...«

»Steckt da etwa deine geheimnisvolle Sisterhood dahinter?«

»Nein«, entgegnete sie und verschränkte die Arme vor der Brust. »Die hat nichts damit zu tun.«

»Scheiße Sara ... und was war dann mit dem Auto?«

»Ich weiß es doch auch nicht«, gab sie jetzt doch gereizt zurück. Es hatte sich bescheiden angefühlt, solange sie ihn angelogen hatte, aber seine Predigt half ihr auch nicht.

Jemand kam ins Bild und raunte Lukas etwas zu. Der nickte und sah dann nervös wieder zu Sara.

»Okay, pass auf, ich muss jetzt hier loslegen. Aber wie wäre es, wenn ihr einfach ein bisschen zu Oma und Opa fahrt?«

Sara rollte mit den Augen bei der Vorstellung, dass er sie zu seinen Eltern schickte. Die waren zwar wirklich großartige Großeltern, aber mit Sara wurden sie nur bedingt warm.

»Nein, im Ernst, ich ruf meine Eltern an und ihr fahrt einfach direkt los. Ich nehme den nächsten Flug und komme euch dort abholen. Wir bleiben ein paar Tage und dann können wir zusammen wieder nach Hause fahren – und sehen, wie sich die Situation so entwickelt hat.«

Sara fand seine Besorgnis anstrengend und hätte sie gern abgetan, doch dann sagte er die magischen Worte: »Tu es für Renée, bitte!«

Augenblicklich brach ihre Gegenwehr ein. Sie ließ die Schultern nach vorn sinken und strich langsam mit den Fingerspitzen durch die wilden Locken ihrer Maus.

»Okay, ich mach es. Aber mach keinen Stress. Ich erledige noch ein paar Dinge, kaufe ein und dann packe ich das Auto. Und morgen, wenn Renée wieder müde wird, setz ich mich ins Auto. Dann ist das für sie am entspanntesten. Dann sehen wir dich abends schon. Zufrieden?«

Er lächelte sie etwas gezwungen an.

»Ja, aber wir müssen da nochmal grundsätzlich reden.«

Sie lächelte schief und winkte ihn weg.

»Los geh, hab Spaß.«

»Ich liebe dich. Und dich auch.«

»Lieb Papa«, krähte Renée.

»Ich liebe dich auch«, erwiderte Sara und legte auf. Mit dem Handy auf der Couch saß sie da, hielt Renée von ihrem Smartphone fern und spürte ihrem Bauchgefühl nach. Dann hob sie Renée hoch.

»Was meinst du, willst du heute Nachmittag Tante Manuela besuchen?«

»Tata.« Renée strahlte.

Nachmittags fuhr Sara noch einmal ins Krankenhaus und erfuhr überrascht, dass Nele auf eigenen Wunsch entlassen worden war. Sie fuhr bei dem Mädchen vorbei, wurde jedoch an der Tür von ihrer Mutter abgefangen, die ihr mitteilte, dass Nele keinen Besuch empfangen wolle. Sara ließ den Blumenstrauß da, den sie dieses Mal gekauft hatte, und fuhr das kurze Stück zurück zu ihrem Haus.

Da konnte sie nichts machen, dann mussten die guten Neuigkeiten halt warten.

XIX.

Ma Quan trat an den eleganten Sekretär und reichte Xiú Yema ihr Smartphone.

Sie lehnte sich an und tauschte einen kurzen Blick mit ihrem engsten Vertrauten. Dann zog er sich mit einer Verbeugung zurück.

Yema wartete, bis er außer Hörweite war, atmete tief ein und nahm das Gespräch an.

Die Stimme am anderen Ende der Leitung war rau und kehlig und zu laut. Ohne mit der Wimper zu zucken, entfernte sie das Telefon einige Millimeter von ihrem Ohr. Geduldig wartete sie, bis der aufgebrachte Wortschwall abebbte.

»Natürlich«, bestätigte sie, fügte jedoch nichts hinzu. Wieder lauschte sie einen Moment aufmerksam der wortreichen Entgegnung. Am Ende bestätigte sie übertrieben beherrscht: »Ja, am Zeitplan hat sich nichts geändert. Wir erwarten die Lieferung für morgen Vormittag. Wir treffen uns Sonntagabend wie bereits besprochen. Ich stehe zu meinem Wort.«

Die Hand auf ihrem Schreibtisch ballte sich zur Faust.

Dieser unverschämte Osteuropäer ging ihr gehörig auf die Nerven.

Nicht nur, dass diese Leute brutal waren und keinerlei Ehre besaßen, nein, es mangelte ihnen auch gehörig an Manieren. Sie zwang sich, ihre Hand wieder zu entspannen. Sie brauchte ihn. Er war ein notwendiges Übel bei ihrem Plan. Also erduldete sie eine weitere Tirade und schloss so diplomatisch, wie sie nur konnte: »Shkodran, ich freu mich auch darauf, Geschäfte mit Ihnen zu machen.«

Sie lächelte, doch das Lächeln erreichte ihre Augen nicht. Ihr Gesprächspartner sagte noch etwas und legte dann auf.

Ohne eine Miene zu verziehen, legte Xiú Yema das Telefon wieder hin. Ma Quan nahm es unauffällig an sich. Als habe er ihre Gedanken gelesen, bot er an: »Eine Tasse Tee, Taitai Yema?«

Sie schenkte ihm ein kleines dankbares Lächeln mit einem kaum merklichen Kopfnicken, woraufhin er sich sofort zurückzog.

Xiú Yema ließ sich tiefer in ihren Bürostuhl sinken und drehte ihn so, dass sie das Hamburger Panorama bewundern konnte.

Es würde ihr ein Vergnügen sein, diesem arroganten Möchtegern-Gangster eine Kugel in den Kopf zu jagen, und ja, vielleicht würde sie das sogar persönlich übernehmen. Ein typisches Arschloch, wie sie immer wieder in Mians Gefolge aufgetaucht waren.

Bei dem Gedanken an ihren Sohn zog sich ihre Brust zusammen. Trotzdem hatte er dieses eine Mal etwas richtig gemacht, denn Shkodran Velaj war zwar ein ungehobelter Grobian und ein Idiot, aber er bediente ein für sie interessantes Geschäftsfeld und sie würde für Ihre Vision sowohl seinen Zugang zum Markt wie auch seinen Verteiler brauchen.

Aber nicht mehr lange. Noch eine Weile würde sie ihn in dem Glauben lassen, dass er über diese Operation und ihre Zusammenarbeit bestimmen konnte. Nur noch für kurze Zeit würde sie sich mit der Rolle der Zulieferin zufriedengeben.

Sie warf ihren Kopf zurück und strich sich durchs Haar. Es war ein Fluch und ein Segen zugleich, eine Frau zu sein. Und wie immer würde sie es diesen Machos zeigen. Sie lächelte in sich hinein. Schon bald würde Velaj begreifen, was für ein unwichtiges und leicht zu ersetzendes Rädchen er doch war. Und dann wäre sie am Ziel ihrer Träume – sie hätte ihr eigenes Monopol.

Ma Quan kehrte mit dem Tee zurück.

Er blickte sie nicht an, als er anbot: »Wenn ihr bereit seid, Taitai Yema, ich habe die Vorkehrungen für die Beerdigung getroffen. Ihr müsst nur eure Zustimmung geben.«

Sie spielte mit der Kette an ihrem Hals und nickte. Keine Regung in ihrem Gesicht verriet ihre Gedanken. Doch dann richtete sie ihren Blick auf Quan und ihm lief ein Schauer über den Rücken.

»Lass uns das morgen machen, bitte. Heute hat etwas anderes Priorität.«

Er verbeugte sich tiefer als notwendig.

»Veranlasse alles Nötige.«

XX.

Es war kurz nach 22 Uhr und die Sonne längst hinter den Häuserdächern untergegangen.

Sara deckte die Terrassenmöbel ab und schloss dann sorgfältig die Terrassentür hinter sich. Sie hatte alles vorbereitet. Ihre Schwiegermutter war hocherfreut, dass sie spontan vorbeikommen würden. Taschen waren gepackt und im Auto, und der Wecker auf 4 Uhr gestellt. Wenn alles gut lief, hätte sie eine Chance, zumindest die halbe Strecke nach Nordrhein-Westfalen zu fahren, ehe die Kleine richtig wach wäre. Sie ließ ihre Nackenmuskulatur knacken und streckte sich aus.

Ohne das Licht anzuschalten, ging sie hinüber in die offene Küche und spähte auf die Straße. Es war wie immer ruhig und trotz ihrer intensiven Beobachtung konnte sie nichts Ungewöhnliches bemerken.

Sie atmete aus. Es war alles okay und Lukas zuliebe würde sie morgen einen Ausflug machen. Was für eine Zeitverschwendung. So weit war es also mit ihr gekommen, dass sie wegen seiner Paranoia eine fünfstündige Autofahrt und ihre Schwiegermutter allein in Kauf nahm. Noch einmal seufzte sie. Aber sie hatte es nun mal versprochen.

Zwei Stunden später war endlich Ruhe eingekehrt im Haus. Renée hatte kurz vor Mitternacht einen Albtraum gehabt und weinend im Bett gesessen, woraufhin Sara ihre Kleine zu sich ins elterliche

Doppelbett geholt hatte. Sie hatte auf Lukas Bettseite ein Nest für sie gebaut und sich dann von der anderen Seite so dicht an sie herangerollt, dass sie ihre Hand beim Einschlafen halten konnte.

Jetzt hob und senkte sich Renées Brust regelmäßig unter der Bettdecke und auch Sara war eingeschlafen. Sie seufzte im Schlaf und drehte sich auf den Rücken.

Eine Sekunde später saß sie kerzengerade im Bett und lauschte in die Dunkelheit. Was hatte sie geweckt? Das einzige Geräusch, das sie wahrnehmen konnte, war das leise Atmen ihrer Tochter.

Sie ließ sich zurück auf den Rücken sinken und starrte in die Schwärze der Nacht. Die Unruhe wollte sich nicht legen. Schließlich stand sie auf und schlich hinüber auf die Toilette. Auf dem Treppenabsatz blieb sie stehen und spähte hinunter ins unbeleuchtete Untergeschoss. Durch das Lichtfenster neben der Haustür fiel der Schein der Straßenlaterne und warf lange Schatten in den Flur. Nichts regte sich. Sara ließ ihren Nacken von links nach rechts knacken und versuchte, das Prickeln abzuschütteln. Dann schlich sie zurück ins Bett.

Die beiden Männer, die im Schutz der Hecke und eines Rhododendrons das Fenster zum Gäste-WC aufgestemmt und sich hineingeschlängelt hatten, hatten sich nicht gerührt, bis die Tür zum Schlafzimmer über ihnen wieder geschlossen wurde. Sie warteten einige weitere Minuten und glitten dann lautlos hinaus in den Flur. Beide trugen schwarze Kleidung und Skimasken und bewegten sich synchron und mit hoher Präzision. Die eher durchschnittliche Größe täuschte nicht über ihre Kraft und Fitness hinweg. Kein Geräusch oder Flüstern verriet sie. Sie verständigten sich mit

Handzeichen und sicherten das Untergeschoss, ehe sie mit dem Aufstieg in die erste Etage begannen. Ihre geschmeidigen Bewegungen in Kombination mit den Gummisohlen ihrer Schuhe ließ sie sich geräuschlos fortbewegen wie Schatten in der Nacht.

Bad, Kinderzimmer, Arbeitszimmer. Gesichert.

Beidseitig an der Schlafzimmertür positioniert nickten sie einander zu. Drei. Zwei. Eins. Als die Faust, die runtergezählt hatte, sich schloss, trat der Mann von links einen Schritt zurück und mit dem rechten Fuß die Tür ein.

Sara wäre um ein Haar wieder eingeschlafen, als sie erneut von einem unbestimmten Geräusch geweckt wurde. Es war, als hätte etwas von außen den Türrahmen gestreift. Sofort begann ihr Herz schneller zu schlagen und ihre Muskeln spannten sich an. Sie warf einen besorgten Blick zu Renée hinüber, die in ihrem Nest sanft vor sich hin schnarchte, und ihr Magen zog sich zusammen.

Rasch griff sie nach dem Handy und wollte gerade die Taschenlampe einschalten, als die Tür mit einem Knall aufsprang. Wenn sie im Tiefschlaf gewesen wäre und nicht eine Ex-Elitesoldatin, hätte der Krach sie schockartig gelähmt.

Doch die Angreifer hatten Pech, denn sie war eine Kämpferin durch und durch und mit einem Satz aus dem Bett, bevor die beiden mit ihren Gewehren den Raum klären konnten.

Zwei Männer waren in den Raum gestürmt mit taktischer Kleidung und ihrem Vorgehen nach militärischer Ausbildung. Beide waren mittelgroß, eher drahtig als übermäßig muskulös und bewegten sich mit einer gefährlichen Geschmeidigkeit, die Sara an die Kollegen aus der Spezialeinheit erinnerte.

Sara erwischte das Gewehr des ersten am Lauf, drückte es weg von sich und trat ihm so vor die Brust, dass er zurück in den Flur katapultiert wurde. Elegant fing er sich und ging direkt wieder in Position.

»Wer seid ihr? Was wollt ihr?«, rief sie und ärgerte sich, dass ihre Stimme vor Wut und Angst zitterte.

Die Männer antworteten nicht, ihre Augen funkelten gefährlich. Der vordere Mann zog ein Messer und bewegte sich langsam auf Sara zu. Sie wich zurück und kalkulierte ihre nächsten Schritte. Mit einer schnellen Bewegung trat sie gegen seine Hand, das Messer flog über das Bett und fiel dann klirrend zu Boden. Instinktiv verfolgte Sara seinen Flug. Besorgt, da ihr Kind in diesem Bett lag. Dabei hatte sie dem Angreifer Raum gelassen. Der Mann ergriff die Chance und warf sich ihr entgegen. Sara duckte sich unter seinem Schlag weg und traf ihn mit einem Ellenbogenschlag aufwärts in die unteren Rippen. Er keuchte auf, aber seine Entschlossenheit schien ungebrochen. Er ließ sich auf sie fallen, umklammerte sie in einem Bärengriff und wirbelte sie herum. Doch Sara warf sich rückwärts gegen ihn und krachte mit ihm zusammen gegen den Kleiderschrank. Dabei knallte ihr Hinterkopf an seine Nase und er ließ sie reflexartig los, um sich zu fangen.

Der andere Mann warf sich ihr ebenfalls entgegen und versuchte, sie an den Schultern zu packen, um sie zu Boden zu werfen. Doch Sara war auch darauf vorbereitet. Sie hatte instinktiv beide Arme gehoben und der Angreifer hatte blitzschnell sein Gewehr losgelassen, das nun am Riemen an seiner Seite schwang und ihre Handgelenke gegriffen. Er war ungefähr so groß wie sie und hatte sicher ein paar Kilo mehr. Unwillkürlich stahl sich ein böses kleines Lächeln auf ihre Lippen.

»Ihr habt euch mit der Falschen angelegt«, presste sie zwischen den Zähnen hervor. Statt wie jeder normale Mensch zu zerren und zurückzuweichen in einem sinnlosen Versuch, sich aus dem Griff loszureißen, festigte sie ihren Stand und drehte rasant ihre Ellbogen über außen nach innen. Wenn der Angreifer nicht losgelassen hätte, hätte sie ihm seine Unterarme gebrochen, also hatte er keine Wahl. Doch nicht genug, dass sie nun die Hände wieder frei hatte, sie trat sofort mit einem mächtigen Tritt in seinen Unterleib nach. Der Typ stöhnte hörbar auf, ächzte etwas, das sie nicht verstand, und rollte sich am Boden zusammen.

Sara blieb nicht stehen. Sie wirbelte herum und stürzte sich, ohne abzusetzen, auf den zweiten Angreifer. Der hatte jetzt ebenfalls die Langwaffe losgelassen, die seine Bewegungsfreiheit einschränkte.

Er täuschte an, Sara an den Hals greifen zu wollen und als sie die Hände zur Deckung hob, trat er ihr von der Seite ins rechte Knie. Zu Saras Glück hatte er zwischen dem Schrank und Bettrahmen nicht genug Platz gehabt, um Schwung zu holen, und so traf sie ein zwar schmerzhafter Tritt, der jedoch keinen bleibenden Schaden anrichtete. Trotzdem knickte ihr Bein weg. Sie verlor die Balance, und ein Schlag von der anderen Seite gegen ihren Kopf, den sie zwar abwehrte, warf sie dennoch zu Boden.

Sofort saß der Angreifer auf ihr. Mit einer Hand ihre Kehle fixierend, holte er mit rechts aus. Ohne eine Sekunde zu zögern, ergriff Sara das Handgelenk an ihrem Hals mit beiden Händen, hob den ganzen Arm inklusive des Kerls an und setzte ihn so neben ihrem

Kopf wieder ab, dass der Typ, der sich darauf abgestützt hatte, nun mit dem Momentum seines Schlages neben ihr zu Boden stürzte. Sara schlang den einen Arm um seine Kehle und benutzte den anderen als Hebel. Blitzschnell hatte sie ihn im Schwitzkasten, wand sich unter ihm heraus und presste nun ihn mit ihrem ganzen Gewicht auf den Boden. Der Typ keuchte und ruderte hilflos mit den Armen, während sie ihm die Luft abdrückte und gleichzeitig die Blutzufuhr zu seinem Gehirn unterbrach.

Im Bett regte sich etwas. Renée war wach geworden und hatte sich im Bett aufgesetzt. Im Halbdunklen des Raums mit dem Rumpeln um sich herum saß sie da und wimmerte leise vor sich hin.

»Mami?«, fragte sie und Sara hörte ihre Tränen. Das Adrenalin rauschte in ihren Ohren und gleichzeitig wollte sie nur ihr Kind in den Arm nehmen und so schnell wie möglich von hier fortbringen.

Die Bewegungen des Typen unter ihr wurden fahriger und schwächer und Sara spürte, dass sie es gleich geschafft hätte. Doch die Ablenkung durch Renée hatte Sara unaufmerksam werden lassen und so war ihr entgangen, dass der andere Mann wieder auf den Beinen war.

Einen Augenblick zu spät ahnte sie, dass er über ihr stand und als sie den kleinen Stich am Hals spürte, ließ sie den Kerl unter sich augenblicklich los, wischte seine Hand weg, hielt das Handgelenk dabei fest und zerrte den Mann nach vorn, sodass er über das Bündel aus Menschen am Boden stolperte und das Gleichgewicht verlor. Sara gab ihm den stärksten Faustschlag gegen die Schläfe, den sie in der taktisch unterlegenen Position von unten hinbekam. Er taumelte auf allen vieren zur Seite gegen den Kleiderschrank.

Der Typ unter ihr robbte röchelnd von ihr weg. Sara strampelte sich frei und schob sich rückwärts auf die Bettkante.

Sie spürte eine plötzlich lähmende Erschöpfung, die sich ihrer Glieder bemächtigte und ahnte sofort, dass sie die Spritze, die vermutlich Gift oder mit Glück nur ein Betäubungsmittel enthalten hatte, nicht rechtzeitig abgewehrt hatte.

Sara krabbelte rückwärts und schüttelte ihren Kopf, um wieder klar zu werden. Ihr Blut pulsierte in ihren Ohren und das Rauschen wurde nur übertönt vom mittlerweile alarmierten Kreischen und Weinen ihrer Tochter.

Sara erreichte die Kleine und zog sie an sich. Dann rappelte sie sich mit letzter Kraft auf die Füße und wollte an den noch mit sich beschäftigten Männern vorbei, die auf dem Boden neben dem Bett lagen. Doch als sie aus der Schlafzimmertür lief, erwischte sie einer am Knöchel und brachte sie zu Fall.

Sara spürte, wie sie in Zeitlupe fiel. Sie blickte in Renées weit aufgerissene und angsterfüllte Augen und presste ihren kleinen Körper reflexartig vor ihre Brust. Sie drehte sich im Fallen seitwärts und stürzte schmerzhaft auf ihre linke Schulter und Hüfte. Allerdings gelang es ihr, bei der Aktion Renée nicht loszulassen und ihren Kopf so zu schützen, dass er nur an ihre Brust und nicht auf den Boden prallte.

Der Aufschlag auf den Boden presste ihr die Luft aus der Lunge.

Mit letzter Kraft trat sie nach dem Mann, der ihren Sturz verursacht hatte, doch er wich ihrem schwachen Angriff mit Leichtigkeit aus.

Ihr Sichtfeld begann sich zusammenzuziehen und Sara kämpfte verzweifelt gegen die Dunkelheit.

Wütend fauchte sie die Männer an: »Wenn ihr ihr auch nur ein Haar krümmt, bringe ich euch um.«

Mit Erschrecken hörte sie, dass sie lallte.

Die beiden Einbrecher traten nacheinander in den Flur und einer richtete eine Handfeuerwaffe auf Sara.

»Keine Bewegung, oder das Mädchen stirbt«, zischte er mit starkem Akzent. Erst jetzt fiel Sara auf, dass die Augen, die sie unter den Skimasken erkennen konnten, mandelförmig waren. Doch ihr Gehirn konnte diese Informationen schon nicht mehr sauber verarbeiten.

Sie versuchte, rückwärts zu krabbeln. Renée entglitt ihren Armen, die sie nicht mehr kontrollieren konnte, und ihr Kopf sackte nach hinten, als würde er eine Tonne wiegen. Mit übermenschlicher Kraft richtete sie ihren Blick wieder auf die Angreifer. Der eine nahm Renée auf.

»Nein …«, nuschelte Sara. Dann verlor sie endgültig das Bewusstsein.

Als Sara kurz wieder zu sich kam, war sie an Händen und Füßen gefesselt. Der Boden unter ihr vibrierte leicht. Das Brummen eines Motors erfüllte die Luft und Dieselduft den engen Raum. Sie lag in einem Lieferwagen, ihre Hände schmerzten von den strammen Fesseln. Neben ihr lag Renée, verschnürt, reglos und mit geschlossenen Augen.

Sara stöhnte auf und robbte trotz abgestorbener und tauber Gliedmaßen an ihre Tochter ran.

»Renée, Renée«, flüsterte sie eindringlich, doch das Kleinkind regte sich nicht. Sara heulte auf und konnte nicht verhindern, dass Tränen ihr die Sicht verschleierten. Mit einem letzten Kraftakt gelang es ihr, so dicht zu dem Kind zu kommen, dass sie mit der Nase dessen Arm berühren konnte.

Sie war so kalt, viel zu kalt, selbst durch den dünnen Stoff des Schlafanzugs.

Die Angst, die sie überfiel, nahm ihr den Atem. Noch nie in ihrem Leben hatte sie so etwas gefühlt und die Wut, die darauf folgte, verbrannte sie innerlich wie heiße Lava, die durch ihre Adern pulsierte. Sie warf ihren ganzen Körper noch ein Stück weiter und legte ihr Ohr auf die Brust ihres Kindes.

Da. Sie spürten unter all dem Gerumpel des Wagens etwas Regelmäßiges. Einen Herzschlag. Langsam, aber kräftig. Die weiteren Tränen auf ihrem Gesicht flossen vor Erleichterung. Die Maus lebte, sie hatten auch sie nur betäubt. Sara biss sich so fest auf die Unterlippe, dass sie Kupfer schmeckte.

Die hatten sich an ihrer Tochter vergriffen. Wer zum Teufel waren diese Arschlöcher?

Sie ließ sich zurückfallen und versuchte, ihre Gedanken zu ordnen. Ihr Kopf pulsierte schmerzhaft von dem Betäubungsmittel. Sie musste einen Weg finden, sich und ihre Tochter zu befreien. Ihre Sinne waren benebelt und doch waren ihre Instinkte geschärft und jeder Muskel in ihrem Körper angespannt.

Die Entführer saßen vorne im Wagen, ihre Stimmen waren gedämpft, aber sie konnte das Murmeln ihrer Unterhaltung hören.

Sie wusste, dass sie keine Zeit verlieren durfte. Mit langsamen, vorsichtigen Bewegungen begann sie, an den Fesseln zu arbeiten. Ihre Finger waren taub, aber sie ließ sich nicht entmutigen. Es musste einen Weg geben, hier rauszukommen. Sie musste doch irgendwas tun können. Mit dem Blick immer fest auf Renée gerichtet, zerrte sie weiter an dem Klebeband und belebte mit den Mikrobewegungen ihre Muskulatur.

Doch sie bekam keine Chance auf einen fairen Kampf. Bei nächster Gelegenheit bog der Wagen scharf nach links ab und rumpelte über eine Bodenschwelle. Dann wurden die Geräusche anders, gedämpfter, so als wären sie in einen Tunnel oder eine Halle gefahren.

Sara lauschte angespannt und rang damit, einen klaren Kopf zu bekommen. Als die hinteren Türen geöffnet wurden, versuchte sie, so schnell wie möglich etwas wahrzunehmen, was ihr verriet, wo sie sich befand oder wer ihre Angreifer waren, doch das einfallende Licht war so grell, dass sie geblendet die Augen zusammenkniff und den Kopf abwenden musste. Das Nächste, was sie spürte, war wieder ein Pikser an ihrem Hals.

»Ihr feigen Schweine ...« Schlagartig wurde es schwarz um sie herum.

XXI.

Die Luft im Hamburger Hafen war schwer und schien zu stehen. Ein feiner Nebel hing über dem Wasser. Seine Finger krabbelten an den Schiffen und Docks hinauf und er ließ die Silhouetten der riesigen Containerkräne gespenstisch lebendig erscheinen. Es war kurz nach Mitternacht, und Piotr stand in der Dunkelheit, den Van-Carrier neben sich, die Hände tief in die Taschen seiner Jacke vergraben. Trotz der lauen Nacht fröstelte es ihn. Der Geruch von Salz und Diesel lag in der Luft, und das ewig dumpfe Dröhnen der ankernden Schiffe und Containeranlagen hallte unheimlich in der Stille wider.

Er war allein auf dem Dock und doch fühlte er sich beobachtet. Es war, als könne er die Blicke der asiatisch aussehenden Männer auf sich spüren, auch wenn das unmöglich war. Seit dem Unfall hatte er das Gefühl, sie wären wie Schatten, allgegenwärtig, immer bedrohlich. Unvermittelt sah er über seine Schulter. Doch da war niemand.

Piotr lief ein Schauer über den Rücken. Er presste die Hände zu Fäusten zusammen und schob sie ein Stück tiefer in seine Taschen. Ihr Zittern hatte rein gar nichts mit Kälte zu tun, und er versuchte, es verzweifelt zu unterdrücken. Er wartete bereits eine ganze Weile, dass seine Fracht entladen werden konnte. Nervös trat er von einem Bein auf das andere.

Seine Gedanken wanderten zu Bartosz. Er konnte es nicht fassen, dass er tot war. Er hatte mit seiner Schwester telefoniert und angeboten, bei der Überführung nach Polen und der Beerdigung zu helfen, doch sie hatten noch keine Freigabe der Leiche von der Polizei erhalten. Kein Wunder, es war schließlich Wochenende. Es war ohnehin ein einseitiges Telefonat gewesen, und er hatte den Hörer beizeiten an Ewa weitergereicht, da er komplett überfordert war mit der trauernden Schwester. Er hatte Ewa nur die offizielle Version erzählen können. Kein Wort darüber, dass der Unfall kein Unfall gewesen sein konnte.

Er schluckte hart. Wie hatte er sie und Martyna da nur mit hineinziehen können? Was war er selbst für ein Narr gewesen, sich von Bartosz darin verwickeln zu lassen. Aber das Geld war zu gut gewesen – und nun würde er für seine Gier den Preis zahlen müssen. Genau wie Bartosz.

Seine Hand umschloss sein Handy und zum hundertsten Mal zog er es hervor, um die elfstellige Nummer der Container mit dem Ladeverzeichnis zu vergleichen und dem Stand der Entladung. Nun würde er gleich dran sein.

Ein kalter Windstoß ließ Piotr erschauern. Die Zeit drängte. Und der Zoll durfte nicht auf ihn aufmerksam werden. Im Grunde nichts Ungewöhnliches. Reine Routine. Nur, dass er es eben eilig hatte, denn diese Mafiatypen warteten schon auf ihn.

Piotr verfolgte wie der Kran an die richtige Stelle manövrierte, um seinen Container von Bord auf den Kai zu transferieren. Er sah an der meterhohen Schiffswand hinauf und fragte sich wie so oft, was wohl in diesen Tausenden von Metallkisten drin war. Von seinem jedenfalls kannte er die Fracht nicht. Auf den Frachtpapieren war eine Firma mit chinesischem Namen aufgeführt. Angeblich wurden hier T-Shirts für eine Billigwarenkette geliefert, die in Deutschland sehr populär war.

Martyna war auch schon mit Tüten von denen nach Hause gekommen. Piotr schnaubte verächtlich. Wenn er auch sonst nichts wusste, aber eines war klar: Für minderwertige T-Shirts war sein Freund auf keinen Fall gestorben.

Natürlich wusste Piotr, dass im Hafen geschmuggelt wurde. Seit Menschengedenken wurde hier alles Mögliche verschoben. Die lukrativsten Dinge, die durch den Hafen kamen, waren immer noch Waffen und Drogen – oder Menschen. Das sollte ja jetzt mit dieser komischen Initiative angeblich alles viel besser werden. Aber solange diese Kriminellen immer arme Schweine wie ihn und Bartosz fanden, die aus Dummheit auf sie hereinfielen, um dann festzustellen, dass sie nicht nur ihr Leben, sondern auch das ihrer Familien in Gefahr brachten, hatten die Behörden keine Chance. Diese Strukturen waren einfach zu mächtig.

Piotr wurde beim Gedanken daran übel. Grimmig warf er einen letzten Blick hinauf und stieg dann mit schwerem Herzen in den Van-Carrier.

Die Kabine war eng und fühlte sich an wie ein Käfig. Er startete den Motor, der mit einem tiefen Brummen zum Leben erwachte, und begann den Van-Carrier zum Container zu rangieren. Seine Hände zitterten, als er die Steuerung betätigte, und sein Atem ging stoßweise.

Als er den Container erreichte, nahm er eine tiefere Dunkelheit wahr, die aus dem Inneren zu kommen schien. Piotr war eigentlich kein abergläubischer

Mensch, aber es war, als würde der Container selbst die bedrohliche Aura dessen, was er verbarg, ausstrahlen. Piotr bildete sich ein, körperlich das pulsierende Gefühl des Unheils zu spüren, das von dem Metallkasten ausging. Er schloss die Augen für einen Moment und versuchte, seine Gedanken zu ordnen. Er musste das tun. Nicht wegen des Geldes, sondern um Ewa und Martyna zu schützen. Er durfte jetzt keinen Fehler machen. Er riss sich zusammen und rangierte weiter.

Die schwere Kette des Van-Carriers klickte, als sie sich um den Container schloss. Piotr nahm einen tiefen Atemzug und zog den Hebel. Langsam, fast widerwillig, hob sich der Container vom Boden. Das Geräusch des schweren Metalls, das in die Höhe gehoben wurde, klang wie ein Urteilsspruch in der stillen Nacht. Piotr spürte den Druck auf seinen Schultern wachsen, als der Container in die Luft gehoben wurde, als würde er ihn nicht mit der Maschine, sondern allein mit seinen Armen hochheben müssen.

Mit einer bebenden Hand wischte er sich über die Augenbrauen, ehe ihm der Schweiß in die Augen laufen konnte. Mit angespannten Muskeln und klopfendem Herzen lenkte er den Van-Carrier langsam vom Dock hinüber zum wartenden LKW. Jeder Meter, den er im Schritttempo zurücklegte, fühlte sich an wie ein Marathon.

Als der Container schließlich über dem Auflieger des Tiefladers schwebte, hielt Piotr den Atem an. Die Winde des Van-Carriers surrte, während der Container sich langsam und mit äußerster Präzision auf den LKW absenkte. Das schwere Metall schlug auf die Ladefläche auf und das Geräusch hallte wie ein

Kanonenschuss durch die Nacht. Piotr konnte förmlich die Erleichterung des Fahrers spüren. Er hatte kein Wort mit ihm gewechselt. Jetzt hob er den Daumen zum Zeichen, dass die Ladung saß.

Piotr schluckte und fasste sich dann ein Herz. Er hatte getan, was von ihm verlangt wurde, dann konnte er sich auch wenigstens bezahlen lassen. Er stieg von seinem Van-Carrier und ging zu dem Fahrer. Wortlos reichte der ihm einen dicken Umschlag. Piotr öffnete ihn und zählte durch. Wenigstens war alles da. Als er aufsah, stand der andere plötzlich nur eine Armlänge vor ihm und sah ihn durchdringend an.

»Gut gemacht, Piotr«, sagte er. Das Gesicht kalt und emotionslos. »Geh feiern mit deiner Ewa und Martyna – und kein Wort zu niemandem. Verstanden? Wir wollen doch nicht, dass du so einen dummen Unfall hast wie dein Freund.«

Piotr nickte stumm, unfähig, etwas zu sagen. Seine Knie waren zu weich zum Weglaufen, sein Mund zu trocken für eine Antwort. Er gehörte ihnen. Er war ihre Marionette, von unsichtbaren Fäden gezogen.

Als habe der Mann seine Gedanken gelesen, trat er noch einen Schritt näher an Piotr heran.

»Wäre doch traurig, wenn Ewa und Martyna nicht einmal was zum begraben hätten …«

Er ließ die Drohung wie ein Damoklesschwert über Piotrs Kopf schweben.

Piotr senkte rasch den Blick und nickte knapp.

»Schon gut«, murmelte er und wandte sich rasch ab, um in den Van-Carrier zurückzukehren. Der andere stieg in die Fahrerkabine des Lastwagens und löste mit einem Zischen die Bremsen.

Piotr sah ihm von oben nach.

XXII.

Vor ihm hatte sich eine kleine Schlange gebildet. Die LKWs hatten teilweise schon die Motoren abgestellt, weil es nur so langsam voranging. Selbst zu dieser nächtlichen Stunde herrschte hier voller Betrieb.

Genervt schob Ole sein Cappy vom Kopf, kratzte sich den Schädel und setzte es dann wieder auf. Er griff nach seiner Zigarettenschachtel, zündete sich eine an und kurbelte das Seitenfenster herunter.

Es nützte nichts, sich aufzuregen. Er ließ seinen Blick träge über den Hafen gleiten, der in der tiefer werdenden Dunkelheit vor ihm lag, nur unterbrochen von den blinkenden Lichtern der Containerbrücken und den schwachen Strahlen der Scheinwerfer, die wie suchende Augen die Frachtanlagen durchdrangen.

Eigentlich hätte er längst unterwegs sein sollen, doch wie schon an den anderen Terminals, war hier heute der Wurm drin. Er fluchte unterdrückt. Nicht genug, dass die Einführung dieser passify-App so viel Ärger mit sich brachte.

Früher war alles einfacher gewesen. Ein paar Scheine für den Typen bei der Zollkontrolle und fertig. Er erinnerte sich noch daran, als er die ersten Fahrten gemacht hatte, damals als junger Mann. Mittlerweile war er weit in den Fünfzigern und freute sich schon auf seine Rente, die dank seines konstanten Zubrotes in den letzten Jahren deutlich angenehmer ausfallen würde. Wenigstens hatte das Entladen vom Schiff ohne Aufsehen geklappt und der dämliche Pole hatte auch keine Faxen gemacht.

Der Wagen vor ihm setzte sich in Bewegung und fuhr exakt eine Wagenlänge vor. Ole warf seine Kippe aus dem Fenster, hustete und legte dann den Gang ein. Auch sein Tieflader glitt ein paar Meter vor.

Aber es war nicht alles schlecht, setzte er seine Gedanken fort: Mit den Truckerkarten waren sie eine Zeit lang sehr gut gefahren, vor allem wenn es um die gefälschten Ladeverzeichnisse ging. Und auf der anderen Seite war es ziemlich komfortabel für ihn geworden, wie Container heute direkt auf die LKWs be- und entladen wurden. Was war das teilweise früher für ein Kraftakt gewesen – und wie viel gefährlicher. Unfälle waren da fast an der Tagesordnung gewesen.

Aber jetzt mit ihrem ganzen neumodischen Technikscheiß … und dann funktionierte das Zeug die halbe Zeit nicht. Er hatte es in der Zeitung gelesen: Im Hamburger Hafen gab es offenbar seit Wochen erhebliche Probleme bei der LKW-Abfertigung an den Containerterminals. Der Verband Straßengüterverkehr und Logistik Hamburg (VSH) beklagt lange Wartezeiten und zu wenig Abfertigungskapazitäten. Ole schnaubte und schaute auf die stehenden Wagen um sich herum. Kein Wunder, wenn einige Speditionen in Bedrängnis gerieten, weil sie nur halb so viele Container fristgerecht aus dem Hafen bekamen wie geplant. Klar, dass es dann wieder die IT war … was schafften sie auch erst solchen neumodischen Mist an. Na ja, aber Leute hatten sie halt auch keine.

Ole zündete sich eine weitere Zigarette an. Im Grunde konnte es ihm egal sein. Trotzdem war er nervös. Der Container war fest verzurrt und die Papiere perfekt gefälscht, aber er wusste nur zu gut, dass kein Plan ohne Risiko war. Und je länger er hier auf dem Hafengelände aufgehalten wurde, umso größer wurde auch die Chance, kontrolliert oder entdeckt zu werden.

Die Zollkontrollen im Hamburger Hafen waren zwar selten, aber berüchtigt für ihre Gründlichkeit, und selbst der kleinste Fehler konnte alles ruinieren. Er atmete tief durch, um seine Nerven zu beruhigen, und zog noch mal an der zweiten Zigarette. Eigentlich hätte er das längst aufgeben sollen. Der Stress und das Rauchen waren nicht gut für sein Herz. Ole lachte freudlos. Irgendwas würde ihn sicher mal umbringen, aber bis dahin war er wild entschlossen, noch ein bisschen Geld zu verdienen. Das tiefe Brummen der Dieselmotoren erfüllte die Stille der Nacht, ein vertrautes Geräusch, das ihm ein wenig Trost spendete.

Es war ja weiß Gott nicht seine erste Fahrt. Er hatte schon so viele gefährliche Ladungen durch die strengen Kontrollen geschmuggelt, dass er nicht einmal mehr hätte sagen können, wie viele es wirklich gewesen waren. Aber jedes Mal war es ein neues Spiel, eine neue Herausforderung.

»Du schaffst das, Ole, es ist alles wie immer«, murmelte er zu sich selbst, als er den Lastwagen langsam in Bewegung setzte und wieder ein paar Meter vorrollte. Der Asphalt unter den schweren Reifen fühlte sich vertraut an.

Als er sich endlich der Kontrollstation näherte, spürte er, wie sein Herz schneller schlug. Die Scheinwerfer des Lastwagens beleuchteten die Schranke und die kleinen Kabinen, in denen die Zollbeamten saßen. Ole griff nach den gefälschten Papieren, die sorgfältig vorbereitet worden waren. Jeder Stempel, jede Unterschrift war perfekt nachgemacht, aber er wusste, dass die Beamten auch darauf trainiert waren, Fälschungen zu erkennen. Er warf die Kippe aus dem Fenster, bevor die Beamtin zu ihm trat. Sie wirkte müde und abgespannt und Ole schenkte ihr ein schiefes Lächeln.

»Moin«, sagte er mit rauer Stimme. »Ganz schön was los bei euch heute Nacht. Schon wieder Schrott?«, fügte er mit einem Nicken in Richtung des Kartenlesers hinzu.

»Guten Abend«, sagte die Beamtin und machte eine wegwerfende Bewegung mit der Hand, ehe sie fortfuhr: »Ihre Papiere bitte.«

Ole reichte ihr die Dokumente, zwang sich, ruhig zu bleiben und sie weiter anzulächeln.

»Hilft Ihnen auch weniger als geplant, oder? Erst werden solche Sachen angeschafft, haufenweise Leute entlassen und dann funktioniert der Scheiß nicht. Ist wie mit dem autonomen Fahren. Die rationalisieren uns weg und wenns dann nicht läuft, sind wir zu wenige, um den Laden am Laufen zu halten.«

Normalerweise war Ole kein großer Schwätzer, doch seine jahrelange Erfahrung hatte ihm gezeigt, dass ein kurzer Schnack zur richtigen Zeit manchmal Wunder wirkte.

Die Beamtin nickte nur vage. Sie studierte seine Papiere und leuchtete mit der Taschenlampe darauf. Ihre Augen huschten über die Seiten, suchten nach Unregelmäßigkeiten. Ole beobachtete jede Regung und spürte, wie die Spannung in ihm stieg. Es kam ihm vor, als würde sie länger als nötig auf die Dokumente starren, doch dann sah sie plötzlich auf und schien erst jetzt zu realisieren, was er gesagt hatte.

»Ja, da haben Sie den Nagel auf den Kopf getroffen. T-Shirts?«, fragte sie und bezog sich damit auf die in den offiziellen Unterlagen hinterlegte Angabe zum Inhalt des Containers.

Er nickte.

»Ja, der ganz billige Mist, den die Teenies so gern tragen.« Sie warf ihm ein kleines Lächeln zu. Er nahm seine Papiere wieder in Empfang und belohnte die Frau mit einem Augenzwinkern.

»Danke Ihnen, na dann mal noch frohes Schaffen.«

Sie winkte ihm müde zu.

»Gute Fahrt«, sagte sie und trat zurück, um die Schranke zu öffnen.

Ole atmete aus und gab Gas. Der Motor brummte wieder auf, und er setzte seinen Weg fort. Noch immer lagen einige Kilometer vor ihm, aber die schlimmsten Hürden waren überwunden. Nun musste er nur sehen, dass er nicht noch mehr Zeit verlor, denn das würde seine Auftraggeber wenig erfreuen.

Zum Glück war es nicht mehr weit und morgen früh wäre der Container wieder an seinem Platz, um seinem Alibibestimmungsort zugeführt werden zu können.

XXIII.

Die schwarze Limousine stand mit laufendem Motor vor dem Rolltor. Sie waren pünktlich. Auf die Minute.

Xiú Yema schüttelte ihren Ärmel wieder über die elegante Armbanduhr und zupfte ihren Blazer zurecht.

Ma Quan warf ihr im Rückspiegel einen Blick zu, und sie hielt ihn einen Augenblick länger, als notwendig gewesen wäre, ehe sie kaum merklich nickte.

Es wäre lächerlich gewesen zu behaupten, dass sie aufgeregt sei. Das war sie nicht. Nein, das war hier wahrlich nicht ihr erstes Rodeo, wie sie in den amerikanischen Actionfilmen immer sagten, die Mian als Teenager verschlungen hatte. Sie war fast zwanzig Jahren die Frau eines wichtigen Mitglieds der Triaden gewesen und sie hatte immer über alles Bescheid gewusst. Sie war klug und ehrgeizig, und er hatte ihr beigebracht, dass Wissen Macht ist. Menschenhandel, Prostitution, Schutzgelderpressung, Drogenhandel, Erpressung … nein, es gab nichts, was sie nicht schon gesehen hätte – oder selbst in die Wege geleitet.

Und es ging auch nicht um die Ware oder um die Art dieses Treffens heute Nacht. Vielmehr ging es um das, was diese Zusammenkunft implizierte.

Wenn es ihr wirklich gelang, Zugang zu diesem speziellen Markt zu erhalten, dann hätte sie eine unleugbar starke Verhandlungsposition, um sich mit den Triaden auseinanderzusetzen. Ihre verstaubten Traditionen, ihre paranoide Angst vor Frauen in der

Führungsriege, die Entscheidung, ihr deshalb ihre Territorien abzuerkennen, als ihr Mann starb ... sie hatte nichts vergessen, sie würde alles einreißen und niederbrennen. Sie würde sich rächen – und zwar von innen heraus. Und das Geschäft mit Shkodran Velaj war der Keil, den sie unter den Türspalt treiben würde, damit man sie nie wieder vor ihrer Nase schließen konnte.

Sie hob das Kinn und unwillkürlich wanderte ihre Hand zu der Goldkette in ihrem Ausschnitt – zu ihrem Pi Yao. Heute wäre der Tag. Durch ihre nur leicht geöffneten Lippen ließ sie lautlos den Atem entweichen. Deshalb war dieses Treffen so überaus wichtig.

Auf Quans Signal hin wurde das schwere Rolltor beiseitegeschoben und der Wagen setzte sich langsam in Bewegung. Er rollte bis in die Mitte der Halle, wo bereits ein Tieflader mit einem orangen Container darauf parkte.

Auf der anderen Seite der Halle parkte ein dunkler Geländewagen. Ein Range Rover der neuesten Generation mit pervers auffälligen Felgen und Breitreifen. Wieder musste Yema unfreiwillig an ihren mittleren Sohn denken. Ja, so ein Wagen hätte ihm gefallen. Sie schnaubte leise und erregte Quans Aufmerksamkeit. Er hob die Augenbrauen in einer stummen Frage, und sie schüttelte minimal den Kopf. Sie musste sich jetzt auf das bevorstehende Geschäft konzentrieren. Alles andere würde sie später erledigen.

Die Türen des Wagens öffneten sich. Vier Personen stiegen aus.

Xiú Yema ließ sich Zeit. Als die anderen die Wagentüren hinter sich zugeschlagen hatten und in Richtung des Containers gingen, gebot sie Quan, auszusteigen. Er folgte ihrer Anweisung, ebenso wie der zweite Bodyguard auf dem Beifahrersitz.

In gemäßigtem Schritt ging er um das Heck des Wagens und trat zur hinteren Seitentür. Zu keinem Zeitpunkt ließ er die Bewegungen der anderen Partei aus den Augen. Er öffnete Xiú Yema die Tür und bot ihr seine Hand. Sie ergriff sie und stieg aus.

Demonstrativ nahm sie sich eine weitere Sekunde, um ihre Jacke glattzuziehen und ihr akkurat geschnittenes Haar zurückzustreichen. Jede ihrer Gesten strahlte ihre Überlegenheit aus. Sie wusste, dass sie damit ein gefährliches Spiel spielte. Reizte sie den Slawen zu sehr, würde sein Temperament mit ihm durchgehen. Demonstrierte sie jedoch nicht genug Stärke … ein winziges Lächeln umspielte ihre Lippen. Dann wandte sie sich um und schritt langsam ebenfalls Richtung des Containers, dicht hinter ihr, ihr eigenes Gefolge.

Velaj breitete die Arme aus, als würde er eine alte Freundin begrüßen wollen.

»Mirë se vini! Willkommen, Yema!«, rief er so übertrieben laut, dass es durch die alte Wellblechhalle nachhallte. Dann lachte er noch lauter.

Yema hatte seine ungehobelte Art von der ersten Minute an gehasst. Sein überhebliches Getue, seinen arroganten Auftritt, seine laute und vulgäre Ausdrucksweise bis hin zu seinen grobschlächtigen Zügen. Alles an diesem Mann ging ihr gegen den Strich. Doch im Gegensatz zu ihm konnte sie ihre Emotionen unter Kontrolle behalten und zwang ihr Gesicht zu einem Lächeln.

Wie alle Westler fehlinterpretierte auch er ihre asiatischen Züge als Freundlichkeit.

Ihr stahlharter Blick allerdings gebot ihm, drei Schritte von ihr entfernt stehen zu bleiben. Er musterte sie von oben bis unten, und sie ignorierte das anzügliche Grinsen. Dachte er, mit so einem Kinderkram könne er sie aus der Reserve locken?

Ihre Augen, scharf und durchdringend, scannten den Raum und seine Begleiter. Die beiden Männer, die sich außen rechts und links postiert hatten, wirkten ebenso primitiv wie er, strahlten jedoch eine aggressive Stärke und insofern eine gewisse Kompetenz aus.

Direkt rechts hinter ihm stand in seinem Schatten eine Frau. Auch sie sah Yema nicht zum ersten Mal. Die Frau war groß, fast 1,80 m, und übermäßig trainiert. Die Muskeln an ihren Oberarmen traten deutlich hervor und waren in der gleißenden Helligkeit der extra aufgestellten Flutscheinwerfer, deren Licht eine Art Kreis um den Container bildete, bestens in Szene gesetzt. Die Tattoosleeves, die beide Arme von den Schultern bis zum Handgelenk zierten, zeigten ein buntes Sammelsurium an Motiven. Unter ihrem abgeschnittenen Sweatshirt konnte man nicht erkennen, ob sie eine Waffe trug, doch es hätte Yema überrascht, wenn das Gegenteil der Fall gewesen wäre.

Das schwarz gefärbte Haar stand absichtlich in alle Richtungen vom Kopf der jungen Frau ab und während ihre mit schwarzem Kajal dick umrandeten, grünen Augen sich träge bewegten, kaute ihr Mund mit den pink geschminkten Lippen und dem Piercing in der Unterlippe demonstrativ Kaugummi.

Doch Xiú Yema ließ sich nicht täuschen. Unter dieser aufgesetzten Desinteressiertheit spürte sie die Anspannung, die wie ein Pulverfass nur auf einen Funken wartete, um entzündet zu werden. Sie würde sie im Auge behalten und nicht unterschätzen.

»Shkodran«, erwiderte sie seine Vertraulichkeit, ohne mit der Wimper zu zucken.

Er sah von oben auf sie herab und entblößte sein unregelmäßiges Gebiss, das mit zwei Goldzähnen um den Eckzahn links aussah wie ein Haifischgrinsen.

»Was für eine Nacht, um unser Geschäft endlich durchzuziehen. Du musst anschließend unbedingt mit mir was trinken gehen.« Wieder dieses aufgesetzte Lachen.

Yema hielt ihr diskretes Lächeln und ließ sich mit keiner Regung ihre Abscheu anmerken.

»Wollen wir dann?«, fragte sie stattdessen geschäftsmäßig und machte eine einladende Handbewegung in Richtung des Containers. Sie wusste nur zu genau, dass sie nicht in der Gesellschaft war, um überraschende oder schnelle Bewegungen zu machen.

Unter dem oberflächlichen Getue war die Atmosphäre in der Lagerhalle mehr als angespannt, die Luft schwer und geladen mit unausgesprochener Bedrohung. Denn obwohl beide Parteien wünschten, dass es glatt lief, war klar, dass Vertrauen etwas war, das hier niemand zur Übergabe mitgebracht hatte.

Velaj sah sie einen Augenblick an mit diesem breiten Lächeln, das seine Augen nicht erreichte und dann ließ er die Mundwinkel fallen. Die ganze Brutalität seines Wesens wurde auf den Gesichtszügen enthüllt, doch selbst das ließ Yema völlig kalt.

Er hob eine Hand und die Frau hinter ihm trat nach vorn. Sie hatte einen Rucksack auf der Schulter gehabt, den sie jetzt heruntergleiten ließ und langsam nach vorn reichte. Velaj hielt ihn gut sichtbar vor sich, zog den oberen Reißverschluss auf und zückte ein Notebook. Einer seiner Männer drehte sich um und holte aus dem Kofferraum einen kleinen aufklappbaren

Tisch. Velaj platzierte den Laptop darauf und klappte ihn auf, dann zeigte er wieder sein Raubfischlächeln und breitete seine Arme aus, als wolle er ihren Deal segnen.

»Wir sind bereit.« Shkodran verschränkte die Arme vor der Brust und musterte Yema mit einem durchdringenden Blick.

»Ladies first, zeig mir zuerst, dass du deine Seite des Deals eingehalten hast.«

Er wies mit dem Kinn auf den Container. »Erst die Ware, dann das Geld.«

Xiú Yema wechselte einen Blick mit Ma Quan, der wiederum einen kurzen Befehl gab. Augenblicklich schickte sich Ole an, den Container zu öffnen. Das Siegel wurde gebrochen und der Riegel aufgehebelt.

Langsam und mit einem ohrenbetäubenden metallischen Quietschen schwang erst der eine und dann der andere Flügel auf.

Nervös trat Velaj von einem Fuß auf den anderen und knetete seine Finger voller Erwartung. Um Yemas Mundwinkel zuckte es spöttisch. Anfänger. Er tat zwar so, als sei er hier derjenige, der den Ton angab, doch Yema hatte ihre Hausaufgaben gemacht.

Er dominierte zwar den Markt in der exponentiell wachsenden Freizeitbranche, doch ohne gesicherte Zulieferungswege nützte ihm sein sorgfältig aufgebautes Netzwerk von Verteilern überhaupt nichts. Und sie war seine beste Alternative, um an Nachschub sowohl des fertigen Produktes wie auch der notwendigen Rohstoffe für die Weiterverarbeitung zu kommen – dafür hatte sie gesorgt.

Im Grunde war es ihr egal, was sie ihm verkaufte. Ihre Marge blieb gleich. Dass er sich jedoch das Leben mit fertigen Mitteln um ein Vielfaches leichter machte, weil er keine Labore unterhalten musste und sein Risiko für Entdeckung verringerte, war ein Vorteil. Sie persönlich zog die Produktion in Südostasien vor und war nur gespannt darauf, mehr über den Aufbau seiner Organisation zu erfahren – es wäre nützlich für ihre nächsten Schritte. Sie lächelte also nur milde und nickte ihm zu.

Er trat zu ihr und blickte auf Reihen von T-Shirts, die in Plastik gehüllt auf Ständern hingen. Der große Mann neben ihr rieb sich das unrasierte Kinn. Sein aufdringliches Aftershave schoss ihr in die Nase, doch auch das entlockte ihr keine sichtliche Reaktion. Sie war eine vollendete Verhandlungsführerin und ihre Ruhe garantierte ihr die Dominanz, die sie physisch nicht ausstrahlen konnte.

Der Fahrer und ihr Bodyguard begannen, die vorderen Reihen der Ladung beiseitezuschieben. Bereits hinter der zweiten Lage kam eine Wand von Kartons zum Vorschein. Yema konnte die Nervosität körperlich spüren, die Velaj ausdünstete und genoss es, dass alles nach ihrem Plan lief.

Auf ihr Nicken hin wurde eine Kiste heruntergeholt und vor ihr am Boden stehend geöffnet. Sie lächelte kühl und sah Velaj an. Mit einer knappen Handbewegung und einer Neigung des Kopfes gestattete sie ihm, die Ware in Augenschein zu nehmen.

Shkodran leckte sich über die Lippen und trat näher. Er zückte ein Springmesser und schnitt den Karton mit einem Ritz auf. Fläschchen und Ampullen glänzten im Scheinwerferlicht der Lagerhalle wie die Oberfläche eines Sees, der im frühen Morgenlicht von einer sanften Brise wach geküsst wurde. Ein verheißungsvoller Morgen. Er zog eine Phiole heraus und ohne sich umzublicken reichte er sie weiter. Die junge Frau war unbemerkt hinter ihn getreten und Yema wurde erneut daran erinnert, dass sie diese katzenhafte Gestalt im Auge behalten musste. Sie nahm ihm die Ampulle ab und ging zurück zum Tisch. Aus dem Rucksack beförderte sie ein Set zur chemischen Überprüfung und machte sich mit geübten Bewegungen an die Arbeit. Yema beobachtete sie aus dem Augenwinkel. Jede Regung war ökonomisch, knapp und effizient. Selbst in Xiú Yemas Welt war diese Art von Professionalität ein hohes Gut. Was machte so jemand im Gefolge eines Schlägers wie Velaj?

Die Prüfung war abgeschlossen und die Frau tauschte einen Blick mit ihrem Boss. Der stand auf und klopfte sich jetzt demonstrativ jovial die Handflächen ab.

»Das scheint in Ordnung zu sein«, sagte er, und wieder erschien dieses widerliche Lächeln auf seinem Gesicht. »Was ist mit den Rohstoffen?«

Auf eine weitere wortlose Anweisung von Xiú Yema wurde ihm ein anderer Karton vor die Füße gestellt, den er ebenso zeremoniell wie den ersten aufschnitt. Er öffnete stichprobenartig drei weitere und strapazierte damit Yemas Geduld massiv. Sie empfand diese Überprüfung als respektlos und hatte zunehmend Mühe, ihr Pokerface zu bewahren.

Doch schließlich war Velaj zufrieden. Er klatschte in die Hände.

»Perfekt, dann lasst uns das Geschäft abschließen, damit wir feiern können.«

Yema wartete, bis die junge Frau sich nun kurz mit dem Laptop beschäftigte und dann wieder aufsah. Unauffällig gab sie Ma Quan ein Zeichen. Er zückte sein Smartphone und rief einen vorab gespeicherten QR Code auf, hinter dem sich die Bitcoin-Adresse zu

Xiú Yemas Wallet verbarg. Sie war traditionsbewusst, doch ging sie gern mit der Zeit. Sie hatte vor Jahren verstanden, dass sie nur so in der neuen Welt erfolgreich wäre. Zufrieden hob sie das Kinn.

Als Ma Quan jedoch einen Blick auf den Rechner der Frau warf, runzelte er leicht die Stirn. Er ließ die Hand sinken und sah zurück zu seiner Chefin.

Yema wurde von einem Hauch Unruhe erfasst.

»Das entspricht nicht der vereinbarten Summe.«

»Gibt es ein Problem?«, fragte Velaj gespielt überrascht.

Xiú Yema wandte sich ihm zu und legte betont langsam ihre Fingerspitzen aneinander, wobei sie zu Boden zeigten und nur die beiden Daumen auf ihn gerichtet waren.

Die Lagerhalle schien mit der Spannung zu vibrieren, und das einzige Geräusch, das zu hören war, war das leise Knistern der Lampen um sie herum.

»Sie haben wie vereinbart, fristgemäß fünfunddreißig Kisten mit einer Auswahl von mehr als achtzig erstklassigen Dopingpräparaten und Rohstoffen erhalten. Damit haben wir unseren Teil der Abmachung eingehalten. Außerdem eröffnen wir Ihnen für die Zukunft Zugang zu unseren Laboren in China und damit zu einer besseren Marge.« Automatisch war sie wieder in die Höflichkeitsform verfallen, was Velaj belustigte. Sie jedoch blieb unnachgiebig. »Wenn Sie verhandeln wollten, ist jetzt nicht der Moment. Achten Sie gefälligst unseren Deal.«

Die Anspannung in der Halle wurde greifbar. Alle Hände der Sicherheitsmänner wanderten automatisch millimeterweise weiter zu ihren Waffen. Der Fahrer verzog sich, so rasch er konnte, hinter die Zugmaschine seines LKWs.

Für einen Augenblick sah es so aus, als ob die Sache nur noch schief gehen konnte. Doch dann hob Shkodran beide Hände und lachte übertrieben laut los.

»Nicht doch, meine Freundin, es ist alles in Ordnung, nur ein Fehler, weiter nichts.« Er warf einen Blick zu der Frau, deren Finger sofort erneut über die Tastatur glitten.

Yema hatte den Albaner nicht aus den Augen gelassen. Ihre Verachtung für den Mann wuchs von Sekunde zu Sekunde. Was für ein ehrloses Subjekt. Ja, es würde ihr ein Vergnügen sein, ihm höchstpersönlich eine Kugel in den Schädel zu jagen, wenn die Zeit gekommen wäre.

Ma Quan sah erneut auf den Bildschirm ihres Rechners und hielt der Frau im Sweatshirt dann das Display seines Smartphones hin. Sie scannte es ab und eine Minute später signalisierte er, dass der Transfer lief.

»Dann mal los!« Velaj machte eine kreisende Bewegung mit der Hand über dem Kopf und sofort zückte einer der beiden Wasserträger ein Handy und rief jemanden an. Wenige Minuten später kam ein Transporter auf den Hof gefahren und noch zwei Männer sprangen aus dem Wagen. Zu viert begannen sie, die Kisten aus dem Container umzuladen. Derweil brachte Ole aus einer anderen Ecke der Halle einen Gabelstapler mit einer Palette weiterer T-Shirt-Ständer.

Es dauerte einige Zeit, alles aus- und umzuladen. Irgendwann zwischendurch trat Quan wieder an die Seite seiner Chefin und beugte sich hinunter, um die Überweisung zu bestätigen. Yema nahm die Nachricht regungslos entgegen. Dann zog er sich mit einer leichten Verbeugung halb hinter sie zurück.

Als alles erledigt war, fuhr der Transporter mit der Ware als erstes wieder los.

»Wo wollen wir jetzt feiern?«, fragte Shkodran bestens gelaunt. Je länger Yema ihn beobachtete, umso sicherer war sie, dass er irgendwas nahm. Wenn nicht seine eigenen Präparate, dann sicher etwas wie Kokain oder so. Er wirkte immer fahriger, je aufgeregter er wurde. Ein Zug, der sie nur allzu schmerzhaft an Xiú Mian erinnerte. Sie blinzelte und besann sich rasch. Huldvoll neigte sie den Kopf.

»Bei allem Respekt, aber ich pflege, Geschäftliches und Vergnügen zu trennen.«

Jetzt schüttelte er albern den Zeigefinger in ihre Richtung. »Als hätte ich das nicht geahnt. Aber das hier wirst du lieben.«

Er schnipste und einer seiner Handlanger zauberte aus dem noch immer offenen Kofferraum des Wagens ein Geschenk. Shkodran überreichte ihr eine Flasche in einer edlen Verpackung.

»Konjak Skënderbeu. Der beste Weinbrand, den Albanien zu bieten hat.«

Sie nahm das Paket an und wieder zwang sie sich zu einem Lächeln. Ohne dass es einem Impuls bedurfte, holte auch Quan etwas aus ihrer Limousine. Yema nahm ihm das Päckchen ab und präsentierte Velaj ebenfalls eine Flasche.

»Und von uns eine Flasche Maotai Schnaps – der beste Schnaps im Staate Qinin seit Jahrhunderten«, fügte sie würdevoll hinzu.

»Wuhu«, machte er und hob das Geschenk hoch, um sie seinen Kumpels zu präsentieren. Mit jeder Minute wurde Yemas Geduldsfaden dünner. Der Typ mit seinen mangelnden Manieren ging ihr auf die Nerven.

Jetzt streckte er ihr die Hand hin und Yema zögerte nicht, die Pranke zu ergreifen. Sie wusste, wie man einen Pakt im Westen besiegelte. Mit festem

Händedruck und einem unnachgiebigen Blick in das grobe Gesicht.

Shkodran Velaj hielt dem ihren stand, sein Gesichtsausdruck plötzlich wieder ausdruckslos. Dann zuckte auf einmal ein böses kleines Lächeln um seine Mundwinkel.

»Wann kann ich mit der nächsten Lieferung rechnen?«

Ohne zu zögern erwiderte sie: »Schon kommende Woche. Die nächste Lieferung hat bereits vor einem Monat China verlassen.«

Ohne ihre Hand loszulassen, drehte er sich feixend zu seinen Männern um.

»Das nenn ich mal geschäftstüchtig – und optimistisch.« Er sah sie wieder mit seinen kalten Augen an und es war klar, dass das kein Kompliment gewesen war, doch Yema ließ es durchgehen, ohne mit der Wimper zu zucken.

»Wie vereinbart«, bestätigte sie nur.

»War mir ein Vergnügen, Geschäfte mit dir zu machen, Yema. Dann bis nächste Woche.« Er zwinkerte ihr zu und erst jetzt ließ er ihre Hand los.

Yema widerstand dem Bedürfnis, sich ihre Finger abzuwischen. Sie hob das Kinn und wartete ab, bis Shkodran sich zurückzog. Sie selbst hatte sich keinen Millimeter bewegt.

Die Frau hatte in der Zwischenzeit den Tisch wieder abgeräumt und er war verstaut worden, die Männer machten sich auf den Rückweg zum Auto. Ausgelassen miteinander auf Albanisch scherzend. Die Frau war die letzte, die Yema mit ihren durchdringenden grünen Augen fixierte, ehe sie sich umwandte und zu dem großen Geländewagen zurückging.

Ehe sie ihn erreichte, kam ein weiterer Wagen um die Ecke der Halle gefahren. Ein dunkler Lieferwagen mit zwei Männern in taktischer Kleidung in der Fahrerkabine.

Sofort warf Velaj einen alarmierten Blick zurück und blieb mitten im Raum breitbeinig stehen, mit der Hand am hinteren Hosenbund, wo vermutlich seine Waffe unter der Jacke steckte.

Yema hob eine Augenbraue und winkte ihn weiter.

»Keine Sorge, das betrifft dich nicht.«

Er sah noch einmal zu dem Wagen, der jetzt langsam in die Halle fuhr und neben dem Container zum Stehen kam, der gerade im Begriff war, sich in Bewegung zu setzen.

Dann stieg er hinter das Steuer und startete den V8-Motor.

Während die beiden Männer aus dem Lieferwagen sprangen und nach hinten gingen, um die Türen zum Laderaum zu öffnen, rollte der Range Rover langsam durch die Halle Richtung Ausgang.

Die Frau, die auf dem Beifahrersitz Platz genommen hatte, lehnte sich unauffällig ein Stück vor, um sehen zu können, was die Männer ausluden. Eine große Frau mit einem weißblonden Undercut kam zum Vorschein, an Händen und Füßen gefesselt und offensichtlich bewusstlos. Einer der beiden warf sie sich wie einen Sack Kartoffeln über die Schulter und hob sie scheinbar mühelos hoch. Der andere förderte ein sehr viel kleineres Bündel zum Vorschein, das in einem rosa Einteiler mit Entchen steckte.

Unwillkürlich schnappte die Frau nach Luft und wandte dann blitzartig den Blick ab. Shkodran drehte sich zu ihr um.

»Alles klar bei dir?«

»Natürlich«, knurrte sie und starrte geradeaus durch die Windschutzscheibe. Misstrauisch beobachtete er seine Beifahrerin einen Moment, ehe er das Gas durchtrat und der Wagen aus der Halle auf den Asphalt des Vorplatzes sprang.

Draußen war die Nacht still und kalt, und ein Hauch von Unheil lag in der Luft.

XXIV.

Sara kam langsam zu sich. Ihr Kopf dröhnte, und ihre Gedanken waren ein chaotisches Durcheinander. Der metallische Geschmack des Betäubungsmittels lag schwer auf ihrer Zunge und während sie versuchte, ihre Augen zu öffnen, wurde ihr schlagartig so schlecht, dass sie sich zur Seite werfen musste und sich übergab.

Bittere Galle, mehr hatte sie nicht übrig im Magen. Ihr Mund war trocken und sie spürte im ganzen Körper Kälte und Dehydration. Wie lange war sie weg gewesen?

Sie blinzelte. Die Welt um sie herum war verschwommen und dunkel, Schatten tanzten in ihrem Sichtfeld. Ihre Glieder fühlten sich schwer und taub an und als sie versuchte, ihre Arme zu bewegen, um sich aufzurichten, bemerkte sie, dass sie immer noch gefesselt war.

Sie zog zunächst probehalber an den Fesseln, die ihre Handgelenke und Knöchel umschlossen, stellte aber schnell fest, dass sie solide und eng saßen. Ihr Herz begann schneller zu klopfen und mit jedem Schuss Adrenalin, der durch ihre Adern pumpte, wurde ihr Kopf etwas klarer.

Renée, schlug ein Gedanke wie ein Blitz ein. Panik ergriff sie, nicht weil sie realisierte, dass sie gefangen war, sondern weil sie nirgendwo eine weitere Präsenz spüren konnte. Wo zum Teufel war ihre Tochter?

»Renée!«, rief sie, ihre Stimme klang heiser. Die Stille, die auf ihren Ruf folgte, war wie ein tödlicher Schlag. Kein Geräusch, keine Antwort, nichts außer der drückenden Dunkelheit. Mühsam rappelte sie sich in eine sitzende Position und starrte angestrengt in das Grau. Sie saß in einem geschlossenen Raum, dessen Wände rundherum aus Wellblech oder Ähnlichem bestanden. Nur durch ein kleines Fenster, das weit über Kopfhöhe unter der Decke saß, drang fahles Tageslicht herein. Saras Augen hatten Mühe, sich an das Halbdunkel zu gewöhnen.

Die nackte Angst ließ sie nach Luft schnappen, als würde man sie waterboarden.

»Renée«, schrie sie aus Leibeskräften und lauschte dann angestrengt ihrer eigenen Stimme nach, die hinter den Wänden durch einen unglaublich weiten, leeren Raum echote. Eine Halle. Sie musste in einer Art Lagerhalle oder so sein. Sie sah sich um. Dann war dies vermutlich ein Abstellraum. Ihr Gehirn arbeitete auf Hochtouren, doch immer wieder landeten ihre Gedanken bei ihrer Tochter.

»Scheiße, Konrad«, fluchte sie laut und bellte sich selbst im Befehlston an, »reiß dich zusammen. Fokus.« Sie wusste instinktiv, dass sie weder sich noch ihr Kind retten konnte, wenn sie ihre Panik nicht in den Griff bekäme, doch ihre Mutterinstinkte setzten ihren gesunden Menschenverstand Schachmatt. Es dauerte kostbare Minuten, bis sie endlich in der Lage war, die Sorge um ihre Tochter so weit in den Hintergrund zu schieben, dass sie einigermaßen analytisch denken konnte.

Sara versuchte, sich an die letzten Momente zu erinnern, bevor sie das Bewusstsein erneut verloren hatte. Der Kampf in ihrem Schlafzimmer, das Kind in ihrem Arm, als sie im Flur das erste Mal ohnmächtig geworden war, dann der Transporter, der fuhr … Das Bild ihres verschnürten Kindes tauchte vor ihrem inneren Auge auf, ihr blasses Gesicht, wie kalt sie gewesen war … sofort schlug wieder eine schwarze Welle Panik über ihr zusammen. Mit schier übermenschlicher Kraft zwang sie sich, der Erinnerung zu folgen. Sie hatte ihr Ohr auf Renées Brust gelegt und das Herz hatte geschlagen. Sie hatten sie nur betäubt … Da lebte sie noch, aber jetzt… Wo war sie? Was hatten sie ihr angetan?

»Nein, nein, nein …«, murmelte sie. Tränen strömten unkontrolliert über ihr Gesicht. Die Angst verwandelte sich in Wut. Sie begann an den Fesseln zu reißen und gegen sie anzukämpfen, aber es war zwecklos. Der Raum um sie herum war dunkel und kalt, die Wände schienen näher zu kommen, als ob sie sie erdrücken wollten. Sara schloss die Augen und schüttelte den Kopf. Nachwehen von dem Betäubungsmittel. Ihr Sehsinn spielte ihr Streiche – oder war es die Angst um Renée?

Warum hatte sie nicht auf Max und Lukas gehört? Beide hatten sie davor gewarnt, sich einzumischen. Aber sie hatte ja mal wieder geglaubt, das Richtige tun zu müssen. Sie hatte gedacht, sie könnte helfen. Jetzt saß sie hier, gefangen und ohne eine Ahnung, was mit ihrer Tochter passiert war.

Sie dachte an Max und fragte sich, wann es auffallen würde, dass sie nicht zum Training erschien und sich nicht meldete. Seit dem Telefonat neulich, als Max ihr so den Kopf wegen ihrer Einmischung bei Xiú Mian zurechtgerückt hatte, hatte sie nichts mehr von der Sisterhood gehört. Wie lange mochte das her sein? Zwei Tage oder war sie etwa noch länger ausgeknockt gewesen? War heute Sonntag? Am Wochenende würde Max sie sicher nicht vermissen, aber sicher in der kommenden Woche? Sara schnaubte. Nein, darauf konnte sie sich nicht verlassen. Sie musste Renée finden – und zwar sofort! Dann fiel es ihr ein.

Ihre Schwiegereltern erwarteten sie. Lukas hatte sie in Neuss treffen wollen. Die mussten sich alle entsetzliche Sorgen machen. Wieder begann sie wild an ihren Fesseln zu reißen.

»Scheiße«, fluchte sie erneut und ließ sich am Ende schweißüberströmt zurückfallen. Nur mit ihrem dünnen Schlaf-T-Shirt und einem Slip bekleidet, lag sie fröstelnd auf dem Betonboden.

Lukas. Er hatte sie ebenfalls gewarnt und damit versucht, sie zu schützen. Lukas, der Fels in ihrer Brandung, der Ruhige, der Verständnisvolle. Jetzt war sie zu weit gegangen, und er war nicht hier, um ihr zu helfen.

»Er bringt mich um, wenn *seiner* Tochter was passiert«, konstatierte sie halblaut. Doch ihr Galgenhumor half nicht. Schon wieder liefen Tränen über ihre Wangen. Die Verzweiflung wurde unerträglich. Noch nie hatte sie sich dermaßen hilflos gefühlt wie jetzt. Sie lag hier in der Dunkelheit und ihre Tochter war irgendwo da draußen, allein und möglicherweise in großer Gefahr.

Die Zeit schien stillzustehen, während sie dort lag, unfähig, sich zu befreien, unfähig, etwas zu tun. Die Gedanken an Renée raubten ihr den Verstand. War sie noch am Leben? War sie verletzt? Hatte sie Angst? Sara konnte die Idee nicht ertragen, dass ihre Tochter in den Händen dieser Monster war. Vergeblich versuchte sie, das Karussell in ihrem Kopf zum Anhalten zu bringen. Schließlich schlief sie völlig erschöpft und unter den Nachwehen der Drogen in ihrem Blut wieder ein.

XXV.

Jay saß auf dem Beifahrersitz, hatte einen Fuß, der wie immer in schweren, abgeranzten Bikerstiefeln steckte, auf die Sitzfläche gestellt und kaute an ihrer Unterlippe. Sie hatte die Kapuze über den Kopf gezogen und starrte mit leerem Blick aus dem Fenster.

Die Tragweite dessen, was bei der Übergabe passiert war, lastete schwer auf ihren Schultern. Das Treffen mit Xiú Yema war so verlaufen, wie sie es erwartet hatte: angespannt und gefährlich. Aber immerhin reibungslos, wenn man von Shkodrans dämlichen Machtspielchen mal absah.

Xiú Yema war genau gewesen, wie Jay sie sich vorgestellt hatte: eiskalt und hocheffizient. Insgeheim hatte sie befürchtet, dass sie irgendwann im Laufe des Treffens Shkodran erschießen würde, doch sie war ein Profi durch und durch.

Jay konnte sich eine gewisse Bewunderung nicht verkneifen, denn ihr ging der Kerl ebenfalls gehörig auf den Zeiger, seit sie vor einigen Monaten in seine Organisation eingeschleust worden war. Seither hatte sie sich in rasender Geschwindigkeit hochgearbeitet und unentbehrlich gemacht – nun gut, sicher hatte es auch geholfen, dass die Sisterhood einige Dinge zu ihren Gunsten bewegt hatte, um sie in Shkodrans Ansehen schnell unersetzlich zu machen. Glücklicherweise war er bei Weitem nicht so schlau, wie er dachte. Er herrschte mit ungeheurer Härte und der Umgang unter den Gangstern war allzeit aggressiv und immer nur ein Fingerschnippen von einer tödlichen Auseinandersetzung entfernt, aber damit kam Jay klar.

Allerdings war sie sich auch sicher, dass zumindest ein Teil des brutalen albanischen Drogendealers mit seiner Paranoia ihrem kometenhaften Aufstieg in der Organisation nach wie vor misstrauisch gegenüberstand.

Schwierig genug war es gewesen, seine schmierigen Finger von ihrem Hintern fernzuhalten, doch da sie wusste, dass er hier nur ein Bauer war, tröstete sie sich mit dem Gedanken, dass er, sobald er ihr Zugang zu Xiú Yemas Netzwerk verschafft hätte, ohnehin aus dem Spiel genommen würde. Sie lächelte zynisch. Auf keinen Fall durfte sie schlafende Hunde wecken.

Doch als sie vorhin in der Dunkelheit Sara erkannt hatte, die aus dem Transporter gezerrt wurde, hatte ihr Herz einen Schlag ausgesetzt. Damit war nicht nur die Übergabe gefährdet worden, sondern auch ihre ganze Undercoverarbeit der letzten Monate. Zum Glück hatte niemand ihre impulsive Reaktion bemerkt – na ja, bis auf Shkodran, aber den und seine Manie hatte sie schon im Griff.

Jay war wütend auf sich. Noch nie war ihr das während einer Mission passiert, dass sie sich fast selbst verraten hätte. Aber Sara … scheiße, was machte die denn da? Wie konnte es bitte angehen, dass diese Frau derart todsicher ihre Nase immer genau in die Dinge steckte, die sie überhaupt nichts angingen und sie den Kopf kosten konnten?

Sie musste sofort die Sisterhood informieren. Aber wie? Sie hatte keine Zeit, eine Nachricht für den toten Briefkasten fertigzumachen. Und wenn sie in diesem Moment der Transaktion versucht hätte, sich wegzuschleichen, wäre Shkodran nicht nur misstrauisch geworden, sondern vermutlich direkt ausgeflippt. Er war ohnehin schon nervös genug, weil der Deal mit Xiú Yema eine ganz neue Dimension für sein Geschäft bedeutete. Die Möglichkeit der Diversifizierung und der Skalierung dank der chinesischen Mittel ließen Dollarzeichen in seinen Augen blitzen.

Aber Sara ... Jay kämpfte gegen eine ganze Flut von Gefühlen – und das war mal ungefähr genauso wenig ihr Ding wie das von Sara. Auch ohne dass sie darüber je gesprochen hatten, waren sich die beiden Frauen hierin ähnlicher, als sie ahnten.

Wenn Shkodran sie jetzt hier beobachtete, wie sie mit einem Hauch von Panik im Blick umher sah, würde er sofort Gefahr wittern. Sie schielte aus dem Augenwinkel zu ihm hinüber. Ja, sie musste extrem vorsichtig sein. Jay war tief im Feindesland, und ein falscher Zug konnte alles zerstören – nicht nur ihre Mission, sondern auch ihr Leben.

Trotzdem musste sie dringend etwas unternehmen ...

»Was hast du gesehen?«, riss Shkodran sie aus ihren Gedanken. Velajs Stimme war ein tiefer, misstrauischer Groll. Seine Augen funkelten gefährlich, als er sie jetzt während der Fahrt anstarrte.

»Nichts, wieso?«, antwortete Jay schnell und so betont uninteressiert wie möglich. »Ich habe nur die Augen aufgehalten, damit der Deal reibungslos abläuft, so wie du gesagt hast.«

Velaj kniff die Augen zusammen und streckte seinen Arm in ihre Richtung aus. Die Finger, mit denen er auf sie zeigte, formten unbewusst eine Pistole und berührten fast ihr Gesicht. Jay zuckte nicht. Auch wenn ihre Muskeln sich anspannten und ihr Herzschlag sich beschleunigte, zwang sie sich zu einem gelangweilten Blick aus halbgeschlossenen Augen. Sein massiger Körper war eine imposante Präsenz, und der Geruch von Zigaretten und Schweiß hing schwer in der Luft.

»Lüg mich nicht an«, sagte er leise, die darin mitschwingende Drohung war nicht zu überhören. »Ich habe gesehen, wie du dich umgesehen hast. Du weißt etwas, was du mir nicht sagst.«

Jay spürte, wie ihr Puls schneller wurde. Sie musste einen Weg finden, ihn zu beruhigen, ohne ihn noch misstrauischer zu machen.

»Ich habe nichts gesehen, was du nicht auch gesehen hast«, sagte sie, bemüht, ihre Stimme gleichmäßig zu halten. »Wir haben die Übergabe erfolgreich abgeschlossen, mehr ist nicht passiert.«

Velajs Augen verengten sich weiter, und für einen Moment dachte Jay, er würde ihr glauben. Doch dann schlug er blitzschnell zu. Seine Faust traf sie hart am Kopf und ihr Schädel prallte auf der anderen Seite gegen das Seitenfenster.

»Du lügst«, brüllte er.

Es hatte nicht viel Kraft hinter dem Schlag gesteckt, doch es hatte gereicht, um Jay durchzuschütteln.

»Du Arschloch«, fauchte sie zurück, »willst du uns alle an die Wand fahren? Wir haben den größten Deal deiner Laufbahn eingefädelt und du nervst mich hier mit deiner Scheißparanoia.«

Ein Teil in ihr fürchtete, dass sie zu weit gegangen sein könnte und sie ihn nun erst richtig gegen sich aufgebracht hätte. Ein anderer war sicher, dass sie nur mit Härte die Zügel in den Händen behalten konnte.

Und tatsächlich hatte sie Recht. Shkodran lachte schallend los und warf den Kopf in den Nacken.

»Du bist eine knallharte Bitch, J.« Sie wollte schon ausatmen, doch da schlug seine Stimmung erneut um und er packte sie am Kragen ihres Kapuzenshirts.

»Aber lüg mich gefälligst nicht an. Du kanntest die Frau, die sie da aus dem Lieferwagen gezerrt haben, oder?«

Jay schluckte und warf einen Blick auf die Straße, die zwar fast frei war um die Zeit, aber Shkodran schlingert doch bedrohlich immer wieder über die Mittellinie.

»Mann, guck auf die Straße, du bringst uns noch alle um«, kam es jetzt von einem der beiden Männer von hinten und Shkodran warf erst einen wütenden Blick in den Rückspiegel, ließ dann Jay los und korrigierte seine Fahrweise.

Er fluchte etwas Unflätiges in Richtung der bulligen Typen auf der Rückbank, woraufhin alle lachten.

Jay hatte ihren Pulli zurechtgezogen und betete, dass er sie vergessen würde, doch leider war sein Verstand heute messerscharf und nicht abzulenken.

»Also spucks aus, wer war sie?«

»Niemand«, murmelte Jay und überlegte verzweifelt, wie sie das Thema wechseln konnte.

Shkodran holte aus, doch ehe er sie quer über die Fahrerkabine wieder hätte ohrfeigen können – und Jay war sich nicht sicher, wie oft sie sich das noch hätte gefallen lassen können, ohne ihm den Schädel abzureißen, rief sie: »Sie sah aus wie eine Tussi, die ich mal gefickt habe, okay? War sie aber nicht. Können wir jetzt das Thema wechseln?«

Die drei Kerle im Wagen sprangen sofort auf das Thema an. Wie Hunde, die eine läufige Hündin gewittert hatten, begannen sie durcheinander zu schnattern und dumme, sexistische Sprüche zu klopfen über Frauen im Allgemeinen, über Lesben im Speziellen und wie sie Jay gern zusehen würden, wenn …

Jay blendete sie aus. Mit einem leichten Kopfschütteln verbarg sie ihr Gesicht wieder unter der Kapuze. Die Kerle feierten sich, weil sie dachten, dass ihr das dumme Gerede etwas ausmachen würde und sie deshalb still wäre. Doch in Wirklichkeit war sie bereits dabei, über ihre nächsten taktischen Schritte nachzudenken, froh, die Gefahr abgewendet zu haben.

XXVI.

In der Dunkelheit hörte sie Schritte. Das leise Klacken von Absätzen auf dem Betonboden ließ sie aufhorchen. Die Schritte kamen näher. Mehr als ein Paar Schuhe – wesentlich mehr. Sara hielt den Atem an. Die Tür zu ihrem Gefängnisraum wurde geöffnet und das plötzlich hereinbrechende, grelle Tageslicht blendete sie, sodass sie die Augen zusammenkneifen musste.

Zwei Gestalten traten ein und positionierten sich an ihren Seiten. Sara wurde unsanft hochgezerrt und dann hinaus ins Licht geschleift. Noch immer konnte sie nicht erkennen, wer es war. Sie wurde grob auf einen Stuhl gesetzt. Als das Blut wieder anfing zu zirkulieren, begannen sofort ihre Extremitäten zu schmerzen.

Sara biss die Zähne zusammen, um sich nicht ablenken zu lassen. Sie wollte die Chance nicht verpassen, um so viele Informationen wie möglich zu sammeln. Sie blinzelte gegen das Licht an, das entgegen ihrer Erwartung nicht von der Sonne, sondern von diversen Baustrahlern kam, die im Halbkreis um ihre Position angeordnet waren.

Die Typen, die sie auf den Stuhl gesetzt hatten, waren wieder so in das Zwielicht getreten, sodass Sara nicht genau erkennen konnte, um wie viele Personen es sich handelte.

Eine, die mittig vor ihr positioniert war, trat jetzt einen Schritt vor, blieb aber dennoch im Gegenlicht unsichtbar. Nur ihre Umrisse waren erkennbar.

»Wer … wer sind Sie?«, stammelte Sara. Es ärgerte sie, dass ihre Stimme zitterte. Nicht vor Angst, doch ihr Mund war trocken und ihre Zunge ein wenig geschwollen und sie hätte sich räuspern müssen, um sie fester klingen zu lassen. Sie hustete. Sie fühlte sich schwach und schwindelig, obwohl der jetzt wieder ansteigende Adrenalinspiegel ihr half, fokussiert zu bleiben.

Die Gestalt trat näher, und das Licht fiel auf ihr Gesicht. Es war eine Frau mittleren Alters, mit unbewegten, asiatischen Zügen und einem kalten Ausdruck in ihren dunklen Augen. Ohne ein Wort zu sagen, musterte sie Sara von oben bis unten.

Sara lief ein eiskalter Schauer über den Rücken. Sie hatte mit Warlords verhandelt, war in Kriegsgebieten im Einsatz gewesen und zuletzt sogar in die Hände der Taliban geraten, aber die Grausamkeit, die der Blick dieser Frau ausstrahlte, suchte seinesgleichen.

Unwillkürlich schluckte Sara, die sich ihrer unterlegenen Position schmerzlich bewusst war. Trotzdem straffte sie jetzt ihre Haltung und fragte heiser: »Wo ist meine Tochter?«

Etwas blitzte im Blick der anderen Frau auf, doch Sara konnte es im Gegenlicht nicht genau genug erkennen, um sich sicher zu sein. Als sie blinzelnd zu ihr aufblickte, war es schon wieder verschwunden.

»Bitte«, flüsterte Sara, »tun Sie ihr nichts, sie ist noch ein Kind …« Wieder musste sie husten.

Die Frau machte eine ungeduldige Handbewegung und einer der Männer aus ihrem Gefolge trat vor und gab Sara aus einer Plastikflasche etwas Wasser zu trinken.

Sara trank so gierig, dass die Flüssigkeit aus ihren Mundwinkeln über ihr T-Shirt lief, doch die Flasche wurde rasch wieder weggezogen. Es hatte aber gereicht, um ihre Kehle zu befeuchten und ihre Lebensgeister zu wecken. Der Mann trat hinter der Frau zurück. Er war elegant in einen Dreiteiler gekleidet und wirkte in seinem Businessoutfit ebenso fehl am Platz wie die Anführerin in ihrem maßgeschneiderten Hosenanzug.

Da immer noch keiner der beiden sprach, fragte Sara schließlich: »Was zum Teufel wollen Sie denn eigentlich von mir? Und wo bin ich?«

Wieder musterten sie nur die kalten Augen, die sie zunehmend an ein Raubtier erinnerten, das seine Beute taxierte.

»Wo ist meine Tochter?«, schrie Sara, ihre Stimme durch Angst und Wut verzerrt und zu laut. »Was haben Sie mit ihr gemacht?« Sie wusste, dass sie schon wieder jeden taktischen Vorteil verlor, weil sie sich von ihren Emotionen leiten ließ, aber das war der Mutter in ihr gerade sowas von egal.

»Ihre Tochter ist unser geringstes Problem, Sara. Sie sollten sich lieber Sorgen um sich selbst machen.«

Die Kälte, aber vor allem diese kontrollierte Ruhe in der Stimme ließen Sara erzittern, nur einzuschüchtern war sie nicht so leicht.

»Dann sagen Sie mir doch einfach, was Sie von mir wollen? Warum bin ich hier?«

»Sie sind hier, weil Sie sich eingemischt haben«, sagte die Frau. Sara lief ein weiterer Schauer über den Rücken. Trotzdem stellte sie sich erst mal dumm.

»Wovon zum Teufel reden Sie bitte? Ich arbeite für eine Brandschutzfirma.«

Die Frau sah durch ihren albernen Versuch, ihre Tarngeschichte zu präsentieren, wie durch Glas und schüttelte nur den Kopf. Die Spannung im Raum wuchs. Diese Person sollte man eindeutig weder reizen noch verärgern. Sara schluckte hart und hielt ihrem Blick stand.

»Haben Sie Geschäfte gemacht mit meinem Sohn?«

»Was?«, fragte Sara und zumindest dieses Mal war ihre Empörung nicht gespielt. »Nein, habe ich nicht. Und wer bitte ist denn Ihr Sohn überhaupt?«

Mit dieser Frage hatte Sara offensichtlich eine Grenze überschritten, denn mit zwei langen Schritten stand die kleine Frau plötzlich direkt vor ihr und schlug ihr mit dem Handrücken ins Gesicht. Obwohl sie nicht übermäßig viel Kraft hatte, war der Schlag gut dosiert und Saras Kopf flog zur Seite. Ihre Wange brannte.

Betont langsam richtete Sara sich wieder auf und fixierte die Frau nun mit nicht minder festem Blick.

»Wollen Sie behaupten, Sie wären zufällig im Büro meines Sohnes aufgetaucht, hätten seinen Laden in Brand gesteckt und ihn umgebracht?«

Sara schluckte unwillkürlich. Das war also Xiú Yema. Sie hätte auf die Bestätigung, dass sie es mit der angehenden Triadenführerin zu tun hatte, wirklich gern verzichtet, aber alles andere machte ohnehin schon lange keinen Sinn mehr. Sie blieb so gefasst wie möglich und entgegnete: »Das war ein Unfall. Ich hatte nicht vor, Ihrem Sohn irgendwas zu tun. Ich wollte nur, dass er sich der Polizei stellt.«

Yema lachte kurz auf. Ihr Blick spiegelte eine Mischung aus Fassungslosigkeit und Verachtung.

»So dumm können Sie unmöglich sein, dass Sie geglaubt haben, mit so etwas Unverfrorenem Erfolg zu haben.« Sie trat noch einen Schritt näher und packte Saras Kinn, um sie zu zwingen, sie anzusehen. »Warum hätte er das bitte tun sollen? Was hatte jemand wie Sie gegen ihn in der Hand?«

»Er hat zusammen mit zwei Freunden ein junges Mädchen vergewaltigt. Ich wollte nur, dass er dafür zur Rechenschaft gezogen wird.«

Die Frau starrte Sara an, als habe sie den Verstand verloren. Forschend durchsuchte sie ihr Gesicht auf Anzeichen einer Lüge, doch da Sara die Wahrheit gesagt hatte, stand auch genau das in ihren Zügen.

Sie wusste, dass sie in Lebensgefahr schwebte und die Frau sie in ihrer aktuellen Situation mit nur einer Kugel hinrichten könnte. Ihr einziger Verbündeter war die Wahrheit.

»Und wer hat Sie geschickt, um sich um diese Angelegenheit zu kümmern?«, zischte Yema und immer noch stand eine Mischung aus Fassungslosigkeit über Saras Dreistigkeit und Wut in ihrem Gesicht.

»Niemand«, sagte Sara betont langsam. »Ich kenne das Mädchen, ich wollte ihr nur helfen.« Dann wagte sie einen weiteren Vorstoß: »Ich wollte nicht, dass Ihrem Sohn etwas passiert, ich wollte nur …«

Bei der direkten Erwähnung von Xiú Mian schnitt Xiú Yema ihr das Wort ab.

»Es reicht. Ich glaube Ihnen kein Wort. Sie haben sich in Dinge eingemischt, die Sie nichts angehen. Das hätten Sie nicht tun sollen. Und jetzt werden Sie dafür bezahlen.«

Sara spürte die Verzweiflung in sich aufsteigen, aber sie versuchte, sich zu konzentrieren.

»Bitte, das muss doch nicht sein. Das ist alles ein Missverständnis. Lassen Sie wenigstens meine Tochter gehen, die hat damit nun wirklich nichts …« der Rest blieb Sara im Halse stecken. Die Grausamkeit und Kälte, die aus dem Blick ihres Gegenübers sprachen, schnitten ihr das Wort ab.

»Bitte«, flehte sie.

Yema neigte den Kopf leicht zur Seite, als ob sie Saras Bitte abwägen würde. Dann lächelte sie erneut, aber es war kein freundliches Lächeln.

»Das wird nicht passieren. Ihre Tochter ist sehr wertvoll für mich.« Sie schwieg und ließ völlig offen, worin dieser Wert bestehen könnte. Saras Verstand füllte die Lücke mit sämtlichen Horrorszenarien, die sich eine Mutter nur ausmalen konnte.

Sie fühlte, wie ihr Herz sank. Sie wusste, dass sie keine Wahl hatte und doch versuchte sie es noch einmal.

»Was erwarten Sie von mir? Ich tue alles, nur lassen Sie mein Kind da raus.«

»Sagen Sie mir endlich, für wen Sie arbeiten und hören Sie mit dieser albernen, herzzerreißenden Geschichte über die kleine Nutte auf. Die interessiert mich nicht.«

»Ich habe keine Informationen, die Ihnen nützen könnten«, stieß Sara verzweifelt hervor.

Yema trat näher, ihre Augen bohrten sich in Saras.

»Das glaube ich nicht. Sie wissen mehr, als Sie zugeben wollen. Und wir werden die Wahrheit aus Ihnen herausbekommen, egal, wie lange es dauert.«

Sara spürte, wie die Panik erneut in ihr aufstieg. Da war nicht der Hauch einer Chance für sie. Sie war gefesselt und allein, und ihre Tochter war in den Händen dieser Menschen. In ihrem Kopf ratterte es. Doch ehe sie etwas sagen konnte, hatte Yema ein Zeichen gegeben und zwei von ihren Gorillas traten aus dem Schatten, um Sara zurück in ihren Verschlag zu bringen.

Sara wehrte sich mit Händen und Füßen. Nicht, weil sie glaubte, wirklich etwas ausrichten zu können, sondern allein, um Zeit zu schinden.

Sobald sie aus dem direkten Scheinwerferlicht raus war, sah sie, dass sie tatsächlich in einer großen Halle waren. Ein Rolltor stand offen, zwei Wagen links und rechts drinnen geparkt, dunkel, eine Limousine, ein SUV. Es waren sechs Leute inklusive ihr im Raum und jenseits des betonierten Vorplatzes sah sie in der Ferne Kräne. Möwen kreisten am Himmel. Sie musste also unweit von Wasser sein.

Rückwärts stürzte und kullerte sie in ihren Verschlag zurück.

Sie fluchte laut, doch schon fiel die Tür ins Schloss und die Schritte entfernten sich.

XXVII.

Die Männer saßen drüben im Wohnzimmer und spielten Forza Horizon 5. Jay hatte sich unauffällig in die Küche geschlichen und stand jetzt am offenen Kühlschrank. Es war unerträglich heiß in der Wohnung und stank wie in der Umkleide einer Highschool-Footballmannschaft, aber aus irgendeinem Grund fühlten sich die Männer in diesem Drecksloch wohl.

Sie hatten die ganze Ladung an Medikamenten unten eingelagert und andere hatten sich daran gemacht, die Päckchen sorgfältig umzupacken, neu zu labeln und dann entspannt per Post überall in die Republik zu verschicken.

Jay erschauerte, wenn sie darüber nachdachte, wie simpel Shkodrans Netzwerk im Grunde funktionierte.

Früher hatte er die Einzelbestandteile für die Drogen gekauft und sie in Laboren in Polen, Tschechien oder weiter östlich zusammenmischen lassen. Doch die Ladungen waren über Land gekommen. Manche wurden aufgespürt und die Marge schmolz zusammen wegen der vielen zu schmierenden Hände. Zudem wollten die Labore unterhalten, und die Leute bezahlt werden.

Fertige Produkte aus Asien zu kaufen und mit Containern einzuführen war zwar dreist und das Risiko ebenfalls hoch, jedoch waren die Margen unschlagbar, da alle Zwischenhändler wegfielen und der Transport nur einen Bruchteil kostete. Shkodran hatte lange keinen Zugang nach China gehabt, bis er Xiú Mian kennengelernt hatte, der ihn schließlich an seine Mutter vermittelt hatte.

Es war wie ein Sechser im Lotto gewesen: Xiú Yema wollte mehr Marktanteil für ihre Ware und brauchte sein Verteilernetz. Er hatte die Mengen an Produkt gebraucht, um seine Marktdurchdringung zu unterfüttern. Längst bediente er nicht mehr nur Profisportler oder die paar Bodybuildingbuden. Nein, Shkodran hatte schon vor Jahren erkannt, dass das größte Potenzial bei den Freizeitsportlern lag, dem Typen von nebenan, der Ergebnisse wollte, ohne sich groß abzuquälen, aber eben nur ein bisschen und nebenbei – und genau hier hatte er mit eiserner Faust seine Vorherrschaft durchgesetzt.

Während andere Anbieter noch an harten Drogen hingen, die scharf überwacht und mit hohen Strafen sanktioniert wurden, hatte er sich aus diesem Geschäftsbereich zurückgezogen. Mit Dopingmitteln hatten er und seine Verkäufer so gut wie kein Risiko, dafür aber umso größere Gewinne – und mit der neuen direkten Verbindung von Xiú Yema war sein Plan perfekt.

Nur leider wusste man nie, was da aus China so kam. Shkodran war es egal gewesen, dass es bundesweit immer mehr Tote gab, die nichts mit dem Drogenmilieu zu tun hatten und an gepanschten Medikamenten starben. Der Sisterhood jedoch nicht. Und als sich eine Möglichkeit ergeben hatte, Jay in die Organisation zu bringen, hatte man sie genutzt.

Jay nahm sich eine Flasche Bier und ließ die Tür des Kühlschranks zufallen. Ihr Blick fiel auf ihren überdimensionalen, tätowierten Bizeps. Hoffentlich würde das Zeug wirklich später rückstandslos verschwinden. Was hatte sie nicht alles dafür auf sich genommen, um in der Organisation schnell von einem kleinen Verkäuferlicht in den engsten Kreis um Shkodran aufzusteigen. Ihr Timing war perfekt gewesen, aber selbst damit war es nicht ganz ohne Hilfe gegangen. An einer Stelle hatte die Sisterhood sogar jemanden aus dem Verkehr gezogen und heimlich der Justiz zugeführt, ohne dass Velaj das merken durfte, damit sie die Lücke schließen konnte. Aber es hatte geklappt.

Drei Monate undercover und sie hatte es geschafft, ganz vorn dabei zu sein. Nun müsste sie es nur noch schaffen, die Lieferkette und vor allem die Produktionsstätten von Yema aufzudecken, dann könnten sie den gesamten Dopingmittelsumpf trockenlegen.

Sie schlug mit der Hand gegen den Kühlschrank und eine Delle blieb in der Tür zurück.

»Scheiße«, fluchte sie leise, sie war so nah dran und nun kam ihr Sara dazwischen. Noch immer konnte sie nicht verstehen, was Sara mit Yema zu tun hatte und vor allem, wie es dazu gekommen war, dass Xiú Yema sie kidnappte. Doch sie war sich sicher, dass sie richtig geguckt hatte. Und in dem Fall musste sie unbedingt die Sisterhood informieren.

Sie zückte ihr Handy, zögerte und verwarf den Gedanken. Das Gerät war nicht ihres, sondern von Shkodran und sie hatte keine Ahnung, was er für Spyware darauf installiert hatte. Jay nahm einen Schluck von ihrem Bier und schwang sich rückwärts auf den Küchentresen. Mit baumelnden Füßen überlegte sie, welche Möglichkeiten sie sonst hätte. Sie sollten die Wohnung nicht verlassen, bis alle Ware verpackt und aus der Tür war.

Da sie in der Führungsrunde immer noch der Underdog war, hatten die anderen sie verdonnert, regelmäßig runterzugehen und nach dem Rechten zu sehen.

In Jays Augen blitzte ein Funke auf. Vielleicht war es das: Unten im Versand stand ein Laptop, den Velaj benutzte – und außer ihm niemand. Wenn sie da unbeobachtet dran käme für einen Moment ... denn auf seinem eigenen Rechner würde er ja kaum suchen.

Sie sprang vom Schrank, stellte das Bier auf die Spüle und rief im Vorbeigehen ins Wohnzimmer: »Ich bin nochmal unten.« Keiner nahm Notiz von ihr.

Velaj war unterwegs. Er hatte sich, direkt nachdem er sie abgesetzt hatte, wieder aufgemacht, um etwas zu erledigen. Jay ging davon aus, dass er eine seiner diversen Freundinnen beglücken wollte, um das gelungene Geschäft zu feiern. Das war gut, weil er meist entspannter war, wenn er von dort zurückkam.

Sie sprang die Treppe runter und warf einen Blick in den weiten Raum, der früher mal ein großzügiges Ladengeschäft gewesen war. Mittlerweile waren die Schaufenster von innen schwarz angesprüht und zu weiten Teilen vernagelt und das Licht, das hier unten schien, kam nicht von der Sonne, sondern aus Neonröhren. Lange Tische aus Aluminium und drum herum Schwerlastregale an den Wänden belegten den meisten Platz. Dazwischen arbeiteten etwa zwanzig Männer und Frauen, die akribisch und schnell dabei waren, Kisten aus- und umzupacken.

Jay bewegte sich so unauffällig und doch zielstrebig wie möglich hinüber in das Eckbüro, von dem aus Shkodran die ganze Abwicklung im Auge behielt.

Er war wirklich ein Paranoiker vor dem Herren. Am liebsten hätte er alles selbst gemacht.

Das Licht im Büro war aus. Jay, zögerte eine Sekunde und warf einen Blick durch den Raum, doch niemand schenkte ihr Beachtung. Also glitt sie ins Büro und duckte sich direkt unter dem Fenster. Mit einer Hand angelte sie den Rechner vom Schreibtisch und klappte ihn auf. Ein Passwort wurde angefordert.

Ohne zu zögern, griff sie an die Sohle ihrer Bikerboots und löste eine Lederlasche mit einer scheinbaren Niete daran, die in Wirklichkeit ein Druckknopf war. Darunter verbarg sich ein mikroskopischer USB Stick, den sie rasch in den entsprechenden Port steckte. Sofort tat eines von Max kleinen genialen Helferlein, was es sollte, und entsperrte ihr den Bildschirm. Sie verstaute das Ding wieder, rief einen Browser auf und navigierte auf die Seite eines freien Online-E-Mail-Anbieters. Sie loggte sich mit ihren Daten ein und tippte hastig eine Mail. Doch just in dem Moment, als sie auf *Senden* klicken wollte, flog die Tür auf und der Cursor verrutschte.

»Was zum Teufel machst du da?!«, brüllte Shkodran, sein Gesicht eine wütende Fratze. Neben ihm standen zwei seiner grobschlächtigen Handlanger, die sofort die Szenerie erfassten. Jay schloss den Laptop in einer fließenden Bewegung, doch es war zu spät. Shkodran riss ihr aus seiner überlegenen, stehenden Position das Gerät aus den Händen und zerrte sie mit der anderen Hand in ihren Haaren auf die Füße.

Die beiden Muskelberge griffen zu und hielten ihre Arme wie in Schraubzwingen fest, während sie sie aus dem kleinen Büro zerrten.

»Du verdammte Verräterin!«, schrie Shkodran und Geifer traf sie im Gesicht.

Jay wehrte sich mit Händen und Füßen, konnte jedoch nicht verhindern, dass sie die Männer auf die

Beine zogen und brutal gegen die Wand drückten. Ihre Handgelenke wurden schmerzhaft hinter ihrem Rücken zusammengebunden, und sie spürte die Kabelbinder in ihre Haut schneiden.

Shkodran war weiß vor Wut und seine Augen wölbten sich blutrot hervor. Eine Maske puren Zorns. Dann öffnete er den Laptop und starrte auf den Bildschirm. Die Nachricht, die Jay fast verschickt hätte, leuchtete ihm entgegen. Doch es dauerte einen Moment, bis er glaubte zu begreifen, was er da las: Sara ist in den Händen von Xiú Yema. Sofortiges Eingreifen erforderlich.

Sein Gesicht verdunkelte sich.

»Sara, hm? Wer zum Teufel ist diese Sara? Arbeitet die etwa mit dir zusammen? Und an wen wolltest du das schicken? Rede, J, oder ich schwör dir, ich bring dich auf der Stelle um.«

Jay presste die Lippen zusammen und sah ihn trotzig an, obwohl ihr Herz wie wild schlug. Sie musste Zeit gewinnen, eine Lüge erfinden, die glaubhaft genug war, um zu überleben.

»Sie ist niemand. Sie ...«, begann Jay, aber ein harter Schlag in den Magen ließ sie keuchen. Shkodran trat zurück. Seine Augen funkelten wild.

»Du sagst mir jetzt auf der Stelle, was hier gespielt wird. Wer ist sie und für wen arbeitest du?«

Dieses Mal war sie auf seinen Schlag vorbereitet, doch das hieß nicht, dass er sie weniger hart traf. Sie stöhnte und hustete gegen den Schmerz an.

Die Handlanger zogen sie grob wieder auf die Füße, und Shkodran holte mit der Faust aus und verpasste ihr einen weiteren Schlag, dieses Mal ins Gesicht. Blut spritzte aus Jays Schläfe, und sie schmeckte Eisen auf ihrer Zunge. Sie wusste, dass sie nicht mehr lange durchhalten konnte. Klar hatte sie schon mal Prügel bezogen, nur hatte Shkodran einen gewissen Ruf, nicht aufhören zu können, und sie musste ihn stoppen, bevor er in einen Blutrausch geriet und sie hier und jetzt tot prügelte.

»Sie ist meine Schwester!«, schrie Jay plötzlich. »Sara ist meine Schwester.«

Und tatsächlich. Shkodran blieb abrupt stehen und starrte sie mit erhobener Faust an. Seine Augen verengten sich, und er ließ den Arm langsam sinken.

»Deine Schwester, sagst du? Und warum sollte ich das glauben? Warum zum Teufel sollte ich dir überhaupt irgendetwas glauben?«

Jay spürte, wie die Panik in ihr aufstieg, sie hatte keinen Plan, also improvisierte sie weiter.

»Weil es die Wahrheit ist! Ich habe mich bei dir eingeschleust, um an Xiú Yema heranzukommen und meine Schwester zu retten. Sie hat nichts mit deiner Operation zu tun.«

Shkodran trat näher, sein Gesicht jetzt so dicht vor ihrem, dass sie seinen faden Atem ebenso riechen konnte wie das zu süße Parfüm seiner aktuellen Tussi.

»Und warum hat Xiú Yema dann deine Schwester?«, fragte er so leise, dass Jay Mühe hatte, ihn zu verstehen. Sie suchte verzweifelt nach einer plausiblen Antwort.

»Sara ist … also war mal bei der Polizei. Dann gab es da Vorwürfe wegen Korruption. Sie war einfach zur falschen Zeit am falschen Ort. Xiú hat sie gefangen genommen, weil sie dachte, sie könnte nützlich sein. Ich schwöre, sie hat nichts mit deiner Operation zu tun.«

Für einen Moment schien es, als würde Shkodran ihr glauben, doch dann verzog sich sein Gesicht wieder zu einem brutalen Grinsen.

»Du lügst«, sagte er kalt. »Ich sehe es in deinen Augen. Und weißt du was? Ich habe die Schnauze voll von deinen Spielchen.«

Er wandte sich an einen seiner Handlanger. »Schaff mir die Leute hier raus und hol die Ausrüstung. Wir werden diese kleine Verräterin dazu bringen, die Wahrheit zu sagen.« Augenblicklich stoben die Versandarbeiter auseinander, froh, nicht weiter Zeugen der Szene sein zu müssen.

Jay spürte, wie ihr Herz sank. Sie wusste, was das bedeutete.

Shkodran öffnete die Tasche, die der Hüne geholt hatte, und holte eine Reihe von Werkzeugen hervor – Zangen, Messer, einen Viehtreiber. Er hielt Letzteren hoch, und die kleinen Funken, die über die Elektroden tanzten, spiegelten sich in seinen kalten Augen.

»Letzte Chance, J«, sagte er leise. »Wer ist Sara wirklich, und für wen arbeitet ihr?«

Jay schloss die Augen, bereitete sich innerlich auf den Schmerz vor. Sie konnte nicht die Wahrheit sagen. Sie konnte weder Sara noch die Sisterhood verraten. In ihrer Not brach ihre Stimme.

»Ich habe dir schon alles gesagt«, flüsterte sie. »Sie ist meine Schwester.«

Shkodrans Gesicht verzog sich zu einem hass-erfüllten Grinsen.

»Das werden wir ja sehen«, sagte er. Dann nickte er den beiden Männern zu, die Jay sofort losließen, und drückte den Elektroschocker in Jays Seite.

Der Schmerz war überwältigend. Jays Körper verkrampfte sich, und sie schrie auf. Sie hatte spontan das Gefühl, jeder ihrer Nerven würde in Flammen stehen – dann verlor sie das Bewusstsein und stürzte zu Boden, wo sie zuckend liegen blieb.

»Rede!«, schrie Shkodran, ehe ihm bewusst wurde, dass das sinnlos war und sie ihn nicht mehr hören konnte.

Frustriert trat er ihr in den Bauch, ohne dass sie sich wehren konnte, ehe er zurücktrat und zischte: »Du verdammte Hure, ich werde herausfinden, für wen du arbeitest.«

Er richtete sich wieder auf und strich sich das Haar zurecht. Mit einem Blick voller Verachtung auf Jay befahl er: »Ruf Xiú Yema an. Sie soll wissen, dass wir eine Spionin in unseren Reihen haben. Und wenn sie mit den beiden Weibern fertig ist, werde ich mich um den Rest kümmern.«

XXVIII.

Xiú Yema ließ das Telefon sinken und auf ihrem Gesicht zeichnete sich Zorn ab. Ma Quan schluckte. Was auch immer der Albaner ihr gerade offenbart hatte, das war kein gutes Zeichen.

»Wir müssen nochmal in die Lagerhalle fahren, wir haben vielleicht ein Problem.«

»Ich hole sofort den Wagen«, antwortete ihre rechte Hand und wollte sich schon zurückziehen. Doch Yema gebot ihm mit einem Fingerzeig Einhalt.

Fragend sah er sie an.

»Und bring Lo Shiyan und seine Männer mit. Ich werde nicht den gleichen Fehler machen wie Mian und diese Frau unterschätzen. Hier geht etwas vor und ich werde dem auf den Grund gehen – und es mit den beiden begraben.«

Wenig später fanden sich alle erneut in der Halle wieder.

Shkodran Velaj hatte sich ein frisches Hemd angezogen, an dessen gestärktem Kragen er unablässig herumnestelte. Es war aus dunkellila Seide mit einem Kettenmuster in Gold und wirkte genau wie sein Schmuck überladen und provokant.

Er war mit dreien seiner Schläger angerückt, von denen einer eine Nase hatte, die aussah, als hätte sie ihm jemand in den Schädel getreten. Ein weiterer hatte lange schwarze Locken, die er in einem Pferdeschwanz trug und ein dritter, der etwas kleiner war als seine Kollegen, wirkte dafür doppelt so breit. Alle waren bis an die Zähne bewaffnet, jedoch verdeckt.

Shkodran tigerte wie eine Raubkatze auf und ab, bis endlich die dunkle Limousine um die Ecke bog, gefolgt von einem weiteren nachtblauen SUV. Aus dem Wagen stiegen Lo Shiyan und drei seiner Männer. Alle unauffällig gekleidet in taktischen Hosen und schwarzen Shirts. Während Shkodran und seine Männer ebenso gut auf eine Party am Ballermann hätten gehen können, wirkte Xiú Yemas Eskorte professionell und top ausgebildet.

Ma Quan stieg aus und öffnete die Tür für Xiú Yema. Sie trug wie immer einen tadellos sitzenden Hosenanzug und heute eine blutrote Seidenbluse, die ihren hellen Teint betonte.

Sie würdigte Shkodrans Männer keines Blickes, sondern ging ihm ohne Umschweife entgegen. Der Auftritt ihrer Leute hatte seine Wirkung nicht verfehlt. Er war sichtlich nervös, als er ihr entgegenkam.

»Erklären Sie mir bitte, Shkodran, was hier vorgefallen ist und inwiefern mich das betrifft«, forderte sie mit gebieterischem Ton. Der Albaner schluckte und straffte dann seine Haltung.

In knappen Sätzen berichtete er, wie Jay bei der Abfahrt auf die Ankunft der blonden Frau reagiert hatte und wie er sie direkt im Verdacht hatte, etwas zu verheimlichen. Er brüstete sich damit, wie er sie gebrochen und zum Reden gebracht habe, doch Yema zeigte keinerlei Reaktion. Schnell fuhr er fort: »Aber sie kannte ihren Namen, Sara, und sie behauptet, ihre Schwester zu sein.«

»Eine Schwester?«, wiederholte Yema und wog das Wort in ihrem Mund. Hinter ihrer Stirn arbeitete es.

Shkodran trat von einem Fuß auf den anderen. Er wollte sich auf keinen Fall vor seinen Männern das Ruder aus der Hand nehmen lassen, doch hatte diese stoische Präsenz der Asiatin eine einschüchternde Wirkung auf ihn.

»Wie wäre es, wenn du mir die Blonde überläßt und ich hole alles aus ihr raus, was du wissen musst.«

Xiú Yema warf ihm einen unterkühlten und ansonsten undurchdringlichen Blick zu.

»Nein«, antwortete sie. »Ich habe noch etwas mit ihr zu besprechen. Aber bring mir diese Schwester. Sie wird ein guter …«, sie machte eine kurze Kunstpause, »Aufhänger für ein Gespräch sein.«

Shkodran wollte noch etwas sagen, doch Yema hatte sich bereits umgedreht und war auf Ma Quans Höhe stehen geblieben. Auf ihre Anweisung hin verbeugte er sich, rief zwei von Lo Shiyans Männern ein paar Worte zu und alle drei machten sich auf in Richtung des Verschlages, der sich an der Rückwand des Gebäudes befand.

Velaj rollte seine Schultern und drehte sich dann mit einem jovialen Grinsen und ausgebreiteten Armen zu seinen Leuten um.

»Holt die Verräterin her, jetzt wirds lustig.«

Der mit der eingedrückten Nase stand dem Wagen am nächsten und öffnete die Kofferraumklappe, dann zerrten er und sein Kollege mit dem Pferdeschwanz Jay heraus und hinüber zu ihrem Boss.

Er rührte keinen Finger, sondern ließ zu, dass die benommen wirkende Jay mit ihrem mittlerweile zugeschwollenen linken Auge vor ihm zu Boden fiel. Ihre Hände waren mit dem Kabelbinder hinter ihrem Rücken gefesselt. Er drehte sich um.

Von der anderen Seite zerrten die beiden Paramilitärs eine große blonde Frau hinter sich her, die nur mit einem T-Shirt bekleidet war und der beim Gehen ständig die Beine unter dem Körper wegsackten, so als habe sie keine Kontrolle darüber.

Sie ließen sie auf einen Stuhl in der Raummitte fallen und stellten einen zweiten daneben.

Quan gebot dem Albaner, seine Gefangene darauf zu setzen. Er gab den Befehl wortlos weiter.

Als Jay und Sara Seite an Seite vor ihnen saßen, stellten sich Yiú Yema und Shkodran ihnen gegenüber.

»Also, das ist ganz einfach, Mädchen«, begann Shkodran, der, ganz Macho, ohne Rücksprache vorpreschte, »wer zuerst redet, muss weniger leiden. Das verstehen doch sogar solche dummen Schlampen wie ihr, oder?«

Sara, die noch mit dem tauben Gefühl in ihren Armen beschäftigt war und die Zähne zusammenbiss, weil es so weh tat, wie wieder Blut durch ihre jetzt nicht mehr gefesselten Beine strömte, blinzelte gegen das einfallende Sonnenlicht.

Jay, die viel wacher war, als es den Anschein hatte, ließ betont benommen den Kopf hängen.

Beide Frauen waren dabei, die Situation zu sondieren, und erarbeiteten parallel einen Fluchtplan.

Wenn es Sara überrascht hatte, in der Frau, die da rangeschleppt und neben sie gesetzt wurde, Jay zu erkennen, so war es ihr mit dem ohnehin verkniffenen Gesicht hervorragend gelungen, das zu überspielen.

Jay sah entsetzlich aus. Nicht wegen des blauen Auges, das würde heilen, aber ihre Haare waren strähnig, die Haut fahl und ihr Körper wirkte wie aufgepumpt. Sara konnte es nicht fassen, dass sie hier war. Und wer um Himmels willen war dieser Prolet?

Sie schluckte trotz ihres trockenen Halses. Noch verstand sie gar nichts von den Vorgängen um sich herum, nur, dass sie beide in größter Gefahr schwebten.

Die Frau, die sie vorhin verhört hatte, Xiú Yema, stand würdevoll und gefährlich still da. Sara ließ sie nicht aus den Augen.

Der aufgeplusterte Kasper mit dem harten osteuropäischen Akzent marschierte jetzt auf sie zu und riss ihr Kinn hoch, um ihr ins Gesicht zu sehen.

»So, ihr habt also gedacht, dass ihr uns ausspionieren könnt? Ich werd euch zeigen, was wir mit Ratten wie euch machen.« Er ohrfeigte Sara so hart, dass sie fast vom Stuhl gefallen wäre. Sie schwieg hartnäckig. Solange sie nicht wusste, was hier gespielt wurde, konnte jedes Wort nur falsch sein und würde gegebenenfalls ihr sofortiges Todesurteil bedeuten … und damit auch das von Jay … und Renée. Sie schluckte hart und sah zu Boden.

»Das ist also deine Schwester?«, ging Shkodran jetzt Jay an und schlug auch ihr mit dem Handrücken ins Gesicht. Die aggressive Spannung und Brutalität, die der Kerl ausdünstete, ließen es Sara schlecht werden. Doch das war es nicht, was sie jetzt hellhörig machte. Schwester? Ehe sie darüber nachdenken konnte, wie er das gemeint hatte, war er schon wieder bei ihr und riss ihren Kopf an den Haaren grob zurück, um ihr ins Ohr zu zischen.

»Und du, bist du etwa immer noch ein Spitzel der Polizei?«

Bei dem Wort Polizei zuckte ein Nerv um Xiú Yemas Mundwinkel. Sie trat einen Schritt vor und ehe Shkodran erneut zuschlagen konnte, gebot sie: »Halt.« Widerwillig trat Shkodran beiseite und blitzte sie an.

»Was denn, ich dachte, deshalb hättest du sie hier?«

Die beiden tauschten einen Blick, aus dem beidseitiges Unverständnis sprach.

»Shkodran, bitte«, sagte Yema in gemäßigtem Ton, »wir sollten unser Vorgehen sorgfältig abstimmen. Ich fürchte, das betrifft uns beide – und die Konsequenzen unüberlegten Handelns könnten verheerend für unsere zukünftigen Geschäfte sein.« Sie warf einen herablassenden Blick auf ihre Gefangenen. »Bitte lassen Sie uns unter vier Augen unser weiteres Vorgehen besprechen. Ich bin sicher, wir werden eine Lösung für dieses Dilemma finden. Seien Sie mein Gast, essen wir etwas und regeln wir das wie zivilisierte Menschen.«

Velaj gefiel diese würdevolle Ansprache und er zupfte seine Manschetten zurecht.

»Ja, machen wir das.« Er warf einen Blick zurück: »Und was machen wir mit denen?«

Auf einen kurzen chinesischen Befehl hin knebelten die Männer die Frauen und brachten sie zurück in den Verschlag an der Rückwand.

Die Wellblechtür schlug hinter ihnen zu.

XXIX.

Als sich die Schritte entfernten, wartete Sara, bis die Motoren angesprungen waren und man hören konnte, dass die Wagen die Lagerhalle verlassen hatten.

Dann robbte sie umgehend zu Jay hinüber und stieß sie an. Jay rappelte sich ihrerseits in den Sitz hoch und die beiden Frauen sahen sich einen langen Moment in die Augen.

Genau genommen konnte Jay nur aus ihrem rechten Auge überhaupt etwas sehen, sie blinzelte, um sich schneller an das Halbdunkel zu gewöhnen, und warf dann ihren Kopf zurück. Wortlos arbeitete sie ihre Füße, die immer noch in den mit Nieten und Lederschnallen verzierten Bikerstiefeln steckten, unter sich hervor, sodass sie mit ihren Händen nach einer der Schnallen über dem Knöchel greifen konnte. Saras Blick folgte ihren Bewegungen.

Jay löste die Spange, die eine Scheide für eine kleine Klinge verbarg. Saras Pupillen weiteten sich vor Überraschung, während Jay das dreieckige Mini-Messer aus dem Stiefel zog. Sie drehte es um, doch hinter ihrem Rücken mit den gefesselten Händen war ihr Winkel zu schlecht und die Klinge zu kurz, um ihre eigenen Fesseln lösen zu können. Sie sah zu Sara und die verstand. Sofort brachte sie sich Rücken an Rücken mit Jay sitzend in Position, nahm ihr die Klinge an der Lederschlaufe ab und begann damit an Jays Kabelbinder zu sägen.

Keine Minute später gab das Plastik mit einem schnalzenden Geräusch nach. Augenblicklich war Jay auf den Füßen, riss sich den Knebel vom Gesicht und lief auf Zehenspitzen zur Tür. Sie presste ihr Ohr dagegen und als sie sich überzeugt hatte, dass sie ungestört waren, kehrte sie zu Sara zurück. Sie löste zunächst ihren Knebel und Sara hustete, um ihre Stimme wiederzufinden. Unterdessen hatte Jay das Seil durchschnitten, das Saras Hände zusammengehalten hatte.

Sara stöhnte unter dem Schmerz, als sie die Arme hängen lassen konnte und endlich wieder Blut in ihre Schultern floss.

»Scheiße, was machst du denn hier?«, fragten sie beide wie aus einem Mund und starrten einander in die grünen Augen. Saras klar und eher katzenhaft, Jays mit feinen Bernsteinsprenkeln.

Wenn die Situation nicht so ernst gewesen wäre, hätten sie vielleicht darüber lachen können. Doch hier hatten sie keine Zeit zu verlieren.

»Sara, scheiße, das ist nicht witzig, was zum Geier machst du hier? Wieso versaust du mir meine Mission?«

»Deine Mission? Machst du Witze? Woher bitte hätte ich wissen können, dass das hier deine Mission ist? Und vor allem, was denn für eine eigentlich und wer ist dieser Knalli, der dich hergebracht hat?«

»Shkodran? Ein albanischer Krimineller. Mein Boss … aber das ist auch völlig irrelevant. Was ist passiert?« Jay sah vorwurfsvoll an Sara herunter und die winkte ab.

»Keine Ahnung, was hier läuft.« Sara ging direkt wieder in die Offensive: »Und es ist ja nicht so, als würden wir regelmäßig von Max mit Memos versorgt, wo sich die anderen so rumtreiben«, empörte sich Sara heiser. Wenn ihre Arme nicht so weh getan hätten, hätte sie sie sicher vor der Brust gekreuzt. So musste einer ihrer stählernen Blicke ausreichen.

Jay rollte mit den Augen. Dann machte sie plötzlich einen Schritt auf Sara zu, als wolle sie sie schlagen.

»Du verfluchter Sturkopf.« Doch dann überlegte sie es sich anders und fuhr nur resigniert fort: »Okay, nur schnell das Nötigste: Ich bin seit drei Monaten undercover. Hab mich mit etwas Hilfe ziemlich schnell bei Shkodran hochgearbeitet. Er ist der Dealer, der hier in Deutschland Dopingmittel im Freizeitsportbereich vertickt. Im letzten Jahr sind bundesweit 117 Leute an seinem Dreck gestorben – vorwiegend Frauen. Jetzt will er mit Yema sein Business auf das Next Level bringen, weil sie ihm Zugang zu viel billigeren Produkten aus China eröffnet. Das wollten wir verhindern, seinen Ring zerschlagen und vor allem sollte ich herausfinden, wo sie produzieren lässt, damit wir vor Ort auch ein bisschen ... nun ja, dazwischenfunken können.«

Sie sah Sara an und Sara musste innerlich schmunzeln. So wütend hatte Jay sie lange nicht angesehen, doch mittlerweile wusste sie es besser, als sich davon einschüchtern zu lassen. Harte Schale, weicher Kern, wenn das auf jemanden zutraf, dann auf Jay, auch wenn sie Sara vermutlich postwendend eine dafür verpasst hätte, wenn sie das laut aussprechen würde.

»Und das da ist Teil der Tarnung?«, fragte Sara und deutete auf die Tattoosleeves und das verwischte Make-up. »Du siehst echt beschissen aus.«

Jay lachte freudlos auf.

»Es braucht einen Junkie, um einen zu überführen.« Sie zuckte die Achseln. »Halb so wild, ist nicht echt und Doc Carol kriegt mich schon wieder hin ...«

Als sie Saras besorgten Blick sah, musste sie ihm ausweichen, also fauchte sie schroffer als gewollt: »Jetzt du, was zum Teufel hast du hier verloren? Weiß Max, dass du hier bist?«

Sara schluckte, als sie die Hoffnung in Jays Augen aufblitzen sah und im nächsten Moment mit ihrem Kopfschütteln im Keim erstickte.

»Ähm, nein, also Max weiß nicht, dass ich hier bin … ich weiß selbst nicht, wie lange ich schon hier bin oder wo genau *hier* eigentlich ist … vermutlich seit gestern, die haben mich unter Drogen gesetzt und entführt …« Panik weitete ihre Augen, als sie den Gedanken vollendete: »Und sie haben Renée. Hast du Renée irgendwo gesehen?«

Jay lief ein kalter Schauer über den Rücken und auch ihr Herz zog sich zusammen, als sie nun die Verzweiflung in Saras Blick sah und ebenfalls jede Hoffnung mit einem Kopfschütteln enttäuschen musste.

»Scheiße, nein, tut mir leid.« Doch schnell fing sie sich und sofort bildete sich wieder eine Falte auf ihrer Stirn: »Aber wieso? Was hast du mit denen zu tun?«

Sara sah beiseite und kaute an ihrer Unterlippe. Dann gestand sie schulterzuckend: »Ich hatte einen kleinen Zusammenstoß mit Xiú Yemas Sohn …«

»Du hattest was?«, fragte Jay entgeistert und riss Mund und Nase auf: »Wie zum Geier hast du das denn wieder hinbekommen, Konrad?«

Sara sah sie an und verteidigte sich: »Der Arsch hat meine Babysitterin als Partyspielzeug mit seinen Kumpeln missbraucht und sie anschließend bei mir auf der Auffahrt wie Müll entsorgt. Ich wollte ihn nur zur Rede stellen …«

Jay war blass geworden und fragte fast tonlos: »Und das hat wie genau funktioniert?«

»Gar nicht«, gab Sara etwas schroffer zurück als nötig. Mittlerweile war sogar ihr klar, dass sie damit verdammt viel Mist gebaut hatte. »Es gab eine Auseinandersetzung. Seine Schläger haben mich angegriffen und irgendwie ist das Büro in Brand geraten und …«

»Sag es nicht«, stöhnte Jay.

»… und Xiú Mian ist gestorben. Aber hallo? Der Typ wollte mich mit einer Maschinenpistole wegpusten, was hätte ich denn bitte machen sollen?«

»Dich raushalten«, seufzte Jay und fuhr sich mit beiden Händen durch die Haare.

»Ja, toll, danke, das weiß ich ja nun auch.«

Resigniert ließ Jay die Hände sinken und die beiden Frauen starrten sich ratlos an.

»Und was war das mit der Polizei? Wieso hast du Shkodran erzählt, ich sei ein Spitzel.« Jay winkte ab.

»War nur eine Notlüge, damit er mich nicht direkt erschießt. By the way, wir müssen hier dringend raus, bevor die sich einig sind, wer wen zuerst abknallen darf. Unsere Ärsche stehen hier beide auf dem Menü.«

»Und wir müssen Renée finden.«

In Jays Augen funkelte es. Sie warf noch einmal einen Blick in die Runde und hockte sich dann vor Sara hin. Mit festem Blick sagte sie: »Okay, ich habe eine Idee, wie wir hier rauskommen. Dann verständigen wir sofort die Sisterhood. Das hier schaffen wir nicht ohne Verstärkung. Und dann suchen wir zwei deine Tochter.«

Sara nickte und setzte sich ebenfalls auf die Fußballen. Auch wenn sie noch keine Ahnung hatte wie, aber mit Jay an ihrer Seite war die Sache plötzlich aussichtsreicher geworden.

»Dann schieß mal los.«

XXX.

Die Sonne ging über der Stadt unter, und ihre Lichter begannen flackernd die hereinbrechende Dämmerung zu durchdringen.

In ihrem luxuriösen Penthouse saßen Shkodran Velaj und Xiú Yema an den gegenüberliegenden Enden eines langen, eleganten Esstisches aus Kirschbaumholz. Das Essen, das ihr Hauskoch zubereitet hatte, war exquisit gewesen und auf feinstem chinesischen Porzellan serviert worden, doch keiner der beiden hatte es genießen können. Die Atmosphäre war zum Schneiden.

Shkodran nahm einen Schluck aus seinem Weinglas, das er umklammerte wie einen Wasserkübel, und starrte vor sich hin. Er war ein harter Mann, der mit dieser Art von Luxus nichts anzufangen wusste. Sein erstes Geld hatte er mit Straßenkämpfen verdient, nachdem er damals aus der Armee geworfen worden war. Doch nur kurz, denn er hatte schnell verstanden, dass er mehr Geld verdiente, wenn er die niedrigsten Instinkte der Menschen befriedigte, anstatt sich für sie zu schlagen. Also hatte er angefangen zu dealen und sich in seinem Teil der Welt mit brutaler Gewalt und skrupellosen Entscheidungen einen Namen gemacht.

Er fixierte die Frau ihm gegenüber. Hinter ihrer glatten Fassade lauerte etwas, das sogar ihn unruhig werden ließ.

Ihr eleganter Auftritt und die majestätische Ruhe, die sie ausstrahlte, täuschten nicht einen Moment darüber hinweg, dass sie, um in die Position zu gelangen, an der sie in ihrer Organisation stand, furchtbare Dinge befohlen und sicher auch selbst getan haben musste.

Shkodran hatte vielleicht nicht ihre Eloquenz, aber er war kein Narr und er hatte einen Heidenrespekt vor der kleinen Frau mit dem berechnenden Blick.

Sie hatte sich noch nicht zu dem offensichtlichen Problem geäußert und hatte den ersten Toast diplomatisch auf den erfolgreichen Abschluss ihrer gemeinsamen Transaktion ausgebracht. Seither hatten sie geschwiegen. Shkodran leerte sein Glas und stellte es geräuschvoll auf dem Tisch ab.

»Was willst du jetzt mit den Frauen machen?«, begann er, seine Stimme rau und selbstbewusst. »Da ist die korrupte Polizistin, die für dich von Nutzen sein könnte, und die andere behauptet, ihre Schwester zu sein. Aber ich bin mir nicht sicher, wessen Spionin sie ist. Eine von deinen Feinden vielleicht?«

Xiú Yema hob kaum merklich eine perfekt gezupfte Augenbraue, während sie zunächst ihre Serviette faltete und dann einen Schluck Wasser trank. Die offene Provokation ließ sie unkommentiert im Raum stehen. Stattdessen fragte sie mit gleichmäßiger Stimme: »Interessant. Und was, wenn sie von Ihren Feinden eingeschleust wurde? Schließlich kam diese Jay zu Ihnen.«

Sie bestand noch immer auf dem Sie, was Shkodran zusätzlich nervte – ebenso wie Yema seine plumpe Vertraulichkeit und das Du aufstachelte.

Shkodran lehnte sich zurück, seine Augen verengten sich zu Schlitzen. Es gelang ihm kaum, seinen Ärger zu kaschieren.

»Dann lass sie mich beide verhören und wir werden in kürzester Zeit Gewissheit haben.«

Seine Augen funkelten.

»Und dafür, dass ich dich sofort gewarnt habe, will ich außerdem eine bessere Marge für die Medikamente, die ich von dir beziehe.«

Xiú nickte langsam, als würde sie seine Worte abwägen. Sie war komplett in ihrem Element. Nicht das erste Mal versuchte so ein Emporkömmling, sie zu übervorteilen. Wie ein Löwenjunges, das dem König der Tiere ins Ohr zwickte – bis der es mit einem Schlag seiner majestätischen Pranke zur Räson brächte.

Sie lächelte in sich hinein. Wie sie es liebte, wenn Männer wie Shkodran sie unterschätzten. Es wäre ihr ein umso größeres Vergnügen, alles an sich zu reißen und zu zerstören, was er aufgebaut hatte. Sie ließ es zu, dass ihre Lippen die Andeutung eines Lächelns formten.

»Sie sind ein ehrgeiziger Mann, Shkodran. Aber was macht Sie so sicher, dass diese Frauen tatsächlich eine Bedrohung für mich darstellen?«

Shkodran grinste breit und verriet damit nur umso mehr, dass er sich in Sicherheit wiegte. Er lehnte sich vor und zeigte mit dem Zeigefinger auf sie.

»Jay hat es jemandem melden wollen, dass diese Sara bei dir ist. Das heißt, da steckt noch jemand anderes dahinter. Sie sind eine Gefahr für uns beide.«

Yema nahm das zur Kenntnis.

»Ich stimme Ihnen zu, wir müssen mehr über die Beweggründe und die Hintermänner dieser Frauen erfahren. Wenn sie Schwestern sind, umso besser. Dann haben wir mehr, um sie unter Druck zu setzen. Das können wir zu unserem Vorteil nutzen.«

»Dann lass mich sie für dich verhören.«

Yema sah ihn an und las ihn wie ein offenes Buch. Ja, er würde sicher nicht davor zurückschrecken, mit allen erdenklichen Mitteln die Frauen zu foltern und jede mögliche Information aus ihnen herauszupressen. Nur wenn diese Profis waren, dann würde er sie vermutlich bei seinem Temperament eher umbringen, als sie zu brechen. Ihm war das vielleicht gleichgültig, doch so kurzsichtig war Yema nicht. Wenn da im Dunkeln eine Gefahr für ihre Operation lauerte, dann würde sie diese finden und beseitigen. Besonnene Umsicht wäre hier der bessere Ratgeber und schließlich hatte sie noch einen Trumpf in der Hinterhand, von dem Shkodran nichts ahnte.

Sie sah ihn an und wurde an einen räudigen Köter erinnert, dem der Geifer aus dem Maul lief, bei der Aussicht auf einen Knochen. Mit einer minimalen Bewegung schüttelte sie den Kopf.

»Nein«, sagte sie leise jedoch mit dem nötigen Nachdruck. »Ich werde mich persönlich darum kümmern.«

Shkodran wollte aufbrausen und widersprechen, doch Xiú Yema lächelte nur kühl. »Macht und Kontrolle. Zwei Dinge, die jeder ehrgeizige Mann anstrebt. Aber sagen Sie mir, Shkodran, warum sollte ich jemandem vertrauen, der sich so leicht hat einen Maulwurf unterjubeln lassen?«

Shkodran sprang auf und schlug mit der Faust auf den Tisch, dass die Teller und Gläser klirrten. »Was soll das heißen? Willst du mich etwa beleidigen? Ich war es, der dich gewarnt hat! Ich habe dir nichts zu beweisen. Ich habe dir diese Frauen zum Geschenk gemacht, um dir zu zeigen, dass ich auf deiner Seite stehe.«

Xiú blieb ungerührt.

»Das Problem ist, Shkodran, dass an der ganzen Geschichte etwas nicht stimmt. Diese angebliche Ermittlerin hat Mian getötet – doch meine Quellen bei der Polizei wissen nichts von einer Undercoveraktion.«

»Sie hat was getan?«, fuhr er hoch, doch Yema unterband seine Aufwallung mit einer scharfen Handbewegung. Wenn sie ihre Gefühle diesbezüglich beherrschte, würde er das gefälligst auch tun – aus Respekt für sie.

Auf Shkodrans wutverzerrtem Gesicht flackerte Zweifel auf. Beherrscht fuhr Yema fort: »Sie kam auch nicht zu mir, sondern ich habe sie herbringen lassen, um sie für den Tod meines Sohnes zur Rechenschaft zu ziehen. Sie ist ein Niemand. Nur jemand, der sich aus Selbstüberschätzung in Dinge eingemischt hat, die sie nichts angehen. Aber dafür wird sie einen teuren Preis bezahlen.« Sie machte eine Pause und sah zu, wie Shkodran sich langsam wieder setzte.

Hinter seiner Stirn arbeitete es sichtbar in dem Versuch, die Informationen zu verdauen.

Dann fuhr sie fort: »Loyalität ist in unserer Welt ein flüchtiges Gut. Sie möchten bessere Konditionen, und ich möchte Sicherheit. Was wissen Sie über diese J?«

Deutlich kleinlauter, jedoch mit immer noch großer Geste, funkelte Shkodran zurück: »Sie kam auf Empfehlung. Einer meiner besten Männer hat für sie gebürgt, bevor er ...« Er verstummte abrupt.

»Bevor was?«, hakte Yema nach.

In Shkodrans Gesicht zeichnete sich jetzt ein Erkennen ab, das sofort in Zorn umschlug.

»Die verfluchte Bitch. Er ist verhaftet worden, und sie hat übernommen.«

Yema sah ihn reglos an und es war wohl gut, dass kein Vorwurf ihn noch weiter anheizte.

»Ich mach die Schlampe fertig.«

Großzügig gestand Yema ihm zu: »Wenn ich fertig bin mit ihrer Befragung, wird es mir ein Vergnügen sein, sie Ihnen zu überlassen. Was noch?«

Shkodran lehnte sich zurück und verschränkte die Arme vor der Brust.

»Jay behauptet, Sara sei ihre Schwester. Eine korrupte Polizistin ... aber ich glaube ihr kein Wort mehr. Vielleicht hat sie das auch nur behauptet, um ihren eigenen Arsch zu retten. Ich glaube, sie steckt tiefer in der Sache.«

Xiú nickte, doch ihre Augen verrieten keine Emotion.

»Das ist möglich. Ich denke, wir sollten nichts überstürzen. Es gibt noch andere Möglichkeiten, von denen wir profitieren könnten. Zum Beispiel könnten wir Jay benutzen, um herauszufinden, wer hinter ihr steht.«

Shkodran runzelte die Stirn.

»Willst du damit sagen, dass sie sowas wie ein Doppelspion ist?«

»Möglich«, sagte Xiú betonungslos. »Oder sie könnte für eine rivalisierende Organisation arbeiten. Wir sollten alle Optionen in Betracht ziehen, bevor wir eine endgültige Entscheidung treffen.«

Shkodran knirschte mit den Zähnen.

»Wir verlieren Zeit. Diese Weiber könnten bereits Informationen weitergegeben haben. Wir müssen schnell handeln. Und Entschlossenheit demonstrieren!«

Xiú hob eine Hand.

»Geduld, Shkodran. Eile bringt oft unvorhersehbare Komplikationen mit sich. Aber ich verstehe Ihre Bedenken. Wir werden mit J beginnen. Ein gezieltes Verhör wird uns mehr Klarheit verschaffen. Und dabei kann es nur von Vorteil sein, wenn diese Sara ihr wirklich nahe steht. Es wird mir ein Vergnügen sein, sie persönlich zu verhören.« Sie hob eine Hand und ehe Shkodran sich weiter ereifern konnte, trat ein Diener heran, um ihm Wein nachzuschenken.

Shkodran funkelte sie an, seine Geduld am Rande des Zerreißens.

»Wir müssen zusammenhalten. Ich brauche deine Lieferungen, und du brauchst mein Netzwerk. Es ist eine Win-Win-Situation. Also schaffen wir das hier aus dem Weg und wenden uns wieder unserem Geschäft zu«, knurrte er. Xiú lächelte dünn.

»Natürlich. Aber zuerst müssen wir sicherstellen, dass unser Fundament stabil ist.«

Shkodran nahm einen großen Schluck aus seinem Glas und sah Xiú herausfordernd an.

»Du wirst nicht enttäuscht sein. Ich werde dir beweisen, dass ich der beste Partner bin, den du dir wünschen kannst.«

Schweigend erhob sie ihr Glas. Sie würden sehen, wie lange er ihr von Nutzen wäre.

Shkodran konnte es sich nicht nehmen lassen, das letzte Wort zu haben.

»Aber wenn sie nicht kooperiert, werde ich nicht zögern, Maßnahmen zu ergreifen.«

Xiú blieb beherrscht: »Aber denken Sie daran, dass wir strategisch vorgehen müssen. Wir können uns keine Fehler leisten. Unsere nächste Lieferung landet bereits in sechs Tagen.«

Shkodran leerte sein Glas in einem Schluck und stand auf.

»Dann hoffen wir, dass wir dieses Problem bis dahin aus der Welt geschafft haben.« Seine unterschwellige Drohung prallte völlig an Yema ab.

Mit einer gewissen Erleichterung sah sie ihm nach, als er den Raum verließ. Sie wusste, dass die nächsten Tage entscheidend sein würden. Jay und Sara waren mehr als nur Schachfiguren in diesem Spiel. Sie waren Schlüssel zu Informationen, die das Zünglein an der

Waage waren, ob sich ihre kühnsten Träume erfüllten oder sie für immer scheitern würde. Sie musste vorsichtig sein und mit Fingerspitzengefühl vorgehen.

Als die Tür sich hinter Shkodran schloss, ergriff Xiú Yema endlich ihr Weinglas und genehmigte sich einen Schluck. Still dachte sie über ihre weiteren Schritte nach. Das Spiel war unverhofft in die heiße Phase eingetreten, und sie entschlossen, es zu gewinnen – koste es, was es wolle.

XXXI.

Sie hatten das Schloss der Tür mit Hilfe von Jays kleinem Gadget geknackt. Glücklicherweise war es kein Sicherheitsschloss gewesen. Vermutlich waren hier nicht regelmäßig Leute eingesperrt.

Die Halle war groß und leer. Außer ein paar Ölflecken am Boden wies nichts auf eine kürzlich menschliche Präsenz hin. Sie liefen an der Wand entlang zum Tor und spähten durch einen Spalt.

Frische, feuchte Luft schlug ihnen entgegen und das Kreischen von Möwen bestätigte ihren Verdacht. Sie waren in der Nähe des Wassers.

Der Vorplatz vor der Halle bestand aus großen Betonplatten, zwischen denen Gräser und Unkraut wild wucherten. Definitiv eine verlassene Lagerhalle am Rand von … ja, von was? Sie schoben mit vereinten Kräften das Tor weit genug auf, um hinausschlüpfen zu können und verschlossen es sorgfältig, um nicht auf den ersten Blick zu verraten, dass sie geflohen waren.

Draußen hatte Jay ihr geboten, sich zu verstecken und zu warten. Sara hatte zunächst protestiert, allerdings im Hinblick auf ihre Bekleidung nachgegeben und an einer Ecke der Halle verborgen gewartet.

Nur Minuten später kam Jay mit einem silbernen Opel vor der Halle vorgefahren, der ziemlich mitgenommen aussah. Sara riss die Seitentür auf und sprang auf den Beifahrersitz. Während Jay schon wieder Gas gab, musste Sara erst mal allen möglichen Schrott von Arbeitshandschuhen über Trinkbecher, Hamburgerpapier und allerlei anderes Zeug vom Sitz in den Fußraum fegen.

»Wo hast du denn den gefunden, bitte? In einem Müllcontainer?«

Jay sah sie nur schief von der Seite an.

»Ich dachte, Schnelligkeit sticht Luxus. Wusste nicht, dass du so'ne Pussy bist, Konrad.«

Sara würdigte sie keines Blickes, sondern warf stattdessen einen Blick nach hinten, von wo sie einen kalten Windstoß im Nacken spürte. Erst jetzt bemerkte sie, dass das hintere Fenster eingeschlagen worden war.

»Dezent«, stellte sie fest und nun war es Jay, die grinste.

»Wie gesagt, musste schnell gehen und die Karre hat wenigstens keine Alarmanlage oder GPS.«

»Okay, wohin jetzt?«, fragte Sara.

»Ich weiß jetzt, wo wir sind, hier war auch die Übergabe. Entspann dich, wir fahren zu mir.«

Wortlos rutschte Sara tiefer in den Sitz und drehte die Heizung hoch. Sie starrte aus dem Fenster auf die Lichter der Stadt.

»Wo bist du, Renée?«, flüsterte sie.

Wenig später hielt Jay um die Ecke von einer beliebten Seitenstraße der Reeperbahn und parkte den Wagen am Straßenrand.

»Alles abwischen, was du angefasst hast und dann raus hier.«

Sie sah nach hinten und fand einen löchrigen Wollpulli auf dem Rücksitz.

»Hier, binde das um die Hüften. Im Dunkeln fällst du dann quasi gar nicht auf.«

Sara tat wie geheißen und folgte Jay, sorgfältig darauf achtend, auf dem nur teilweise beleuchteten Gehweg nicht mit ihren nackten Füßen in zerbrochenes Glas zu treten.

Nach einem kurzen Spaziergang um mehrere Häuserecken näherten sie sich einem hohen Holzzaun, der eine Ausfahrt zwischen zwei hochstehenden älteren Gebäuden verschloss. Jay warf einen kurzen Blick nach rechts und links und schwang sich dann mühelos an der Bretterwand hoch und darüber. Sara brauchte keine weitere Einladung, sondern folgte ihr umgehend. Auf der anderen Seite befand sich eine gepflasterte Auffahrt, auf der ein verrosteter VW Käfer mit eingedrücktem Dach und platten Reifen stand. Offenbar schon länger. Jay nutzte ihn, um über sein Dach an eine Feuerleiter zu gelangen, die sie wiederum zu einem Fenster im zweiten Stock brachte, das sie einfach aufdrücken konnte.

Sara kletterte ihr nach. Erst, als sie durch das Fenster in eine unaufgeräumte kleine Küche gesprungen war, erlaubte sie sich eine Bemerkung.

»Wo sind wir?«

»In meiner Wohnung«, antwortete Jay und griff sich in den Nacken, um ihr Sweatshirt über den Kopf zu ziehen.

»Hier wohnst du?« Die Skepsis, die aus Saras Stimme sprach, entging Jay nicht. Die Wohnung war ein winziges Appartement mit schäbigen alten Möbeln und Tapeten, die sich von den Wänden rollten. Überall war es schmutzig und lagen Sachen herum. Irgendwie wollte das nicht zu der minimalistischen und überaus organisierten Jay passen.

Jay drehte sich um und nach einer Sekunde breitete sich ein freches Grinsen in ihrem Gesicht aus.

»Guck nicht so, gehört zu meiner Tarnidentität.«

»Oh«, machte Sara. So lange war sie noch nie undercover gewesen und sie fragte sich, wie schwer es sein musste, so tief in eine Tarnung einzutauchen.

Jay steckte ihren Kopf um die Ecke der Tür und warf Sara Trainingsklamotten zu. »Hier, das müsste dir passen.«

Sara fing Shirt und Leggings und zog sich rasch um. Nach einem Abstecher ins Bad machten sich die Frauen über die kargen Bestände in der Küche her. Außer Eiweißpulvern und Energieriegeln hatte Jay eine ganze Armada von Medikamenten im Angebot.

»Anabolika? Testosteron?«, las Sara und ließ ihre Fingerspitze über die Verpackungen gleiten, während sie ihren zweiten Energieriegel mit einem Glas Wasser herunterspülte.

Jay zuckte mit den Schultern, konnte sie jedoch nicht ansehen. »So bin ich an Shkodran rangekommen … aber das Zeug macht dich fertig, bin froh, wenn ich es wieder absetzen kann.«

Sara nickte stumm. Jay sah zum Fürchten aus. Sie legte ihr die Hand an den Oberarm, der das schwarze elastische Shirt, das sie übergeworfen hatte, bis zum Zerreißen spannte.

»Echt krass, was du so für deine Einsätze auf dich nimmst.« Jay sah sie an und als sie verstand, dass Sara es ernst meinte, lag für eine Sekunde sowas wie Stolz in ihrem Blick. Doch dann war der Moment vorbei.

»Wir müssen los.«

Sara zog ihre Hand zurück.

»Wir brauchen Waffen.«

Jay grinste sie wieder an.

»Kein Problem.« Sie ging hinüber zu der labberigen Couch, deren Sitzkissen durchhingen, und betätigte einen Mechanismus, als wolle sie das Sofa in ein Bett verwandeln. Ein Lattenrost kam zum Vorschein und darunter ein Stauraum für Bettzeug – der gefüllt war mit allerlei Waffen aller Arten und Kaliber. Sogar einige Hand-, Rauch- und Blendgranaten lagen dazwischen.

»Du lieber Himmel, Jay«, entfuhr es Sara.

Jay klappte lässig den Lattenrost beiseite und schaute zu Sara hoch.

»Was dabei, was dir gefällt?«

Sara grinste.

XXXII.

Xiú Yema saß an ihrem Schreibtisch und hatte die Fingerspitzen aneinandergelegt. Sie versuchte vergeblich, ihre Emotionen unter Kontrolle zu bringen.

Ihr Mann Wan Li war tot. Ihr Sohn Bo war tot. Ihr Sohn Mian war tot. Und Ning lag oben in seinem Bett und kämpfte gegen die Infektion, die nun doch auf seine Lunge übergegriffen hatte. Dieses Mal konnte es gut sein, dass er es nicht überleben würde.

Sie hatte ein Imperium aufgebaut. Sie war so kurz davor, als erste Frau in die Ränge der Triaden aufgenommen zu werden. Doch wofür?

Ihr Hals zog sich zusammen und wider aller Beherrschung formte sich eine winzige Träne am Saum ihres Wimpernkranzes. Zornig tupfte Yema sie weg.

Diese Sara hatte sich mit der falschen Familie angelegt. Egal, was sie meinte, für Motive zu haben, sie würde es bereuen, jemals den Namen ihres Sohnes auch nur gekannt zu haben. Ihre Finger ballten sich zu Fäusten.

Und diese Jay? Was glaubte dieser kleine Punk, dass sie eine Operation wie diese zu Fall bringen könnte? Sie würde sie anflehen, ihr verraten zu dürfen, für wen sie arbeitete.

Xiú Yema machte sich keine unnötigen Gedanken darüber, wer sie ins Visier genommen haben könnte. Es wäre nicht das erste Mal. Auch in der Vergangenheit hatten die Behörden oder andere Organisationen versucht, sie zu unterwandern oder auszuspionieren. Das war Teil des Business. Und sie hatte es jedes Mal geklärt.

Sie runzelte die Stirn. Aber wie wahrscheinlich war es, dass es sich bei Mians Tod und dem Spitzel bei Shkodran um zwei separate Vorfälle handelte? Konnte das wirklich Zufall sein? Sie schüttelte den Kopf und wurde von Zorn ergriffen. Nein, das war gänzlich unwahrscheinlich.

Wenn es stimmte, dass die Frauen sich kannten und zusammenarbeiteten, dann würde sie herausfinden, zu welchem Zweck – und vor allem, für wen.

Sie schlug ihre kleine Faust fest auf den Tisch. Diese Frauen hatten sich mit der Falschen angelegt.

XXXIII.

Shkodran Velaj stürmte zurück in den Unterschlupf und direkt in sein Büro. Die Tür flog mit solcher Wucht gegen die Wand, dass der Rahmen bebte. Das Loch, das die Türklinke bei vorangegangenen Wutausbrüchen bereits ins Mauerwerk dahinter gehauen hatte, vertiefte sich signifikant.

Sein Gesicht war verzerrt vor Zorn. Wütend blitzte er jeden an, der ihm unter die Augen kam.

Dieser Raum war das Herzstück seiner Macht – eine Mischung aus Lagerraum und Kommandozentrale. Doch im Vergleich zu dem stylischen Appartement von Xiú Yema, aus dem er gerade kam, sah es aus wie in einem Schweinestall – und seine eigene Erkenntnis erzürnte Shkodran nur noch mehr.

Seine Männer, die nebenan über Waffen und Ausrüstung gebeugt waren, hielten inne und sahen ihm durch den Türrahmen nach. Der Anblick ihres Chefs in diesem Zustand ließ die Temperatur im Raum spürbar sinken.

»Verdammte Scheiße!«, brüllte Shkodran jetzt und seine Stimme donnerte gegen die Wände. »Diese verdammte Schlampe verarscht mich! Sie hat mich wie einen kleinen Hund weggeschickt, nachdem ich ihr diese Jay auf dem Silbertablett serviert habe.«

Er schlug mit der Faust auf einen Tisch, und die darauf gestapelten Päckchen und Waffen flogen erst in die Luft und dann zu Boden.

Seine Männer beobachteten ihn mit vorsichtiger Zurückhaltung. Sie wussten, dass Shkodran in diesem Zustand unberechenbar war und jede falsche Bewegung tödlich enden konnte. Niemand wollte jetzt seine Aufmerksamkeit erregen.

»Boss, was sollen wir tun?«, wagte schließlich einer seiner Untergebenen zu fragen, ein stämmiger Mann mit einer Glatze und einem ständigen Grinsen auf den Lippen, das jetzt verschwunden war.

»Ich meine, ist es safe, die Ware weiterzuverteilen?«

Shkodran drehte sich zu ihm um und wenn das möglich war, gewann das Brennen in seinen Augen noch an Intensität.

»Was wir tun sollen?« Er trat blitzschnell auf den Mann zu, packte ihn am Kragen, hatte im gleichen Atemzug seine Waffe gezogen und hielt sie ihm an die Stirn. Der gesamte Raum hielt die Luft an.

»Wir werden diese Scheiße klären. Wir werden dieser überheblichen, schlitzäugigen Fotze beweisen, dass wir es sind, die hier den Ball im Spiel halten.«

Er starrte dem Mann ins Weiß seiner Augen und dieser war kurz davor, in die Knie zu gehen. Dann ließ Shkodran ihn ebenso plötzlich wieder los, wie er ihn sich geschnappt hatte. Er trat zurück und atmete aus, dann sagte er betont kontrolliert: »Wir müssen sicherstellen, dass Xiú Yema begreift, dass sie uns nicht so behandeln kann! Wir sind keine kleinen Fische in ihrem Teich! Wir sind die verdammten Haie!« Seine Wut war wie ein Feuer, das ihn von innen heraus verbrannte – er brauchte dringend ein Ventil. Wieder sah er sich suchend im Raum um und in Ermangelung einer Lösung trat er nur nochmal gegen die Tür, die danach schief in den Angeln hing.

»Das lass ich so nicht stehen!«

Einer seiner engsten Vertrauten und ältesten Freunde, Arben, ein hochgewachsener Mann, trat vorsichtig vor.

»Boss, wir werden ein Zeichen setzen. Zeigen, dass wir nicht einfach so übergangen werden können. Aber«, er räusperte sich und hielt dem stechenden Blick Shkodrans stand, »aber als erstes müssen wir herausfinden, was J wirklich wusste. Und was sie an wen über unsere Operation weitergegeben hat. Vorher sollten wir gar nichts versenden.«

Shkodran sah ihn an. Seine Augen funkelten zornig.

»Ein Zeichen, sagst du? Das gefällt mir. Und was schlägst du vor, Arben? Noch habe ich nicht die nötigen Kontakte, um diese Größenordnung an Geschäft zukünftig allein und ohne ihre Lieferungen umzusetzen.«

Frustriert fuhr er sich durch das tadellos sitzende Haar.

»Aber ja, wir müssen mit der J-Sache anfangen. Dieses Miststück hat mich meinen guten Ruf in diesem Geschäft gekostet. Sie hat mich vor Xiú Yema zum Arsch gemacht, als hätte ich meinen eigenen Laden nicht unter Kontrolle. Ich werd ihr die Augen ausbrennen, wenn ich sie in die Finger kriege.«

»Ich kümmere mich darum, wir durchleuchten sie.«

Shkodran ließ sich hinter seinem Schreibtisch in einen hohen Bürostuhl fallen, der unter seinem Gewicht quietschte. Noch immer war sein Zorn nicht besänftigt.

»Und dann werden wir ein Zeichen setzen. Ein Zeichen, das sie noch vom verfickten Mond aus sehen werden.«

Arben wusste, dass der Tsunami keinesfalls vorüber war und da er seit Jahren die letzte Bastion war, wenn es darum ging, Shkodrans Temperament in Schach zu halten, sprach er jetzt in beruhigendem Ton weiter.

»Und im richtigen Moment werden wir etwas tun. Etwas Kraftvolles, etwas, das sie aufrüttelt, das sie zwingt, uns ernst zu nehmen. Aber wir müssen klug vorgehen. Ein direkter Angriff könnte sie zu Gegenmaßnahmen zwingen. Wir brauchen einen Plan, der sie verletzt, aber uns nicht direkt angreifbar macht. Und vor allem das Geschäft nicht gefährdet.«

Shkodran nickte langsam, seine Gedanken rasten mit dem Adrenalin in seinem Körper um die Wette. Er verdiente Respekt. Respekt war das Einzige, was zählte. Macht, Geld, Ehre, alles vergänglich, in seiner Welt war die einzig gültige Währung Respekt. Und den hatte Yema ihm verwehrt. Schon kochte sein Stolz wieder und am liebsten hätte er seiner Wut direkt Luft gemacht.

Doch instinktiv wusste er, dass Arben die Wahrheit sagte.

»Du hast recht, Arben. Wir müssen klug vorgehen. Aber ich werde mich nicht verstecken. Ich werde zeigen, dass ich derjenige bin, der die Kontrolle hat.«

Er sprang wieder auf die Füße und wandte sich an die versammelten Männer, seine Stimme lauter und entschlossener.

»Wir werden uns nicht von ihr manipulieren lassen. Ich werde ihr zeigen, dass ich nicht nur irgendein Geschäftspartner bin, sondern der Mann, der dieses Spiel lenkt. Und wenn sie das nicht erkennt, dann wird sie den Preis dafür zahlen.«

Die Männer versuchten alle mehr oder weniger vergeblich, ihr Pokerface zu bewahren. Sie alle waren hart gesotten und auf den Straßen zu Haus, aber Shkodran war wahrlich ein Mann, den man nicht zum

Feind haben wollte. Sie nickten stumm, denn sie wussten, dass er keine leeren Drohungen machte.

Arben nickte ihnen ermutigend zu und sah dann zu Shkodran.

»Ich kümmere mich um Js Kram. Wir fangen damit an, ihre Bude auseinanderzunehmen.« Shkodran trat zu ihm und legte ihm beide Hände auf die Schultern.

»Und schick Männer, um Yema zu überwachen. Ich will wissen, was sie vorhat. Ich traue der Hexe nicht.«

Arben schloss als Antwort einmal die Augen. Dann klopfte Shkodran ihm zweimal auf die Schultern und entließ ihn wortlos.

Sein starker Arm sammelte einige Männer um sich. Denen, die auserwählt wurden, war die Erleichterung anzusehen, dass sie die Wohnung verlassen konnten, bevor ein nächster Wutausbruch seitens Shkodran drohte.

XXXIV.

Ungläubig starrte Xiú Yema auf das aufgehebelte Schloss.

In ihr kochte etwas über den Siedepunkt.

»Wer war verantwortlich dafür, dass die beiden Frauen gefesselt und eingesperrt wurden?« Ma Quan zuckte nicht und senkte nicht den Blick, auch wenn er das Gefühl hatte, unter ihrem Blick zu verbrennen.

Einer von Lo Shiyans Männern trat augenblicklich vor. Er hatte in der Tat die Augen niedergeschlagen. Jedoch verriet seine Haltung seine weiteren Gefühle in keiner Form. Es wäre auch nicht von Belang gewesen.

Bevor irgendjemand der Umstehenden etwas sagen oder hätte tun können, hatte sie eine Beretta aus ihrer Handtasche gezogen und mit sicherer Hand auf den in Ungnade Gefallenen gerichtet. Der Schuss fiel – und verhallte ebenso ungerührt wie der gesamte Vorgang.

Anschließend steckte sie die Waffe wieder ein und sagte ohne einen Hauch von Veränderung in der Stimme: »Lo Shiyan, ich erwarte, dass die beiden so schnell wie möglich gefunden werden. Niemand entgeht seiner gerechten Bestrafung.« Dann ging sie vor Richtung Wagen, ohne den Kadaver zu ihren Füßen eines weiteren Blickes zu würdigen.

Ma Quan beeilte sich, ihr zu folgen und sie zu überholen, um vor ihr am Wagen zu sein und die Tür öffnen zu können. Er überließ es Lo Shiyan und seinen verbliebenen Männern, sich um den Rest zu kümmern.

XXXV.

Jay hatte Max eine Nachricht geschickt und sie informiert, was Sara und sie vorhatten. Dann waren die beiden Frauen über Umwege in die Tiefgarage eines in der Nachbarschaft stehenden Neubaus gelangt, wo Jay einen unauffälligen Mittelklassewagen stehen hatte. Dieses Mal sogar mit Schlüssel im Radkasten.

Sara verzog anerkennend das Gesicht. »Also vorbereitet seid ihr ja.« Jay zog spöttisch eine Augenbraue hoch.

»Ja, und meist sind wir sogar besser ausgerüstet als unsere bewaffneten Truppen.«

Sara wollte schon auf die Provokation anspringen, stellte dann aber fest, dass es doch eher nur Spaß gewesen war. Sie schüttelte den Kopf und ließ sich auf den Beifahrersitz gleiten. Sitzend entspannte sie ihre Zehen.

Jay, der das verkniffene Gesicht nicht entgangen war, während sie den Motor anließ, bemerkte: »Sind dir meine Turnschuh zu klein?«

Sara, die nicht undankbar sein wollte, schüttelte erst den Kopf und nickte dann doch: »Ist aber nicht wild, höchstens eine halbe Nummer, oder so. Vielleicht sollte ich bei nächster Gelegenheit mal ein Täschchen bei dir platzieren, nur für den Fall, dass ich mal wieder mitten in der Nacht gekidnappt werde.«

Sara hatte Jay mittlerweile die ganze Geschichte erzählt, die zu ihrer unglücklichen Verkettung mit Xiú

Yema geführt hatte, und Jay hatte ihrerseits in Bezug auf ihre Mission ein paar mehr Worte verloren. Dabei fühlte sich Sara stark an ihren ehemaligen Teamkollegen Hannes erinnert, der immer genauso faktenbezogen kommunizierte und Smalltalk hasste wie der Teufel das Weihwasser.

»Woher weißt du, wo wir hinmüssen?«, fragte Sara jetzt.

»Wir haben sie beschattet und überwachen lassen. Also wissen wir genau, wo ihre Wohnung ist und wo sie ihre Geschäfte abwickelt. Es findet fast alles in diesem Penthouse statt. Allerdings konnten wir keine Datenströme nachverfolgen, weil sie alles über verschlüsselte Netzwerke und im Darknet macht. Wir glauben, dass der Dreh- und Angelpunkt ihr Laptop ist. Wenn wir den in die Finger bekommen, zusammen mit ihrem Handy, auf dem die Passwörter generiert werden, wäre es Max sicher ein Fest, das Ding zu zerlegen. Aber du kannst dir vorstellen, dass sie das Teil hütet wie ihren Augapfel. Die beiden Sachen sind eigentlich dauernd bei ihr.«

Sara verstand und nickte.

»Und du denkst, Renée ist auch da?«

Jay blickte zu ihrer Beifahrerin, denn sie hatte den bangen Unterton vernommen. »Da sie nicht mit uns eingesperrt war, ist das unsere beste Chance, glaub mir.«

Sara betete insgeheim, dass Jay recht hatte.

Es war kurz nach drei Uhr. Sie hatten beide gegessen und etwas geruht und dann ihren Plan geschmiedet. Sara hatte vor Aufregung nicht schlafen können. Das Adrenalin und die Sorge hielten sie wach und alarmiert, allerdings ahnte sie, dass sie in einen mehrtägigen komatösen Schlaf fallen würde, sobald die Sache vorbei wäre. Jetzt jedoch sondierte sie die Umgebung und machte zwei Posten in der Straße um Yemas Wohnung aus.

Sie zog den Kopf ein und rutschte tiefer in den Beifahrersitz.

»Da sind Wachen auf der Straße. Da. Und dort.« Jay warf im Vorbeifahren einen blitzschnellen Blick in die verkehrsberuhigte Seitenstraße.

»Da kann ich nicht reinfahren. Um die Uhrzeit würden wir denen sofort ins Auge springen.« Sie gab Gas und fuhr auf der Hauptstraße ein Stück weiter, ehe sie am Straßenrand auf dem Parkstreifen einen Platz fand, um ihren Wagen abzustellen.

»Du weißt, was zu tun ist?« Sara nickte und stieg aus. Sie nahm einen flachen Rucksack aus dem Kofferraum und zurrte ihn auf ihrem Rücken fest.

»Dann kümmere ich mich um die Stromversorgung.«

Wie zwei dunkle Schatten in der Nacht machten sie sich in entgegengesetzter Richtung auf den Weg. Sie kletterten durch die Vorgärten der Nachbarschaft, um sich unauffällig dem von beiden Seiten von ebenfalls hohen, villenartigen Mehrfamilienhäusern eingeschlossenen Anwesen anzunähern.

An der Ecke trennten sie sich nach einer lautlosen Interaktion. Sowohl der Garten nach hinten raus, wie auch die Straße vor dem Haus waren bewacht. Mittlerweile musste Yema bemerkt haben, dass die Frauen abgehauen waren, was die zusätzlichen Wachen erklärte.

Sara pirschte sich im Schutz der Dunkelheit an das Gebäude heran. Bei näherer Betrachtung war es eine seltsame Wahl für das Hauptquartier einer solchen Unternehmung, aber Yema hatte sicherlich ihre Gründe. Ihr jedenfalls kam die Wahl entgegen.

Das gründerzeitliche Haus verfügte im Erdgeschoss über einen Wintergarten mit Eisengerüst, der sich über die gesamte Rückseite des Gebäudes erstreckte, sanierte Regenrohre und als i-Tüpfelchen über Stuckverzierungen, die um die Ecken des Hauses in voller Höhe mit treppenstufengleichen Steinvorsätzen ergänzt wurden. Sie hoben sich weiß gegen die hellgraue Fassade ab und gaben ihm ein grandioses Aussehen – und waren der Traum eines jeden Einbrechers.

Sara wusste, dass sie es spätestens oben mit elektronischen Sicherungen zu tun bekommen würde, entschied aber, sich damit auseinanderzusetzen, wenn sie angekommen wäre.

Sie wartete ab, bis die Wache, die im hinteren Teil des Gartens patrouillierte, sich wieder auf den Weg zur entgegengesetzten Ecke machte und begann zügig ihren Aufstieg. Glücklicherweise war Bouldern eine ihrer neuen Lieblingsdisziplinen, seit sie bei der Sisterhood war, und sie hatte Stunden damit verbracht, die zehn Meter hohe Hallenmauer rauf und runter zu klettern. Kurz dachte sie an Lisha, die sie letztes Mal gesichert hatte, und sie fragte sich, ob die Anwärterin mit im Team sein würde, wenn die Sisterhood gleich Verstärkung schickte.

Sie erreichte das zweite Stockwerk und sah, wie der Wachmann wieder in ihre Richtung unterwegs war. Im Schatten der dem Garten abgewandten Seite presste sie sich so dicht wie möglich ans Mauerwerk und rührte sich nicht. Natürlich wäre es ganz leicht gewesen, sie zu sehen, auf der hellen Fassade als überdimensionaler schwarzer Käfer. Doch wenn man von unten nach oben schaute, würden sie der Nachthimmel und das Blätterdach verbergen und außerdem rührte sie sich nicht und wagte kaum zu atmen. Auch etwas, was sie bereits beim Bund gelernt hatte: Das Auge erfasst jede noch so kleine Bewegung, aber selbst ein eher großes unbewegliches Objekt kann leicht übersehen werden. Also verharrte sie, bis der Mann unter ihr auf dem Rückweg war und ihr den Rücken zuwandte.

Rasch erklomm sie Stockwerk drei und vier, wo sie wieder innehielt, ehe der Wachmann seine Runde erneut fortsetzte.

Sie erreichte den fünften Stock und wartete. Ihre Arme zitterten und ihre Finger krampften, dennoch musste sie jetzt besonnen vorgehen, um nicht entdeckt zu werden.

Sie griff nach dem Sims unter dem schwarzen Eisengitter, das den Balkon umrandete. Sie zog sich kurz hoch und warf einen Blick auf die großzügige Terrasse. Eine Wache stand seitlich von ihr in der Mitte der Dachterrasse und blickte hinaus über Eppendorf und den Garten.

Sara ließ sich lautlos zurückfallen und dachte über ihre Optionen nach. Der Typ stand so unglücklich, dass er sie sofort sehen würde, wenn sie versuchte, sich hochzuziehen und die Balustrade zu überwinden. Sie war schnell, aber die über vier Meter bis zu ihm schaffte sie auf keinen Fall in der Zeit, bevor er die Waffe ziehen und auf sie schießen würde. Sie musste kurzfristig eine Alternative finden, denn ihre Arme wurden langsam aber sicher lahm.

Sie zog sich noch einmal hoch und schielte über die Brüstung. Der Typ hatte seine Position nicht verändert. Dann hatte Sara eine Idee. Sie fixierte ihre Füße, sodass sie eine Hand lösen konnte. Sie fand am Schulterträger des Rucksacks den kleinen Karabiner und löste ihn. Nach einem weiteren Blick auf die unveränderte

Situation warf sie das Metallstück in hohem Bogen über den Kopf der Wache. Er flog in einer weiten perfekten Kurve und landete am entfernten Ende mit einem leisen Klirren auf dem Boden. Wie gewünscht lenkte es die Aufmerksamkeit des Wachhabenden ab und er ging ein paar Schritte von Sara weg. Das genügte ihr, um sich geschmeidig über die Brüstung zu schwingen und mit wenigen langen Sprüngen zu dem Mann hinüberzulaufen.

Er spürte die Präsenz hinter sich und wollte sich gerade umdrehen, doch Sara gab ihm keine Chance. Sie hatte einen Arm um seinen Hals gelegt und im zweiten verkeilt, sodass sie ihm die Kehle zu- und die Blutzufuhr zum Gehirn abschnüren konnte, ohne dass er auch nur einen Laut von sich gab. Er wehrte sich für ein paar Sekunden verzweifelt, doch da Sara auch ein paar Zentimeter größer war als er, hatte er keine Chance. Behutsam legte sie den leblosen Körper ab und zog ihn außer Sicht hinter eine Loungegruppe.

Dann schlich sie zu der breiten Fensterfront. Wie zu erwarten, war eine der Türen offen. Sara lächelte und hockte sich hin, um zu warten. Es dauerte nur wenige Sekunden und dann ging auf einen Schlag das Licht aus – und nicht nur in diesem Haus, sondern gleich in der ganzen Straße. Sara schmunzelte.

»Jay macht keine halben Sachen.«

Sie schob lautlos die Tür auf und betrat das Wohnzimmer. In der Deckung einer Couch sondierte sie den Raum.

An der einen Seite war ein unglaublicher Essbereich, an dem locker zwölf Leute Platz nehmen konnten. Der Rest des mehr als großzügigen Salons war mit cremefarbenen Seidenteppichen und teuren dunklen Antiquitäten möbliert.

Einige eindeutig chinesische Ausstellungsstücke vervollständigten das Bild zu einem Gesamtkunstwerk. Man konnte Xiú Yema sicher für viel halten, aber Geschmack hatte die Frau.

Sara wusste, dass die plötzlich einsetzende Dunkelheit sowohl ihr Freund wie auch ihr Feind war. Sie sorgte für Verwirrung bei den Gangstern und bot ihr Deckung, ebenso war sie eine Vorwarnung und alle wären jetzt extra aufmerksam. Also schlich sie doppelt behutsam geduckt weiter und lauschte an jedem Türbogen.

Der Weg zum Flur war frei. Links lag mit einem weiteren atemberaubenden Blick über die Innenstadt ein großzügiges Büro. Es war leer. Sara zögerte, denn eigentlich brannte in ihr nur der Wunsch, Renée zu finden. Doch als ihr Blick auf den Laptop auf dem Schreibtisch fiel, sah sie sich schnell um und war mit einigen Schritten im Büro. Sie zog den Laptop vom Netzteil und stopfte ihn in ihren Rucksack. Daneben lag ein Handy. Auch das steckte sie ein. Und wozu war diese kleine schwarze Box? Sie hatte keine Ahnung, aber da nur diese drei Teile auf dem Tisch lagen, steckte Sara sie reflexartig zusammen ein.

In ihrem Nacken begann es zu prickeln. Konnte das wirklich so leicht sein? Angespannt lauschte sie, doch sie konnte beim besten Willen nichts hören. Wo waren die alle? Sie schlich weiter. Nach wenigen Minuten hatte sie die gesamte untere Etage gesichert. Hier war niemand. Das Prickeln wurde stärker.

Sie stahl sich auf Zehenspitzen zur Wendeltreppe, die hinauf in den oberen Teil der Maisonettewohnung führte. Lautlos zog sie ihre Waffe und steckte ihren Kopf in den offenen Treppenschacht. Keine Menschenseele zu sehen.

Saras Magen zog sich zusammen. Sie wusste, dass die hier irgendwo lauerten und sie hasste es, ohne Infos hier durchzutappen. Wie sehr sehnte sie sich nach den Zeiten, als die Kollegen von der Aufklärung sie versorgt und begleitet hatten. Auch wenn es cool war, Jay auf ihrer Seite zu wissen, fühlte sich das hier trotzdem wieder nicht nach der Art von gut organisierter Mission an, die sie sich gewünscht hätte. Aber wem wollte sie etwas vormachen? Bei der Bundeswehr war weiß Gott auch nicht alles Gold gewesen, was glänzte. Sie schlich also hinüber zu der massiven Haustür und öffnete sie einen spaltbreit. Dann huschte sie auf Zehenspitzen zurück zur Treppe und hinauf in den ersten Stock.

Als sie ihren Blick über den Flur am oberen Treppenabsatz schweifen lassen konnte, war immer noch alles ruhig. Natürlich war auch hier überall das Licht abgeschaltet. Und dann hörte sie es, ein leises wimmerndes Weinen und ihr Herz setzte aus. Unter tausenden Geräuschen hätte sie dieses hier erkannt. Ihre Tochter. Das Weinen war eindeutig Renée.

Um ein Haar wäre sie aufgesprungen und den Flur entlanggerannt. Doch ihre taktische Ausbildung gewann im letzten Augenblick über ihren Mutterinstinkt.

Sie ließ den Rucksack von der Schulter gleiten und stellte ihn in einer Ecke neben der Treppe ab. Er würde ihre Bewegungsfreiheit unnötig einschränken. Dann ließ sie ihren Nacken von links nach rechts knacken und fokussierte sich. Behutsam schlich sie den Flur entlang und klärte ein Schlafzimmer und ein vermutliches Gästezimmer. Dahinter kam ein großes Bad, in dem eine Pflegebadewanne installiert war. Sara verharrte an der Tür und starrte das Ding an. Der

Deckenlifter, der darüber hing, wirkte in diesem ultraeleganten Penthouse fehl am Platz.

Sara schluckte und runzelte die Stirn. Sie musste sich konzentrieren und durfte sich nicht ablenken lassen. Wo war Renée?

Sie näherte sich der letzten Tür und war auf alles gefasst – nur nicht auf das, was sie tatsächlich sah, als sie in den Raum stürmte.

In der Mitte des Raumes stand ein großes Pflegebett. Trotz der Unterbrechung der Stromzufuhr piepten die Monitore regelmäßig. Der Junge darin war intubiert und hatte die Augen geschlossen. Sara erfasste sofort die Frau in der Uniform einer Pflegekraft, die hinter dem Bett stand und ihre weinende Tochter auf dem Arm hatte, und Yema, die vor dem Lager verharrte und eine Waffe auf Renée richtete.

Sofort gefror Sara. Sie hätte zur Seite blicken sollen. Sie hätte den Bereich hinter der Tür sichern müssen. Doch alles, was sie sah, war ihr Kind – und die Waffe, die auf seinen kleinen Körper gerichtet war. Woher der Schlag kam, der sie am Hinterkopf traf, konnte sie im Nachhinein nie sagen.

XXXVI.

Jay hatte es in kürzester Zeit hinbekommen, den Verteilerkasten zu finden und zu knacken. Viel schwieriger, als die richtige Sicherung zu finden und die entsprechenden Kabelverbindungen zu lösen, war es, sich aus dem Sichtfeld der beiden bewaffneten Gorillas zu halten, die vor dem Haus in einem dunklen Audi hockten. Xiú Yema hatte ihre Bewachung hochgefahren – kluge Frau. Jay grinste, sie stand auf Herausforderungen.

Als das Licht ausging, waren die beiden schneller aus dem Auto, als Jay fluchen konnte und das wollte was heißen. Sie beobachtete, wie sie die Straße auf- und abblickten und dann einer Position an der Eingangstür bezog, während der andere die Straßenseite wechselte und ebenfalls anfing, alles abzuchecken.

Wow, die beiden waren gut. Sie würde eine weitere Ablenkung brauchen, um den Weg zum Treppenhaus frei zu machen. Gerade überlegte sie, ob sie es riskieren konnte, den Wagen in die Luft zu jagen, da passierte etwas Unvorhersehbares:

Eine dunkle Limousine kam die Straße herauf und zwar selbst für eine 30er-Zone zu langsam. Jay duckte sich tiefer hinter den Verteilerkasten und ließ sie nicht aus den Augen. Die beiden Wachen, die eben gut sichtbar an der Straße gestanden hatten, waren auf einen Schlag verschwunden. Der Wagen suchte sich eine Parklücke und dann stieg ein Mann aus, um im

Dunkeln zum Eingang des Hauses zurückzulaufen. Der Typ trug eine Lederjacke und wirkte bullig. Die Art, wie er lief, zeigte, dass sein rechtes Knie verletzt war oder gewesen war. Er checkte die Hausnummer, sah an der Fassade hoch und war dabei so peinlich offensichtlich, dass Jay mit offenem Mund den Kopf schüttelte. Als er sich umdrehte, erkannte sie ihn trotz der schwachen Lichtverhältnisse: Andri. Um Gottes willen, der Typ gehörte zu Shkodran. Und nein, der Typ war alles andere als die hellste Kerze auf der Torte. Im Gegenteil, er war eindeutig einer fürs Grobe. Was machte er jetzt hier? Ihr Ex-Boss hatte ihn nicht einmal zum Austausch mitgenommen.

Und dann dämmerte es ihr. Shkodran flippte aus. Sie hatte ihn aufgescheucht und jetzt schlug er komplett um sich. Er musste ein paar Leute abgestellt haben, um Xiú Yema zu bespitzeln. Ein teuflisches kleines Lächeln breitete sich auf ihrem Gesicht aus. Na, wenn ihr das nicht wunderbar in die Karten spielte. Sie durfte sich dabei nur nicht von Yemas Leuten die Tour vermasseln lassen. Jetzt musste sie improvisieren. Wie sie es liebte.

Sie wartete, bis Shkodrans Männer wieder in ihrem Wagen saßen und sich berieten. Wenn Andri hier war, dann vermutlich auch sein Kumpel Valmir, der war jünger, aber ebenso ein Idiot. Jetzt musste sie nur dafür sorgen, dass sie Yemas Leuten unangenehm auffielen. Dazu wäre es nötig, dass sie diese zunächst erst mal wieder selbst in den Blick bekam. Also wartete sie – und wurde nach kürzester Zeit belohnt.

Einer der beiden Bodyguards aus Yemas Team tauchte von rechts in ihrem Blickfeld auf und gab dem zweiten ein Signal. Nachdem Jay sichergestellt hatte, dass sie hinter den am Straßenrand eng an eng und kreuz und quer geparkten Fahrzeugen nicht zu sehen war, pirschte sie sich an einen BMW heran. Sie hockte sich zwischen die geparkten Autos, brachte sich in Position und trat dann dem Wagen vor den Kühler. Augenblicklich plärrte eine Alarmanlage los und es geschah genau, was sie gehofft hatte. Die Bodyguards – nervös und auf der Hut – zückten ihre Waffen und gingen in Position, um den Wagen zu überprüfen. Auch Shkodrans Männer waren aus dem Auto gesprungen und in der Sekunde kapierten sie erst, dass die anderen Männer auch Profis waren und sofort wurde den beiden Schlägern ihr Fehler bewusst. Auch sie zückten Waffen und es entstand ein Moment der Verwirrung, ehe es ein Patt gab.

Jay hatte sich unter einen Jeep gerollt und wartete, bis die aufgeregten Stimmen sich alle aufeinander zu und von ihr weg bewegten und dann setzte sie sich in Bewegung. Es war ihr völlig egal, wie die vier Männer die Situation lösten und auch, ob sie die halbe Nachbarschaft mit dem noch immer schrillenden Alarm weckte. Sie benötigte nur eine ungesehene Minute, um die Straße zu überqueren, in den Vorgarten zu springen und in der Deckung der Zierhecke zur Haustür zu flitzen. Im dunklen Hauseingang brauchte sie nur wenige Sekunden, um das eher altertümliche Schloss zu öffnen. Sie schlüpfte durch den Türspalt und schob die Tür lautlos hinter sich. Zufrieden blickte sie nach draußen. Shkodrans Männer pöbelten die Bodyguards an, von denen einer gerade die Hand ans Ohr genommen hatte, um offensichtlich Verstärkung zu holen – und da hörte sie auch schon schwere Schritte die Treppe herunterpoltern. Blitzschnell sprang sie die drei Stufen zum ersten Treppenabsatz hoch, auf dem sich direkt neben der Aufzugstür zwei Kinderwagen halb unter der sich wendelnden Treppe verbargen. Jay sprang dahinter und kauerte sich zusammen. Ihr Versteck hätte keinem zweiten Blick standgehalten, doch da die drei Männer, die die Stufen heruntergeeilt kamen, ganz andere Sorgen hatten und nicht nach hinten blickten, war sie in Sicherheit. Sie wartete, bis alle auf der Straße waren. Jetzt konnte sich die Situation für Shkodrans Männer nur zuspitzen.

Ohne ein unnötiges Geräusch zu verursachen, huschte sie die altertümliche Treppe hinauf. Obwohl sie wie eine Raubkatze auftrat, ließ es sich nicht vermeiden, dass hin und wieder eine Stufe unter ihr knatschte. Doch sie gestattete sich nicht, zu warten und noch vorsichtiger zu gehen, ihre innere Uhr sagte ihr, dass Sara mittlerweile im Penthouse sein müsste und es Zeit würde, dass sie die verbleibenden Wachen in die Zange nahmen.

Sie erreichte das Penthouse und stellte fest, dass auf diesem Geschoss nur noch eine Wohnungstür vorhanden war. Die schwere Tür war nicht eingeklinkt, sondern nur angelehnt. Lautlos schob sie sich in den Flur und ließ sich sofort auf ein Knie sinken, um mit gezückter Pistole die Umgebung zu sichern.

Als sie feststellte, dass sie allein war, versuchte sie herauszufinden, wo genau Sara steckte. In dem Moment hörte sie eine zornige Stimme von oben. Augenblicklich schloss sie die Tür hinter sich und fand hinter einer überdimensionalen Bodenvase Deckung.

Keine Sekunde zu früh.

Yiú Xema kam die Treppe herunter und hatte einen Rucksack in der Hand. Den hatte Sara benutzt. Und in der gleichen Sekunde erschien auch der Typ, der sie immer begleitete, Ma Quan, mit Sara über der Schulter auf dem Treppenabsatz. An Saras Hinterkopf hatte sich ein Blutfleck gebildet und sie hing schlapp wie ein nasser Sack auf seinem Rücken. Bewusstlos.

Jay fluchte unterdrückt. Das hatte ja schon mal gar nicht geklappt. Dann überlegte sie kurz, was Priorität hatte: Sara zu befreien oder ihre Tochter zu suchen. Jay rang mit sich. Es passierte ihr nicht oft, dass ihr moralisches Verständnis derart an die Grenzen kam. Sie wusste genau, was ihre Mission war. Seit sie sechzehn war, hatte sie nichts anderes getan, als sich auf solche Einsätze vorzubereiten und sie fokussiert durchzuziehen. Normalerweise konnte sie absolut nichts ablenken oder aufhalten – und doch saß sie hier und zögerte. Daten sichern, Sara befreien und eine Konfrontation heraufbeschwören – oder die kleine Renée finden, denn konnte wirklich irgendetwas wichtiger sein in diesem Moment? Ihre Befehle waren klar gewesen, doch wenn dem Kind irgendwas passierte, würde Sara ihr das niemals verzeihen …

Und so wartete Jay einen Moment zu lange, ehe sie sich entschied, die Treppe hinaufzuschleichen, die Yema und ihr Angestellter gerade heruntergekommen waren.

In dem Moment, als sie den Fuß auf die unterste Stufe stellte, erschienen zwei der drei Bodyguards, die ihren Kollegen auf der Straße zur Hilfe gekommen waren, wieder in der Tür. Ohne zu zögern, zogen sie ihre Waffen und legten beide gleichzeitig auf Jay an, während sie sich mit einer einzigen fließenden Bewegung in entgegengesetzte Richtungen in Position brachten. Jay fluchte. Sie hatte keine Chance, die beiden Männer gleichzeitig auszuschalten, ohne dass einer von beiden eine direkte Schusslinie auf sie hatte.

Der Versuch wäre tödlich. Also hob sie beide Hände über den Kopf und ließ ihre Pistole am Zeigefinger baumeln.

Einer der Männer trat vor und nahm sie ihr ab. Er zerrte sie von der Treppe und trieb sie voran in Richtung einer offenen Tür, die in den Wohnbereich führte.

Am Horizont dämmerte es langsam, als Jay von hinten mit einem Stoß in den Rücken in den Raum katapultiert wurde und auf die Knie fiel.

Ein konsternierter Blick verriet Xiú Yemas Unmut.

»Was um alles in der Welt …«

Sie wechselte einen Blick mit Ma Quan, der gerade dabei war, Saras Hände und Füße mit Kabelbindern zu sichern. Er runzelte die Stirn und sagte etwas auf Chinesisch, woraufhin auch Jay einen so heftigen Schlag auf den Kopf erhielt, dass ihr spontan die Lichter ausgingen.

»Wir haben die hier auf der Treppe gefunden. Unten vor dem Haus sind noch zwei, die offensichtlich zu dem Dealer gehören.«

Xiú Yemas Oberlippe krauste sich nur minimal. Abscheu, las Ma Quan und wusste, dass jetzt ein Exempel statuiert werden würde.

XXXVII.

Shkodran hatte eine Line gezogen und ein paar Gläser getrunken. Sein Blut rauschte in seinen Ohren und die Wut hatte einen neuen Höhepunkt erklommen. Er musste etwas tun. Er musste aktiv werden. Er konnte sich hier nicht das Ruder aus der Hand nehmen lassen, nicht jetzt, nicht von ihr.

»Wir müssen zum Angriff übergehen. Wir müssen sofort mit Nachdruck unsere Position klar machen. Ich lasse nicht zu, dass diese Frau sich derart aufführt. Bereitet alles vor«, befahl Shkodran. »Wir haben die Lieferung. Wir werden unsere Kräfte bündeln und uns mit Gewalt nehmen, was uns zusteht.«

Die verbliebenen Männer machten sich sofort an die Arbeit. Das Geräusch von Waffen, die geladen wurden, und Ausrüstung, die überprüft wurde, erfüllte den Raum.

Shkodran stand inmitten dieses kontrollierten Chaos und hibbelte von einem Fuß auf den anderen. Seine Rage war nicht zu bändigen, aber langsam verwandelte sie sich in etwas Kaltes und Berechnendes. Tief in seinem Inneren wusste er, dass er Xiú Yema nicht nur als Feindin, sondern als Geschäftspartnerin sehen musste. Er brauchte sie noch, auch wenn er nichts lieber getan hätte, als sie tot zu prügeln. Mit bloßen Händen. Um zu spüren, wie das Leben langsam mit jedem Schlag aus ihr herausfließen würde. Schon wieder war er kurz davor, rot zu sehen.

Doch dann fiel ihm ein, dass er ohne sie erneut am Anfang stehen würde, was die höheren Margen und seine absolute Marktdominanz anbelangen würde ... er raufte sich wütend die Haare und versuchte, allen Widerständen zum Trotz durchzuatmen. Er musste einen Weg finden, sie zu kontrollieren, ohne seine Position zu gefährden. Genau, das musste das Ziel sein. Er brauchte sie lebend.

Er schritt zu einem Tisch, auf dem eine detaillierte Karte der Stadt lag. Seine Finger glitten über die verschiedenen Bezirke, während er überlegte, wie er seine nächste Bewegung planen konnte. Er musste strategisch vorgehen, jede seiner Handlungen genau kalkulieren. Doch in seinem Zustand war er kaum in der Lage, stillzustehen. Er durfte sich jetzt keinen Fehler erlauben. Keine Schwäche zeigen. Er wusste, dass auch in seinen Reihen Leute nur darauf warteten, seine Position einzunehmen.

»Arben«, sagte er, ohne aufzusehen, »was wissen wir über Yemas aktuelle Operationen?«

Arben trat näher und warf einen Blick auf die Karte und machte dann eine wegwerfende Handbewegung.

»Sie ist extrem gut organisiert und geradezu paranoid. Alles läuft über Scheinfirmen. Sie hat dutzende Büros und Lagerhäuser, aber keines unter einem Namen, den man mit ihr in Verbindung bringen könnte. Sie hat mit Sicherheit auch einen Spitzel bei der Polizei, denn sonst hätte sie sich nie solange halten können.« Er zögerte kurz, sein Chef sah ihn mit etwas zu feurigen Augen an. Er fuhr fort: »Wir wissen, dass sie mindestens eine neue Lieferung erwartet. Ihre Männer sind beschäftigt mit den Vorbereitungen, aber sie halten alles gut verborgen.«

Shkodran nickte heftig.

»Genau da müssen wir reinschlagen. Wir müssen ihr zeigen, dass sie uns braucht – nicht nur für den Vertrieb.« Er wurde noch etwas fahriger. »Wir werden einen Schlag ausführen, der sie trifft, wo sie es am wenigsten erwartet. Aber wir müssen sicherstellen, dass es aussieht, als käme der Angriff von jemand anderem. Wir dürfen keine direkten Spuren hinterlassen.«

Arben nickte, seine Augen blitzten. »Ja, nichts zu Direktes. Wenn es auf uns zurückfällt, könnte es die zukünftigen Geschäfte beeinträchtigen, aber sie ist sich eindeutig zu sicher. Ich denke auch, ein Dämpfer würde die Verhandlungen einfacher gestalten.« Er grinste. »Ich werde die nötigen Vorbereitungen treffen. Wir haben Kontakte, die uns helfen können, falsche Fährten zu legen.«

Shkodran sah Arben an und legte eine Hand auf seine Schulter. Die Aussicht, das Problem endlich mit Gewalt lösen zu können, verpasste ihm einen Adrenalinschub.

»Mach das. Und lass keine Fehler zu. Wir dürfen uns keine Schwächen erlauben.«

Arben nickte und wollte in den Nebenraum gehen, als er plötzlich Schritte hinter sich hörte. Einer seiner Männer, ein junger und unerfahrener Kämpfer namens Kreshnik, trat nervös in den Raum.

»Boss, es gibt ein Problem.«

Shkodran drehte sich langsam um, seine Augen verengten sich.

»Was für ein Problem?«

Kreshnik zögerte, bevor er weitersprach. Hilfesuchend blickte er zu Arben, der ihn auch nur stumm anstarrte.

»Es geht um die Männer, die wir geschickt haben, um Xiú Yema zu beobachten. Wir ... ähm, wir haben den Kontakt zu Andri und Valmir verloren.«

Shkodrans Gesicht verfinsterte sich.

»Verdammte Scheiße, was soll denn das heißen? Bin ich eigentlich nur von Idioten umgeben?« Shkodran ballte die Fäuste, bis sie weiß waren und die Sehnen zum Zerreißen gespannt hervortraten. »Verdammt. Das heißt, sie hat unsere Männer geschnappt. Was glaubt die Fotze eigentlich, wer sie ist? Das wird Konsequenzen haben. Sie hat es nicht anders gewollt.«

Er stürmte auf Kreshnik los, packte ihn am Kragen und stieß ihn grob rückwärts aus der Tür.

»Wir müssen sofort handeln. Jetzt. Hol die restlichen Männer. Wir werden es ihr zeigen.«

In der Zentrale brach hektische Aktivität aus.

Shkodran trat derweil wieder an den Tisch, seine Augen auf die Karte fixiert.

»Wir schlagen heute Nacht zu. Wir müssen zeigen, dass wir nicht schwach sind. Wir müssen Xiú Yema zeigen, dass sie sich mit dem Falschen angelegt hat. Sie will spielen, dann soll sie nur kommen.«

Arben presste die Lippen zusammen, einen entschlossenen Ausdruck auf seinem Gesicht. Er wusste, dass es jetzt kein Zurück mehr gab – diese Nacht würde eine Entscheidung bringen. So oder so.

XXXVIII.

Sara kam zu sich und das erste, was sie spürte, waren hämmernde Kopfschmerzen – und dass ihre Hände schon wieder hinter ihrem Rücken gefesselt waren.

Blinzelnd öffnete sie die Lider und versuchte, sich zu orientieren. Die aufgehende Sonne blendete sie und weil das Stechen in ihrem Schädel sofort zunahm, schloss sie die Augen noch mal.

Eine schallende Ohrfeige ließ sie die Augen erneut aufreißen.

Vor ihr stand Ma Quan, der sein Sakko ausgezogen und die Ärmel seines Hemdes hochgekrempelt hatte. Hinter ihm saß Xiú Yema an ihrem Schreibtisch und hatte Jays Rucksack schräg vor sich auf dem Tisch liegen. Schlagartig kam die Erinnerung an ihren missglückten Einbruch zurück.

»Renée«, stieß sie hervor und zerrte wie wild an ihren Fesseln.

Yemas Augen funkelten sie an.

»Ein bisschen spät, um sich um die Sicherheit Ihrer Tochter Gedanken zu machen, nicht wahr?«

Die Verachtung war selbst aus dem unaufgeregten Tonfall deutlich herauszuhören.

Sara hätte einen Arm dafür gegeben, die Hände freizubekommen und sie um den Hals dieser Frau zu legen. Sie hatte noch nie jemanden so intensiv gehasst.

»Wenn Sie ihr auch nur ein Haar gekrümmt haben … ich schwöre, ich …«

»Ach, halten Sie den Mund!«, fuhr Yema sie an und war aufgestanden. »Sie haben hier überhaupt keine Forderungen zu stellen. Sie haben sich in Dinge eingemischt, die Sie nichts angehen. Jetzt werden Sie die Konsequenzen tragen. Das ist das Leben. Und Sie!« Yema streckte den Zeigefinger aus und zeigte neben Sara. »Sie auch.«

Erst jetzt bemerkte Sara, dass Jay neben ihr saß. Ebenfalls gefesselt und mit ebenso wütendem Gesichtsausdruck. Die beiden Frauen wechselten einen Blick. Dann erkannte Sara außerdem, dass sie mit ihren Stühlen auf einer überdimensionalen Malerplane standen … das war kein gutes Zeichen. Sie schluckte und konnte sich trotzdem nicht verkneifen zu zischen: »Sie haben ja keine Ahnung, mit wem Sie sich anlegen.«

Yema lachte kurz auf, doch als sie weitersprach, war ihre Stimme wieder kalt und emotionslos: »Ach ja? Ich hätte behauptet, dass es genau anders herum wäre. Oder glauben Sie wirklich, dass räudige Hunde von der Straße, wie die, die Shkodran Velaj seine Leute schimpft, mir gefährlich werden könnten?« Sie musste die Überraschung in Saras Gesicht gelesen haben, denn sie fuhr fort: »Oder gehören Sie in Wahrheit doch gar nicht zu diesen Männern?«

Sie musterte Sara eindringlich und ging dann zu Jay. Mit fester Hand fasste sie ihr unters Kinn und zwang ihr Gesicht dazu, zu Sara hinüberzusehen.

»Oder von wem wurden deine Schwester und du in Wirklichkeit geschickt?«

Nun stand komplette Verwirrung und Ratlosigkeit in Saras Gesicht geschrieben. Sie hatte keine Ahnung, woher sie diese Informationen zu haben glaubte, traute sich aber auch nicht, ihr zu widersprechen, denn sie wusste nicht, wen sie dann wieder untergraben und in

Gefahr bringen würde. Konnte Yema von der Sisterhood wissen und sich darauf beziehen? Was sonst könnte sie meinen? Wieder so eine Lüge, um Verwirrung zu stiften?

Sara schwieg hartnäckig und versuchte, in Jays gesundem Auge einen Hinweis zu finden, was sie sagen sollte, doch die wand sich in Yemas Griff und vermied es um jeden Preis, Sara direkt anzusehen. Das irritierte Sara zusätzlich.

Auch Yema bemerkte, dass hier irgendwas nicht stimmte. Sie drehte Jays Gesicht wieder zu sich.

»Oder war das ebenso gelogen wie dass deine Schwester Polizistin ist?« Ihre dunklen Augen forschten in Jays Zügen. »Du bist eine ganz durchtriebene kleine Lügnerin. Aber mach dir keine Sorgen, ich werde die Wahrheit aus euch herausbekommen.« Sie ließ Jay los und ging auf Abstand zu den beiden.

»Ihr werdet noch darum betteln, mir die Wahrheit sagen zu dürfen – ganz egal, ob durch eure Adern das gleiche Blut fließt oder nicht.« Ein zutiefst böses Lächeln trat in ihr Gesicht. »Denn eine Blutsverwandte habe ich ja hier, an deren Wohlergehen zumindest Ihnen etwas liegt, nicht wahr, Sara?«

Bei der Erwähnung ihrer Tochter begann die so Angesprochene sofort wieder an ihren Fesseln zu reißen.

»Ich weiß nicht, was Sie von mir hören wollen«, brüllte sie in ihrer Verzweiflung, »und es ist mir auch egal, aber ich schwöre, wenn Sie sich an meiner Tochter vergreifen, dann werden Sie sich wünschen, dass Sie mir nie begegnet sind.«

Xiú Yema sah sie reglos an. Hinter ihrer Stirn arbeitete es sichtbar, doch nicht wegen Saras Ausbruch. Dass Sara das, was sie da sagte, ernst meinte, war das einzig Ehrliche, was sie von diesen Frauen bislang erfahren hatte. Sie blickte von einer zur anderen und dachte darüber nach, wie sie sie brechen wollte.

Sie hatte allen Grund, misstrauisch zu sein. Zwar war sie sich sicher, dass beide irgendwas verbargen, doch sie wusste schlicht nicht genug, um die Wahrheit dahinter erkennen zu können, und das zerrte an ihrem Geduldsfaden. Außerdem war sie die ganze Nacht auf den Beinen und ein latenter Kopfschmerz begann ihr zu schaffen zu machen. Gern hätte sie sich etwas zurückgezogen. Doch sie musste ihren eigenen Männern gegenüber Stärke demonstrieren.

Also straffte sie den Rücken und wollte gerade ein Verdikt sprechen, als einer ihrer Bodyguards durch die Tür trat und nach einer stummen Aufforderung ihrerseits eine Frage auf Chinesisch an sie richtete.

Sie hob eine Augenbraue, warf einen Blick auf die beiden Frauen und hob dann in seine Richtung das Kinn.

»Erledigt das.« Er verneigte sich und verließ den Raum.

Sara hatte keine Ahnung, worum es ging. Um Jays Mundwinkel jedoch zuckte es. Auch wenn ihr Mandarin eher straßen- als gangstertauglich war, hatte sie durchaus eine Vorstellung, dass Shkodran wohl gerade zwei Männer und eine Geschäftsbeziehung einbüßte.

Jay und Sara tauschten einen schnellen Blick. Jay, die erfahrenere Agentin, nickte kaum merklich. Es war der Moment gekommen, in dem sie alles auf eine Karte setzen mussten.

»Wir hatten keine Wahl«, sagte Jay so unterwürfig wie möglich, »Shkodran hat uns in eine unmögliche Lage gebracht.«

»Wie das?«

Wieder ein schneller Blickwechsel, ehe Jay selbstbewusster fortfuhr: »Er hat Material gegen Sara gesammelt und wollte sie bei ihren Kollegen verpfeifen. Dieses Mal wäre sie nicht mehr mit einer Verwarnung davon gekommen, dieses Mal hätte sie in den Knast gemusst. Und ich, ich habe eine Schwäche …« Sie hob die Schultern und brachte damit ihre übertrainierten, tätowierten Arme in den Fokus.

Yema lauschte regungslos.

»Er war es, der Sara auf Mian angesetzt hat.«

Bei der Erwähnung des Namens ihres Sohnes zuckte ein Nerv an Yemas Hals. Sara ließ sie nicht aus den Augen. Sie begann zu ahnen, was Jay vorhatte, doch wusste sie noch nicht, wie sie dieses Spiel mit dem Feuer unterstützen konnte, ohne dass sie beide darin umkommen würden. Also schwieg sie und starrte zu Boden.

»Als er Sara nicht raushauen wollte, hat er mich Ihnen zum Fraß vorgeworfen … doch das war nur Show, wir hatten einen Plan, dass wir Sara nur so rausholen können.«

Yema nickte kaum merklich, damit sie fortfuhr. Jay benetzte ihre spröden Lippen und gehorchte mit jetzt demütig gesenktem Haupt.

»Er war es auch, der uns heute hierher geschickt hat.«

Yema lehnte sich wenige Millimeter vor.

»Warum sollte Shkodran das tun?«

Jetzt war es an Sara, die Lügengeschichte zu komplettieren: »Weil er es von Anfang an darauf abgesehen hatte, Sie auszubooten. Er wollte nur an Ihre Verbindungen zu den Laboren in Asien und Sie dann als Zwischenhändlerin wie eine Schachfigur vom Brett nehmen. Schließlich würde er nie eine Frau als

Boss akzeptieren ...« Sie zuckte entschuldigend die Schultern, hatte jedoch genau Yemas Nerv getroffen.

Die versuchte Haltung zu bewahren, indem sie leise lachte, doch Jay und Sara witterten, dass sie sie fast da hatten, wo sie sie haben wollten, als sie nachhakte: »Das klingt zwar durchaus nach etwas, was jemand wie Shkodran versuchen würde. Aber warum sollte ich ausgerechnet euch glauben?«

Nun war es wieder an Jay das Wort zu ergreifen.

»Weil wir keinen Grund haben zu lügen. Wenn Sie uns nicht glauben, werden wir beide sterben. Shkodran wird uns töten, weil wir versagt haben, und Sie werden uns töten, weil Sie uns nicht trauen.«

Yema brauchte einen Moment. Sie setzte sich in ihren Bürostuhl zurecht und legte die Fingerspitzen aneinander. Während sie nachdachte, ließ sie die beiden Frauen nicht aus den Augen.

In ihr brodelte es. Ihr Stolz sann auf Rache wegen der Unverfrorenheit von Shkodran. Schlimmer wog der Schmerz über den Verlust von Xiú Mian. Diese Wunde zerriss sie innerlich und am Liebsten hätte sie Sara hier und jetzt hingerichtet. Doch sie musste sich auch eingestehen, dass seit diese beiden Frauen aufgetaucht waren, ihre gesamte Operation irgendwie aus dem Ruder lief. Wenn sie hier nicht noch mehr Schaden nehmen wollte, musste sie ganz schnell einen Deckel auf diese Büchse der Pandora kriegen – und Shkodrans Schädel wäre dafür so gut wie alles andere.

Sie senkte die Finger und fragte betont teilnahmslos: »Wie genau lautete euer Auftrag?«

Wieder war es Jay, die antwortete und Sara, die voller Bewunderung zuhörte, wie Jay mühelos Wahrheit und Fiktion so verschmelzen ließ, dass es nach einer schlüssigen Darstellung klang.

»Wir sollten ihm Zugang zu Ihrem Netzwerk beschaffen. Unser Ziel war es, Ihre Lieferkette nachzuvollziehen, deshalb haben wir Ihren Laptop und Ihr Handy gestohlen, um an Ihre Kontaktdaten zu kommen.«

Unbewusst hatte Yema eine Hand ausgestreckt und ließ sie auf dem Rucksack ruhen. Mit Geringschätzung in der Stimme warf sie den Frauen an den Kopf: »Versager haben auch für mich keinen Wert.«

Jay schien zu schlucken und mit sich zu ringen, ehe sie herausplatzte: »Aber wir können Ihnen helfen, den Spieß umzudrehen.«

Yema war müde und hätte dieses Taktieren nur allzu gern beendet, doch nun war ihr Interesse entflammt.

»Was schlagt ihr vor?«

Jay warf einen schnellen Blick zu Sara, bevor sie weitersprach. Und die hätte Stein und Bein geschworen, dass da Triumph in ihrem gesunden Auge lag.

»Wir könnten für Sie arbeiten, exklusiv. Lassen Sie uns Shkodran täuschen, ihn glauben lassen, dass wir noch immer für ihn spionieren. In der Zwischenzeit können wir ihm falsche Informationen liefern und seine Pläne sabotieren.« Sie machte eine kurze dramaturgische Pause und vollendete dann: »Und wir können Ihnen seine Vertriebswege zugänglich machen. Ich habe für ihn den Versand organisiert, ich kenne die komplette Struktur durch und durch. Der deutsche Markt wäre Ihrer, ebenso wie seine Expansionspläne nach Europa.«

And the Oscar goes to Jay, dachte Sara und wagte nicht aufzublicken, um diese krasse Performance nicht als solche zu verraten. Voller Bewunderung warf sie ihr nur einen kurzen Seitenblick zu.

Wenn Sara es nicht besser gewusst hätte, hätte sie ihr vermutlich selbst geglaubt.

Yema blieb still, ihre Gedanken rasten. Sie wusste, dass sie hier auf dünnem Eis wandelte. Was, wenn alles, was die Gefangenen gesagt hatten, gelogen war und nur dazu diente, sie zu täuschen? Doch ihre Gier und die Aussicht, so viel schneller an ihr Ziel zu kommen, trübten ihren Instinkt. Nicht nur Deutschland, sondern Europa! Was würde das für ihre Rückkehr in die Triade bedeuten? Als ihr Blick auf Sara fiel, erfüllte sofort wieder Mians Verlust ihr Herz und ihre Gedanken. Und die Vernunft gewann die Oberhand.

Nein, sie war nicht so weit gekommen, weil sie leichtfertig vorschnelle Entscheidungen fällte. Und sie musste darüber nachdenken.

»Das ist ein gefährliches Spiel, das ihr vorschlagt. Wenn er herausfindet, dass ihr doppelt spielt, wird er euch töten. Und wenn ich herausfinde, dass ihr lügt, werde ich es tun.«

Die Gefangenen schwiegen. Yema stand auf und ging langsam um ihren Schreibtisch herum, ihre Augen fixierten Jay und Sara abwechselnd.

»Aber was wollt ihr dafür im Gegenzug?«

Die Verachtung, die in dieser Frage lag, war nicht zu überhören. Sara wagte es nicht, hochzusehen, weil sie ahnte, dass Yema ihr nach wie vor den Verlust ihres Sohnes ankreidete. Jay jedoch hielt Yemas Blick stand.

»Sicherheit. Schutz für uns und Saras Familie. Wir wollen nur lebend aus der Sache wieder rauskommen ...«, spielte sie ihre Position weiter herunter.

Yema blieb stehen und betrachtete die beiden Frauen eingehend. In ihrer Brust rangen Rachegelüste und der noch viel dringendere Wunsch, es endlich an die Spitze zu schaffen, miteinander.

»Ihr seid mutig, das muss ich euch lassen. Aber auch mutige Menschen machen Fehler. Seid ihr sicher, dass ihr das durchziehen könnt?«

Sara antwortete schnell und mit dem Gedanken an Renée mit absoluter Überzeugung: »Ja. Wir haben nichts zu verlieren. Shkodran denkt, er hat uns in der Hand, aber wir können ihm einen Schritt voraus sein, wenn wir zusammenarbeiten. Ich will doch nur meine Tochter zurück.« Es war nicht einmal gespielt, dass ihr am Ende des Satzes die Stimme brach.

Yema nickte langsam.

»Gut. Ich werde darüber nachdenken.«

Jay und Sara wagten nicht, sich zu rühren, die Spannung im Raum war greifbar. Beide hielten den Atem an, in der Hoffnung, dass ihr gefährliches Spiel funktionieren würde.

Ohne ein weiteres Wort stand Yema auf und verließ das Büro.

Ma Quan folgte ihr bis ans andere Ende der Etage in den Salon und blieb seitlich vom Sofa stehen, auf das sie sich hatte fallen lassen. Xiú Yema rieb sich müde über die Augen. Ihre linke Hand landete auf dem Rucksack, der jetzt neben ihr auf der Sitzfläche lag.

»Was hältst du von der Geschichte der beiden? Glaubst du, sie sagen die Wahrheit?«

Ma Quan, der es nicht gewohnt war, dass sie sich derart vertrauensvoll an ihn wandte, versteifte reflexartig den Rücken. Doch als er Taitai Yema ansah, verstand er, dass sie durch Mians Tod, selbst wenn er der nutzloseste Spross gewesen war, doch auch den letzten Vertrauten verloren hatte.

Er wagte, sich zu räuspern und vorsichtig zu antworten: »Es ist nicht ausgeschlossen, dass sie uns nur einen Haufen Lügen aufgetischt haben.«

Er holte tief Atem und erlaubte sich, fortzufahren: »Allerdings passt ihre Geschichte zu den Erkenntnissen über Shkodran Velaj, zu denen Sie auch schon gekommen sind, Taitai Yema. Er ist skrupellos, hinterhältig und ein Mann ohne Codex und Ehre. Es läge im Bereich des Möglichen, dass er so etwas von Anfang an geplant hatte.«

Yema nickte. Noch für eine weitere Minute hielt sie die Augen geschlossen. Nichts an ihrer Haltung verriet ihre Gemütslage.

Plötzlich hob sie den Blick und eine neue Entschiedenheit lag darin.

»Dann müssen wir so schnell wie möglich herausfinden, was Shkodran als Nächstes vorhat. Wenn er wirklich versucht, uns zu hintergehen, müssen wir vorbereitet sein.«

Ma Quan verneigte sich leicht.

»Ich werde fürs Erste die Wachen verdoppeln. Würden Sie es gegebenenfalls in Erwägung ziehen, dass wir Sie woanders in Sicherheit ...«

Yema fiel ihm ins Wort, ehe er seinen Gedanken vollenden konnte.

»Auf keinen Fall. Ich lasse Ning nicht allein und es würde Stunden dauern, ihn transportfähig zu machen.«

Wie gern hätte Ma Quan ihr widersprochen. Ihr ihre eigene sinnlose Sentimentalität vor Augen geführt, ihr Leben für das ihres ohnehin im Sterben liegenden Sohnes aufs Spiel zu setzen. Doch er wusste, dass diese Art von Freiheit bedeuten würde, dass er vermutlich nicht nur seine Zunge, sondern auch sein Leben verlieren würde, folglich verneigte er sich nur ein weiteres Mal und zog sich zurück.

Yema ließ sich in die Kissen sinken und schloss die Augen. Das Spiel war noch nicht vorbei. Sie durfte jetzt nicht schwanken. Sie war so kurz davor, alles zu erreichen. Und sie war bereit, alles auf eine Karte zu setzen.

Plötzlich ertönten von der Straße entfernte Schüsse.

XXXIX.

Die Nacht war längst der Morgenröte gewichen. Doch Shkodran war es egal, wer ihn sah oder nicht. Er hatte mehr Tabletten eingeworfen, um die aufkommende Müdigkeit in Schach zu halten, und in Kombination mit dem Adrenalin, das jetzt durch seine Adern jagte, war es ein wahrer Ritt der Giganten.

Sie fuhren durch die schlafenden Straßen, wo der bessere Teil der Hamburger Bevölkerung wohnte. Er lachte in sich hinein. Oder zumindest die, die sich dafür hielten.

Ein Rentner mit einem Pudel starrte ihnen nach, als sie in die Zielstraße einbogen, in der Xiú Yemas Penthouse lag, und schüttelte missbilligend den Kopf bei dem Anblick der dunklen Wagenkolonne mit den getönten Scheiben.

Shkodran erblickte als Erster den Wagen von Andri und Valmir. Er wies darauf und die Kolonne kam in zweiter Reihe zum Stehen.

Sofort schwärmten die Männer mit gezückten Pistolen aus und suchten Deckung hinter den parkenden Autos. Weder besonders leise noch besonders unauffällig. Selbst für die, die einmal in der Armee gedient hatten, war Taktik nie Teil ihres Skillsets geworden. Sie warteten, doch noch war alles unbewegt.

Vom Beifahrersitz aus starrte Shkodran in das Wageninnere der neben ihm geparkten Limousine.

Andris Handy war dort, sein Revolver fehlte. Shkodran schnaubte und stieg als Letzter aus, dabei fiel ihm auf, dass das Auto hinten durchhing. Er sah sich rasch um und trat dann zum Kofferraum. Der Wagen war nicht abgeschlossen und so erhob sich die automatische Kofferraumklappe nach einem metallischen Klicken langsam wie von selbst.

Im Inneren lagen Andri und Valmir, beide mit mehreren Schüssen in Kopf und Brust hingerichtet. Shkodran stieß einen unkontrollierten Schrei aus.

Ohne sich noch einmal umzudrehen, zog er seine Waffe aus dem verdeckten Schulterholster und wollte über die Straße stürmen, als plötzlich aus der Deckung des Vorgartens auf der anderen Straßenseite auf ihn und seine Männer das Feuer eröffnet wurde.

Arben bekam ihn gerade noch an der Schulter zu fassen und warf sie beide hinter dem Auto zu Boden. Er stöhnte auf. Shkodran rappelte sich auf die Knie und sah die Wunde am Oberarm seines Freundes.

Wortlos half er ihm, sie abzudrücken, wobei die Männer sich tief in die Augen sahen. In Shkodran ballte sich etwas zusammen. Er hatte genug von Yemas Spielchen. Er fühlte sich verraten, ausgenutzt und vor allem respektlos behandelt. Sie wollte ihn verarschen und sein Geschäft übernehmen? Und dann die Anwesenheit von J und Sara ... sie hatte den Bogen eindeutig überspannt. Und nun hatte sie auch noch seinen ältesten und besten Freund angeschossen. Es war Zeit, die Dinge zu regeln – ein für alle Mal.

»Macht die Arschlöcher fertig!« Damit sprang er auf und erwiderte das Feuer, bis sein Magazin leer war. Alle seine Leute rückten jetzt unter Dauerfeuer vor und metzelten nicht nur die Buchsbaumhecke, sondern auch die zwei verborgenen Männer nieder.

Shkodran höchstpersönlich verpasste jedem zusätzlich einen Kopfschuss.

Die ganze Aktion hatte kaum eine Minute gedauert. Als jetzt in der Umgebung Lichter in verschiedenen Fenstern angingen, rannte Shkodrans Bande bereits ins Haus.

Sie wussten, dass sie nur wenige Momente hatten, bis die ersten Notrufe bei der Polizei eingingen und dann wären es nur weitere Minuten, bis die Streifenwagen vor Ort wären. Doch das war Shkodran egal, für ihn gab es jetzt kein Zurück mehr.

Die Schüsse hallten im anbrechenden Tag wider und Xiú Yema wusste sofort, was geschah. Sie hatte nicht mit einer bewaffneten Auseinandersetzung gerechnet – zumindest nicht zu diesem Zeitpunkt, doch sie zögerte nicht eine Sekunde.

Ma Quan erschien mit gezückter Pistole an der Tür und sie wies ihn an: »Geh zu Ning und verteidige ihn mit deinem Leben!« Er nickte und eilte davon.

Sie selbst griff nach ihrem Talisman und drückte einen verborgenen Alarmknopf. In einem nicht weit entfernten Unterschlupf, in dem sich Tag und Nacht einige ihrer Leute in Bereitschaft hielten, ging ein Alarm los. Das Tempo, mit dem das Team unterwegs war, hätte einem Feuerwehrzug alle Ehre gemacht. Im Handumdrehen waren die zwölf Männer auf den Beinen, griffen ihre Waffen und stürmten in die Tiefgarage. Das GPS-Signal, das jeder von ihnen auf seinem Smartphone leuchten sah, wies ihnen den Weg.

Während sie Shkodrans Männer die Treppe heraufpoltern hörte, betätigte Yema einen weiteren Knopf, der hinter dem Stuck bei der Wohnungstür verborgen war und von außen rasselte eine Gittertür zusätzlich vor die Wohnungstür.

Sie trat einen Schritt zurück und spürte, wie ihr Herz raste. Natürlich hatte sie auch Angst, doch der Zorn darüber, dass Shkodran sich erdreistete, sie hier in ihrem Privathaus anzugreifen, überwog. Die zwei Männer, die sich oben aufgehalten hatten, erschienen jetzt bei ihr im Flur und warteten auf ihre Befehle. Der Mann vom Balkon war noch nicht wieder zu sich gekommen.

Yema warf einen Blick in Richtung des Büros. Einen Moment überlegte sie, ob die Frauen auf ihrer Seite stünden, wenn sie sie befreien würde, doch dann verwarf sie den Gedanken. Die beiden waren kein Risiko wert.

»Kommt«, befahl sie und lief die Treppe nach oben.

Shkodran und seine Männer erreichten das Stockwerk mit dem Eingang zu Yemas Wohnung, der jetzt aussah wie ein Panzerschrank. Er lachte höhnisch auf. Natürlich hatte er nicht erwartet, dass es einfach würde, aber wenn sie glaubte, ihn mit solchem Kram aufhalten zu können, dann hatte sie sich getäuscht.

»Aufmachen«, befahl er und ging die Treppe zum nächsten Stockwerk wieder hinunter. Ein Rentner öffnete die Wohnungstür von links und blinzelte ihn kurzsichtig aber empört an.

»Verpiss dich, Opa«, fuhr einer der Mafiosi ihn an und sofort wich der ältere Mann in seine Wohnung zurück und schlug die Tür hinter sich zu.

»Bewegt euch«, brüllte Shkodran, »wir müssen da rein – und zwar jetzt.«

In dem Moment sprang einer seiner Männer vom Treppenabsatz und warf sich in Deckung. Ihr

Anführer ließ sich instinktiv in die Knie sinken, wandte den Kopf ab und presste die Hände auf die Ohren.

Im Abstand von jeweils einer Millisekunde erschütterten hintereinander vier massive, aber kontrollierte Detonationen das Haus.

Der letzte Mann hatte eine Sprengschnur angelegt, aber nicht etwa, um das Gitter aufzusprengen, sondern die Wand daneben. Entsprechend wirbelten Backsteine, Dämmmaterial, Mörtel und Staub durch das Treppenhaus und der Eingang war frei.

»Los, bewegt euch!«, brüllte Shkodran, doch weiter kam er nicht, denn in dem Moment wurden seine Männer von unten und oben gleichzeitig ins Kreuzfeuer genommen. Eine Sekunde fragte er sich, wie die Polizei hatte so schnell eintreffen können, doch es war Yemas Verstärkung, die sie im Herauflaufen unter Beschuss nahm. Der erste Mann an seiner Seite fiel. Wieder war es daraufhin Shkodran, der ein Maschinengewehr an sich riss, mit einem Wutschrei aufsprang und voranstürmte, wobei er Dauerfeuer durch das Loch gab. Yemas beide Männer hatten sich je zu einer Seite in Deckung gerollt, aber als er die Mündung durch die Öffnung steckte, hatten sie dennoch keinen Schutz. Eine weitere Salve Kugeln flog durch die Luft und sie waren tot.

»Der Weg ist frei«, brüllte Shkodran ins Treppenhaus und sofort traten seine Männer den Rückzug nach oben an. Einer nach dem anderen kletterte rasch durch das Loch in der Wand und verschanzte sich hinter den Seiten. Ein weiterer Mann fiel und Shkodran hörte einen der Angreifer weiter unten über das Geländer durch das Treppenhaus stürzen.

Auch die Gegner erlitten in diesem Kugelhagel reichlich Verluste.

Das Chaos auf der Treppe war perfekt. Kugeln flogen kreuz und quer und ließen beim Einschlag in die Wände Putz auf alle Beteiligten rieseln, Schreie hallten durch den Flur und über allem lag jetzt unverkennbar der süßlich-metallische Geruch von Blut in der Luft.

Shkodrans Männer kämpften verbissen, um ihre Position zu halten und gleichzeitig weiter in die Wohnung vorzudringen. Aber Yemas Leute waren gut ausgebildet und entschlossen, ihre Chefin zu schützen. Und ließen ihnen keine Zeit, Luft zu holen oder sich zu formieren.

XL.

Sara und Jay hatten angespannt gelauscht, als sie die ersten Schüsse von der Straße identifiziert hatten und daraufhin hörten, wie Yema und Ma Quan ins Obergeschoss geflohen waren. Sie beide hatten genügend Erfahrung, um sofort zu wissen, dass das entfernte Knallen nichts mit Feuerwerk oder Fehlzündungen zu tun hatte.

»Shkodran ist da«, knirschte Jay durch die Zähne. »Wir müssen hier dringend weg.« Sie sah sich im Raum um, um etwas zu finden, womit sie sich von dem Stuhl und ihren Fesseln befreien konnte.

Als die Wand detonierte, warf Sara sich instinktiv inklusive Stuhl gegen Jay und riss sie mit sich zu Boden. Sie purzelten schmerzhaft übereinander und blieben dann auf den Rückenlehnen ihrer Stühle liegen. Es handelte sich offenkundig um Qualitätsarbeit, denn die schweren Dinger brachen ihnen zwar fast die Arme, die dahinter zusammengebunden waren, zerbarsten aber nicht.

»Zauberhafte Idee, Konrad«, stöhnte Jay, »erinnere mich dran, dass ich dir gehörig aufs Maul haue, wenn wir das hier überleben.«

Sara schnitt eine Grimasse, kippelte ihren Stuhl, bis er über die Seite kippte und konnte dann einen Fuß aus der Fessel lösen. Mit dem freien Fuß arbeitete sie sich auch aus der anderen und streifte den Stuhl dann nach oben rutschend ab. Blieben nur die Kabelbinder, die ihre Hände hinter dem Rücken zusammenhielten. Sie kniete sich zu Jay und half auch ihr aus dem Seil, das ihre Füße an die Stuhlbeine fixiert hatte.

Jay stand jedoch nicht auf, sondern arbeitete ihre gefesselten Hände unter dem Gesäß hindurch nach vorn. Sara tat es ihr gleich. Sie beobachtete aufmerksam, wie Jay die Finger ineinander verschränkte und die Handgelenke so weit voneinander entfernte, dass der Kabelbinder maximal unter Spannung stand. Dann holte sie mit beiden Armen gleichzeitig nach vorn Schwung und zog die ineinander gefalteten Fäuste mit einem heftigen Ruck zurück, als wolle sie sich selbst in den Magen schlagen. Dabei platzte der Riemen auf.

Anerkennend verzog Sara das Gesicht.

»Cooler Move.«

Sara imitierte Jays Bewegungen und auch wenn es höllisch am Handgelenk zerrte, kam sie zu dem gleichen Ergebnis.

Jay warf ihr zunächst einen kühlen Blick zu, grinste dann kurz. Mittlerweile drang eindeutig das Geräusch von Maschinengewehrfeuer durch den Flur und beide Frauen warfen sich bäuchlings auf den Boden. Da der Schütze jedoch nicht näherkam, rappelten sie sich auf die Füße und liefen geduckt zur Tür des Arbeitszimmers.

»Versuch du, nach oben zu deiner Tochter zu kommen, ich sehe zu, dass ich hier unten für noch etwas mehr Verwirrung sorge.«

Sara nickte. Sie tasteten sich eng an die Wand gepresst vor.

Mitten im Eingangsbereich lagen zwei Männer auf dem Boden. Unter beiden hatten sich Blutlachen ausgebreitet. Mit einem kurzen Blick um den Wandvorsprung stellte sie fest, dass Shkodrans

Männer, statt die Tür aufzubrechen, ein Loch in die Wand daneben gesprengt hatten, welches sie jetzt von innen heraus verteidigten. Für den Moment war deren Aufmerksamkeit bei den Angreifern auf der Treppe.

Sara und Jay nickten sich zu und bewegten sich geschmeidig wie zwei Raubkatzen in der tiefen Hocke zu den beiden gefallenen Chinesen. Sara übernahm den linken, Jay den rechten. Sie nahmen ihnen die Pistolen ab und durchsuchten sie auf Ersatzmagazine.

Beide tauschten sich mit ein paar taktischen Handzeichen aus und bezogen dann an den entgegengesetzten Ecken des Raumes Position. Von hier aus hatten sie die Männer in der Zange. Plötzlich wurde ein Schuss vom Treppenabsatz abgefeuert und schlug knapp über Jays Kopf in der Wand ein. Ohne eine Sekunde zu verlieren, warf sich Sara seitlich auf den Rücken und feuerte zurück. Es fielen noch drei weitere Schüsse in schneller Abfolge. Aus ihrer Perspektive hatte sie den Kopf des Angreifers nicht sehen können. Als die Person jetzt jedoch mit einer Hand auf eine stark blutende Wunde in ihrem Bauch drückend rückwärts stolperte, erkannte Sara, dass es sich um Xiú Yema gehandelt hatte. Ma Quan tauchte neben ihr auf, feuerte ein paar Mal zur Ablenkung in ihre Richtung und zerrte sie aus der Schusslinie. Sara wirbelte herum und gewahrte, dass Jay die drei Typen, die aus Shkodrans Gefolge noch übrig gewesen waren, von hinten niedergeschossen hatte.

Der Verschlussfang aktivierte und der Verschluss blieb offen – keine Kugeln mehr. Und keine Zeit, nachzuladen. Shkodran, der ganz außen gestanden hatte, erkannte sie, kam blitzartig auf die Füße und während er wie ein Stier mit gesenktem Kopf auf Jay zustürzte, hob er seine Waffe, um zu feuern.

Jay hatte keine Chance. Sie ließ das leere Magazin aus ihrer Waffe klicken, aber wäre nie dazu gekommen, das neue in den Magazinschacht zu schieben und durchzuladen. Ein Schuss hallte und für eine Sekunde hingen alle Beteiligten zwischen Zeit und Raum. Jay sah zu Sara, Sara starrte Shkodran an und der stierte erst auf sie und dann fassungslos auf die Hand, in der er eben noch seine Pistole gehalten hatte. Nun war sie leer. Jay erwachte als Erste aus ihrer Starre und rief Sara zu: »Geh, ich halt ihn auf.«

Da riss es auch Shkodran in die Realität zurück. Er stürzte sich mit einem Urschrei auf Jay, die die Glock zwar wieder zusammengesetzt, aber nicht fertig durchgeladen hatte. Er schlug sie ihr aus der Hand und wollte nach ihr greifen.

Doch sie sprang mit solcher Wucht an ihm hoch, dass ihr Schädel mit seinem Kinn kollidierte und sein Kopf nach hinten geschleudert wurde. Es knackte verdächtig. Er stolperte rückwärts seitlich gegen die Wand. Keine Sekunde zu früh, denn in dem Moment steckten die nächsten Männer der Verstärkung, die nach dem Gefecht im Treppenhaus noch übrig waren, ihre Köpfe durch das Loch. Jay zögerte keinen Moment, lud und schoss. Zwei Schüsse, zwei Treffer. Dann rannte Shkodran sie um. Instinktiv nahm Jay sofort eine Schutzposition ein: runder Rücken, Kinn runter, Unterarme über dem Gesicht. Wie ein Aal wand sie sich unter ihm, damit er sie nicht fixieren konnte. Sie schob ihre Hüfte hoch und drehte sich, sodass es ihr gelang, den einen Arm quer gegen seinen Kehlkopf zu drücken. Er war über ihr, seine Beine rutschten immer wieder über den Marmorboden ab und seine Finger suchten nach ihrem Hals. Wenn ihm das gelänge, würde er sie mit seinen Pranken erdrosseln. Stattdessen ließ Jay es zu, dass seine Hüfte zwischen ihre Knie rutschte. Zur Ablenkung stach sie ihm mit einem schnellen Fingerstoß ins Auge, was ihn nur noch wütender machte. Sein kurzes reflexartiges Zurückzucken nutzte sie, um blitzartig sein rechtes Handgelenk quer über ihre Brust zu ziehen, sodass er das Gleichgewicht zu verlieren drohte. Im selben Moment schlang sie ihr linkes Bein von unter ihm in einer einzigen fließenden Bewegung über seinen Kopf und um seinen Hals. Sie nutzte seinen Arm gegen ihn als Hebel und presste ihr Schienbein auf seinen Nacken, sodass er, mit dem Kehlkopf an ihrem Oberschenkel, kaum Luft bekam. Er ruderte mit dem linken Arm unkontrolliert, konnte sich jedoch nicht befreien.

In dem Moment blitzte etwas in Jays Augenwinkel. Der Lauf einer weiteren Waffe wurde durch das Loch geschoben. Da waren also immer noch Männer von Yema im Treppenhaus.

Sie rollte Shkodran mit der Kraft ihrer Beine über die Seite und während er sich wand wie ein Wurm, hob sie aus der Leiste kurz das linke Bein von seiner Kehle, um ihm umgehend die Ferse mit Schwung ins Gesicht fallen zu lassen. Es war kein sehr kraftvoller Schlag, reichte aber, damit das Blut aus der gebrochenen Nase seine Sicht behinderte und sie sich seitlich in Deckung rollen konnte, in die Richtung, in die ihre Waffe beim Kampf geschliddert war.

Keine Sekunde zu früh, die Verteidiger kamen zu zweit durch das Loch, visierten, sahen zuerst Shkodran und feuerten sofort. Jay nutzte die Ablenkung und erschoss den Ersten. Das konnte nicht verhindern, dass ihre Kugeln Shkodran durchlöcherten. Der zweite Mann wirbelte herum und schoss auch auf Jay, doch die lag sicher in Deckung hinter der Mauerecke zum Salon und erledigte ihn mit Präzision. Schwer atmend lag sie anschließend auf dem Bauch. Das Adrenalin pulsierte durch ihren ganzen Körper und es kostete sie sämtliche Beherrschung, weiter mit ruhiger Hand auf das Loch in der Wand zu zielen.

Shkodran lag keuchend mitten im Raum. Er wandte seinen Kopf zu Jay. Das Feuer in seinen Augen war bereits dabei, zu erlöschen. Aus mehreren Wunden pulsierte Blut, das schnell eine wachsende Lache unter ihm bildete.

»Du hast mich verraten«, ächzte er. Jay hatte nicht einmal ein Kopfschütteln für ihn übrig, geschweige denn eine Antwort. Sie sicherte den Eingang.

Von unten erklangen Schritte auf der Treppe.

XLI.

Sara war in das Obergeschoss hochgerannt und auf der obersten Stufe in Deckung gegangen. Die Blutspur auf den hellen Seidenteppichen führte hinüber in das Pflegezimmer. Sara schluckte. Wenn sie sich dieses Mal nicht wieder täuschte, war nur noch Ma Quan hier oben und bewaffnet. Xiú Yema war schwer verletzt und hatte nichts mehr zu verlieren. Sie musste also extrem vorsichtig sein.

Von weiter hinten hörte sie ein leises Wimmern und wusste, dass es Renée war. Sofort sah Sara rot. Es gelang ihr nur mit übermenschlicher Kraft, jetzt nicht einfach loszurennen, sondern in Deckung zu bleiben, um den besten Weg zu wählen. Sie schwang sich in den Flur und verharrte in der Hocke. Von unten erklangen immer wieder Schüsse und Kampfgeräusche, doch Sara fokussierte nur die Tür vor sich. Rasch arbeitete sie sich vor, spähte um jede der offenen Türzargen und erreichte schließlich den letzten Raum.

Ihr Herz hämmerte. Renées Weinen, das deutlich zu erkennen war, zerrte an ihrer Konzentration. Doch bevor sie eine dumme Entscheidung hätte treffen können, kam ihr Ma Quan zuvor.

Er trat mit seiner Pistole in beiden Händen in den Flur und zielte in Richtung Treppe. Dass Sara bereits schräg unter ihm saß, gewahrte er eine Sekunde zu spät, als ihr Fuß mit seiner Waffe kollidierte. Weiteren Schaden konnte ihr Tritt jedoch nicht anrichten, weil

Ma Quan elastisch zurückgesprungen war. Er nahm Kampfhaltung ein. Sara erkannte auf Anhieb, dass er kampfsporterprobt war. Welche Disziplin interessierte sie allerdings nicht. Schon bei den Spezialkräften hatte man ihr immer wieder beigebracht, ihre Krav-Maga- und Taekwondo-Erfahrung zu verbinden und zu ergänzen und spätestens seit sie bei der Sisterhood regelmäßig mit Jay trainierte, gab sie überhaupt nichts mehr auf die Form – es ging allein um das Ergebnis.

Und in diesem Fall wäre es zwar sicher amüsant gewesen, sich mit Ma Quan auf einen Zweikampf einzulassen, um sich zu messen, doch dafür hatte sie keine Zeit. Also zielte sie und schoss – nur ein Schuss in den Oberschenkel, doch die stark blutende Wunde würde ihn davon abhalten, ihr zu folgen. Sie trat seine Waffe ans andere Ende des Flures und drehte sich dann um und zielte in das Zimmer.

Noch immer piepten die Monitore und Sara konnte sehen, dass ein kleiner Alarm ausgelöst worden war, weil die Sauerstoffsättigung im Blut des Patienten nicht zufriedenstellend war. Yema saß neben ihrem Sohn. Sie war kreidebleich und ihre fahle Haut war überzogen von einem Schweißfilm. Sie stand offensichtlich kurz davor, in einen Schockzustand zu fallen. Die linke Hand presste sie auf die Bauchwunde. Das dunkle Blut, das sich zu ihren Füßen sammelte, verriet eindeutig, dass sie nicht mehr lange hätte. Mit der rechten Hand hielt sie die Hand ihres Sohnes. Sie sah Sara an und hob stolz den Kopf.

Ohne sie aus den Augen zu lassen, klärte Sara den Raum, doch da war niemand mehr. Dann fiel ihr auf, dass die Tür zum angrenzenden Bad geschlossen war. Sie schlich mit dem Rücken an der Wand und der Mündung immer noch auf Yema gerichtet hinüber und lauschte. Dann atmete sie tief ein und trat die Tür ein. Augenblicklich ging sie im Türrahmen auf einem Knie in Deckung und blockte mit dem Ellbogen die zurückschwingende Tür.

Der Raum war leer. Doch sie hörte eindeutig Renée weinen – und es wurde lauter. Sie sprang auf die Füße und dann sah sie es: Hinter der Badewanne saß zusammengekauert die Krankenpflegerin, die sie schon zuvor bei Yemas Sohn gesehen hatte. Die blonde Frau sah mit angsterfüllten Augen zu ihr auf und umklammerte dabei mit beiden Armen das kleine Mädchen, das sie an ihre Brust gepresst hielt. Die Kleine weinte und klammerte sich an der weißen Uniform fest.

»Bitte, bitte tun Sie uns nichts.«

Sara wäre vor Erleichterung fast die Waffe aus der Hand gefallen. Sofort hob sie beide Hände und zielte mit dem Lauf an die Decke.

»Nicht doch, das ist meine Tochter.« In die blaugrauen Augen der Frau trat Erstaunen. Sie blickte auf die kleine Renée, die sich immer noch wimmernd an sie klammerte. Doch als sie Saras Stimme hörte, zuckte ihr Köpfchen hoch: »Mama«, brüllte sie jetzt in voller Lautstärke und streckte ihre beiden Ärmchen nach Sara aus.

Das war der Krankenpflegerin offenbar Beweis genug und sie rappelte sich mühsam wieder auf die Füße, um das Mädchen in die Arme seiner Mutter weiterzureichen.

Die steckte rasch die Waffe in den Hosenbund und zog ihr Kind an sich. Sie bedeckte das kleine Gesicht mit Küssen, während sie eilig überprüfte, dass ihrer Tochter nichts fehlte, doch die Kleine war zum Glück völlig unversehrt.

Immer noch ängstlich plapperte die Pflegerin: »Es tut mir leid … ich wusste ja nicht … ich wollte nur, dass ihr nichts passiert …«

Sara unterzog sie einem kritischen Blick, doch die weit aufgerissenen Augen und zitternden Hände sprachen für ihre Ehrlichkeit. Sara erlaubte sich ein Lächeln und nickte der Frau zu.

»Ich danke Ihnen, jetzt lassen Sie uns sehen, dass ich Sie hier sicher rausbringe.«

Sie gingen zurück in das Zimmer nebenan, in dem das eindringliche Piepen mittlerweile zu einem einzigen schrillen Ton geworden war. Die Frauen sahen im Vorbeigehen auf den Monitor. Flatline.

Yema war auf der Bettkante zusammengesackt.

Sara schlich weiter zur Tür, ohne sich noch einmal umzusehen. Ein blöder Fehler.

»Stopp«, erklang plötzlich die schwache Stimme Yemas hinter ihr.

Saras Blut gefror. Langsam drehte sie sich so weit um, dass sie Yema eine Seite zuwandte, während sie Renée auf die andere Hüfte schob und ihr damit mit dem eigenen Körper maximale Deckung gab.

Mit zitternder Hand zielte Yemas kleine Beretta Nano auf sie. Sara fixierte die Frau mit festem Blick. Die Krankenschwester war augenblicklich rückwärts Richtung Bad zurückgewichen.

Yemas Gesicht war leichenblass und selbst die kleine Waffe war sichtlich zu schwer für ihren schwächer werdenden Arm.

Ihr Blick begegnete dem von Sara. Der Hass, der darin lag, all der Schmerz, aber auch die Trauer trafen Sara tief. Sie rührte sich nicht. Schließlich beendete Yema das Stand-off, indem sie ihre Hand sinken ließ und mit dem Kopf auf die Brust ihres Sohnes sackte.

Die Pistole fiel auf den Boden.

Ohne zu zögern, winkte Sara die Krankenschwester heran, die sich vor lauter Panik nicht rühren konnte. Sara ging also zu ihr zurück und packte sie am Arm.

»Hey, wie heißen Sie?«

Die Frau sah sie aus glasigen Augen an. Dann besann sie sich und murmelte: »Andrea … ich heiße Andrea.«

»Gut, Andrea, super, ich bin Sara und das hier ist Renée. Andrea, ich muss jetzt vorgehen und dafür sorgen, dass der Weg frei ist. Nehmen Sie bitte Renée nochmal und bleiben Sie genau hier. Ich komme gleich wieder, wenn die Luft rein ist. Okay?«

Abwesend nickte die Krankenpflegerin und ließ sich das strampelnde Kleinkind wiedergeben. Renée kreischte außer sich vor Angst, weil sie nicht verstand, warum ihre Mutter sie wieder weggab.

»Eine Minute, Maus, nur eine Minute, Mami ist gleich wieder da.« Renée wehrte sich frenetisch, doch Sara blieb hart. Sie zückte ihre Waffe und schlich zurück zur Tür. Mit einem raschen Blick in den Flur stellte sie fest, dass Ma Quan nicht mehr da war, wo sie ihn liegen gelassen hatte. Einer in die entgegengesetzte Richtung verlaufenden, zweiten Blutspur folgend, sah sie, dass er oben an der Treppe stand. Um sein linkes Bein hatte er seine Krawatte gebunden, um die Blutung zu stoppen. Er lehnte halb am Treppengeländer, um sich zu stabilisieren, und visierte mit beiden Händen nach unten. Sara ahnte, auf wen er zielte und ohne nachzudenken, stürzte sie vor. Weil er herumwirbelte und nun auf sie zielte, tackelte sie ihn mit ihrem Elan direkt über die Brüstung.

Er verlor das Gleichgewicht, und für einen kurzen Moment schien die Zeit stillzustehen. Dann stürzte er hinunter, ein Schrei hallte durch das Penthouse, bevor er rückwärts auf dem Marmorboden im Geschoss darunter aufschlug.

Jay blickte kurz auf, als der Körper zwischen ihr und Shkodran auf den Boden fiel. Saras und ihr Blick trafen sich. Jay nickte knapp, dann legte sie ihre linke Handfläche gegen das rechte Handgelenk und deutete mit dem Kopf nach vorn. Gegner voraus.

Sara ließ sich sofort auf ein Knie fallen, um ein möglichst kleines Ziel zu bieten und richtete ihre Waffe ebenfalls auf das Loch in der Wand, um Jay aus der überlegenen Position Deckung zu geben.

Mit angehaltenem Atem warteten sie etwa zehn Sekunden, ehe eine weißverhüllte Gestalt an der Öffnung vorbeihuschte und dann aus der anderen Richtung eine Waffe in den Durchgang geschoben wurde.

Auch Jay hatte den weißen Schatten gesehen und ihre Hand zur Faust geballt gehoben. Sara wartete.

Dann schob sich eine Gestalt, die von Kopf bis Fuß in einen Einwegmaleranzug gehüllt war, in das Foyer. Sara hätte vor Erleichterung fast gejubelt. Die Bewegungen hätte sie selbst unter einem Bettlaken erkannt. Auch Jay ließ augenblicklich ihre Waffe sinken und richtete sich auf. Sie gab einen kurzen melodischen Pfiff von sich und der Neuankömmling drehte sich zu ihr. Jay trat um die Ecke und grinste.

Die weiße Figur zog den Mundschutz vom Gesicht und streifte die Kapuze ab.

»Gesichert«, rief Max in Richtung des Loches und sah sich um. Dabei entdeckte they auch Sara oben an der Treppe. Das unschlagbar brillante Lächeln breitete sich auf Max' Gesicht aus.

»Schön euch zu sehen, Ladys.« Mit einem anerkennenden Blick folgte noch ein Strenges: »Da habt ihr ja ganz hübsch was angerichtet.«

Durch das Loch drängten weitere drei weißverhüllte Gestalten.

»Höchstens noch zwei Minuten, bis die Polizei hier ist«, sagte eine Frau mit untersetzter Figur zu Max und Sara erkannte Omega wieder, die Tatortreinigerin, die ihr damals bei ihrem Kampf gegen den Todesengel geholfen hatte, bevor sie offiziell von der Sisterhood angeworben worden war. Omega nickte ihr ebenfalls zu und ging dann zu Jay.

»Wo muss ich ran?« Jay ging mit ihr schnell hinüber in das Büro mit der Plane am Boden. Sara hingegen drehte sich jetzt um und rannte zu dem Pflegezimmer zurück. Behutsam nahm sie die weinende Renée Andrea aus dem Arm und die Frau an die Hand.

»Los, wir müssen hier weg …« Doch jetzt schüttelte die Krankenpflegerin plötzlich entschieden den Kopf.

»Nein, gehen Sie. Ich arbeite hier. Ich kann der Polizei sagen, dass das eine rivalisierende Gang war … ohne Sie zu erwähnen.«

Sara sah sie einen Moment lang an. Die Frau war einen Kopf kleiner als sie und sicher zehn oder fünfzehn Jahre älter. In ihren Augen lag etwas Gütiges und jetzt Entschiedenes. Sie machte eine wedelnde Bewegung mit den Armen.

»Los, machen Sie schon, dass Sie hier rauskommen.«

»Danke«, sagte Sara und die Emotionen schnürten ihr die Kehle zu. Sie wollte Andrea die Hand schütteln, doch diese zog sie und Renée in eine Umarmung und drückte sie kurz.

»Und nun gehen Sie rasch und passen Sie gut auf den kleinen Schatz auf. Kinder sind doch unsere

Zukunft.« Sie trat zurück und wischte sich verstohlen über die Augen.

Sara musste auch schlucken, blinzelte und eilte den Flur und die Treppe hinunter. In der Ferne war bereits Sirenengeheul zu hören.

Aus dem Augenwinkel bemerkte sie, wie die Sisterhood Leichen arrangierte und Waffen umsortierte, die Jay und Sara benutzt hatten. Sie nutzte das Gewusel und machte einen kleinen Umweg.

Dann wurde eine Decke über ihre Schulter geworfen und Max und eine Frau, die sie nur aus der Trainingshalle kannte, schoben sie schleunigst aus dem Foyer durch das Loch. Sie eilten die fünf Stockwerke hinunter und dann durch eine Hintertür hinaus in den Garten. Von dort aus gelangten sie durch eine Hecke in den Nachbargarten und rannten unterhalb der Fenster gebückt weiter zum nächsten Grundstück. Auf der Straße grölten Sirenen um die Wette.

Als sie ein paar Grundstücke weiter Zugang zu einer Nebenstraße fanden, stand dort wieder der Van der Schädlingsbekämpfung, in dem Sara letztes Jahr schon einmal gesessen hatte. Rasch stiegen alle ein, die Türen wurden geschlossen und sie fuhren langsam davon. Unsichtbar unter aller Nachbarn Augen.

XLII.

Als Sara zu Hause ankam, trug sie immer noch Jays Sachen, hatte seit 48 Stunden nur ein paar Proteinriegel zu sich genommen, kaum geschlafen und viel zu wenig getrunken. Selbst die Notration, die Max ihr im Wagen auf der Rückfahrt eingeflößt hatte, brachte sie kaum wieder in die Aufrechte.

Je mehr das Adrenalin nachließ, umso erschöpfter wurde sie. Renée war nach der ganzen Aufregung am Morgen in ihrem Arm eingeschlafen. Sie hatte ihre kleine Hand in das Shirt oberhalb von Saras Brust gekrallt und jedes Mal, wenn diese auch nur minimal ihre Position veränderte, wimmerte die Kleine los.

»Sch«, machte Sara mit ihren Lippen an der Stirn des Kindes. Jetzt, nachdem die Anspannung endlich nachließ, konnte sie nicht verhindern, dass ihr Tränen über das Gesicht liefen. Sie war so kurz davor gewesen, das Wertvollste in ihrem Leben zu verlieren.

Als sie den Blick hob, sahen sowohl Jay als auch Max schnell beiseite. Beide hatten ihren zärtlichen Moment mit Renée beobachtet und beeilten sich jetzt, ihr etwas Privatsphäre zu verschaffen, indem sie wenigstens wegsahen.

Sara war es egal. Vielleicht zum ersten Mal in ihrem Leben schämte sie sich ihrer Tränen nicht. Sie war einfach nur unendlich dankbar.

»Schön, dass ihr euch nicht zu viel Zeit gelassen habt«, sagte Jay und blitzte Max herausfordernd an.

»Schön, dass ihr die Mission nur zu weiten Teilen verkackt habt.« Sara und Jay wechselten einen amüsierten Blick, ob der ungewohnten Wortwahl von Max. Dann zuckte Jay lässig die Schultern.

»Hey, immerhin haben wirs überlebt. Kannst dir also bis zum Debriefing Zeit lassen mit dem Rummeckern.«

Die beiden tauschten noch ein paar verbale Schläge aus, doch Sara ahnte, dass sie nicht ernst gemeint waren.

Als der Wagen vor ihrer Haustür hielt, zögerte sie einen Moment. Dann streifte sie die Schuhe ab und schob sie zu Jay rüber.

»Danke«, sagte sie und sah Jay dabei direkt in die Augen. Für einen Augenblick sah es so aus, als wolle sie etwas Sarkastisches erwidern, doch dann hielt sie nur Saras Blick. Ein Lächeln umspielte ihre Lippen.

Sara nickte den anderen zu und stieg aus. Ihr Herz begann zu klopfen, als sie barfuß langsam auf ihre Haustür zuging. Sie war gerade erst aus einer Kampfhandlung raus, hatte sie jetzt wirklich die Kraft, um sich mit Lukas auseinanderzusetzen?

Doch die Suche nach einer Antwort wurde ihr abgenommen. Ehe sie die Türschwelle erreichte, wurde die Haustür aufgerissen und Lukas stürmte ihr entgegen. Als Erstes riss er ihr Renée aus den Armen, die aufwachte und erschreckt wieder anfing zu weinen, sich jedoch sofort beruhigte, als sie ihren Vater erkannte. Trotzdem verlangten ihre Ärmchen, wieder von Mami genommen zu werden. Doch Lukas hielt sie weg. Musterte Sara von oben bis unten und obwohl in seinem Gesicht ganz andere Gefühle miteinander rangen, nahm er sie erst mal in den Arm und drückte sie an sich.

»Um Gottes willen, wo wart ihr denn bloß?«

Hinter ihm trat Lisha aus der Tür und Sara sah sie verwundert an.

Anstatt Lukas zu antworten, fragte sie: »Was machst du denn hier?«

Lukas wischte sich über die Augen. An seiner Stelle sagte ihre Kollegin von der Sisterhood: »Komm erst mal rein. Ihr habt euch viel zu erzählen, aber das sollten wir nicht hier auf der Straße tun.«

Sie schob Lukas vor sich her und winkte Sara hereinzukommen. Die folgte gehorsam.

Drinnen setzte sie sich mit Renée auf die Couch. Während Lukas sie noch immer nur mit diesem unlesbaren Blick anstarrte, beeilte sich Lisha, der Kleinen und Sara etwas zu Essen zu machen und ihr einen Kaffee zu kochen. So gestärkt kehrten langsam Saras Lebensgeister wieder. Sehr gern hätte sie auch ein paar Stunden geschlafen, doch sie wusste, dass Lukas kurz vor dem Platzen war. Als Renée erneut in ihrem Arm eingeschlafen war, gelang es ihr, die Kleine auf der Couch abzulegen. Lisha zog sich in die Küche zurück und Lukas setzte sich neben Sara.

Er nahm nicht ihre Hand, sondern starrte auf seine Finger in seinem Schoß, die ununterbrochen arbeiteten.

»Was ist passiert, Sara?« Als sie nicht sofort antwortete, folgte ein Vorwurfsvolles: »Ich bin am Sonntag in Düsseldorf gelandet und erfahre, dass ihr nicht da seid. Keine Nachricht und auf deinem Handy immer nur die Mailbox. Also bin ich mit dem Zug hergefahren und finde das Badezimmerfenster eingedrückt und das Schlafzimmer verwüstet vor. Und meine Frau und Tochter sind weg.« Er schwieg, doch als sie immer noch nichts sagte, fuhr er umso aufgebrachter fort: »Ich wollte eigentlich sofort die

Polizei anrufen, aber dann ist mir eingefallen, für was für einen Laden du arbeitest ... « Seine Stimme brach und in seinen Augen hatten sich Tränen gebildet. »Und Renée ...« Wieder konnte er nicht weitersprechen.

»Tut mir leid«, murmelte sie kleinlaut.

»Das reicht nicht, sag mir endlich, was passiert ist«, fuhr er sie in einem Ton an, den Sara bislang nie von ihm gehört hatte. Sie erzählte ihm so unaufgeregt und mit so wenig Details wie möglich, dass Xiú Yema sie hatte kidnappen lassen, um sich an ihr zu rächen, aber dass Jay sie gefunden und befreit hätte. Sie verschwieg den Bandenkrieg, in den sie geraten war, ebenso wie den Fakt, dass sie so lange von Renée getrennt gewesen war, und spielte das Ausmaß der Rettungsaktion ganz weit runter. Trotzdem las sie blanken Horror in Lukas' Augen.

»Die haben euch gekidnappt? Weil du dich in diese Vergewaltigung eingemischt hast?« Er klang so fassungslos, als hätte sie behauptet, sie habe die Bombe in Hiroshima gezündet. Sara nickte und sah ihm forschend ins Gesicht.

»Eine Sache, die ich dich gebeten hatte, zu unterlassen?« Seine Stimme hatte einen Unterton, der nicht schneidender hätte werden können. Dann platzte es aus ihm heraus: »Sara, sag mal, merkst du eigentlich noch was? Ist ja fein, wenn die Frau Supersoldatin meint, dass sie immer bei jeder Gefahr als Erste mitmischen muss, aber du kannst doch nicht meine Tochter mit in so eine Scheiße reinziehen!«

Er war viel heftiger, als sie ihn je erlebt hatte, doch diesen unfairen Vorwurf konnte sie nicht schlucken: »Erstens ist sie auch meine Tochter und zweitens habe ich sie in gar nichts mit reingezogen.«

Lukas starrte sie völlig entgeistert an. Dann stand er auf, nahm die Kleine auf den Arm und ging mit ihr hinaus und die Treppe hoch. Sara blieb allein auf der Couch sitzen. Sie konnte seine hilflose Wut ja verstehen, aber das war doch nicht ihre Schuld gewesen. Woher hätte sie denn ahnen sollen, dass diese Auseinandersetzung solche Ausmaße annehmen würde und sogar ihre Familie da mit reingezogen würde. Sie seufzte, ließ den Kopf zurücksinken und bedeckte die Augen mit den Handballen.

»Gib ihm etwas Zeit.«

Sara nahm die Hände von den Augen und sah Lisha an, die unbemerkt wieder ins Wohnzimmer gekommen war. Dann sah sie auf die Tür, durch die Lukas eben nach oben verschwunden war.

»Ich weiß nicht, so aufgebracht habe ich ihn noch nie erlebt.«

Lisha musterte sie aufmerksam.

»Warst du schon bei Doc Carol?«

Sara schüttelte den Kopf.

»Nein, ich wollte direkt hierher … ich wusste ja, dass er sich vermutlich furchtbare Sorgen machen würde, weil ich …« Sie überlegte. »Welcher Tag ist eigentlich heute?«

»Dienstag«, entgegnete die junge Frau mit den dunklen Locken.

Sara rechnete und vollendete ihren Gedanken: »Oh Gott, er hat sich fast zwei Tage Sorgen um uns gemacht.« Dann fiel ihr ihre Eingangsfrage ein: »Aber was machst du hier?«

Lisha setzte sich zu ihr.

»Ich bin hier, um deine Familie zu beschützen.«

»Wie jetzt?« Sara stand etwas auf dem Schlauch und das lag nicht nur an ihrer Müdigkeit.

Lisha lächelte sie von der Seite an und entblößte eine Reihe weißperliger Zähne.

»Na ja, mein letzter Auftrag war beendet und als Jay Max verständigt hat, wurde ich sofort hierhergeschickt, um auf deinen Lukas aufzupassen.«

Sara zog eine Augenbraue hoch, ihr Bullshit-Alarm war angesprungen.

»Damit er nicht zur Polizei geht und die euch in eure Mission pfuschen«, mutmaßte sie und es war keine Frage.

Lishas Lächeln wurde noch eine Spur breiter. Bereitwillig zuckte sie mit den Schultern. »Du kennst Max offensichtlich ganz gut.«

Sara schwieg. Ja, das war typisch. Und trotzdem war es irgendwie gut zu wissen, dass sie sich um Lukas gekümmert hatten.

»Danke fürs Babysitten«, sagte sie sarkastisch.

»Das ist mein Job«, strahlte Lisha und wirkte kein bisschen beleidigt. Im Gegenteil. Mit Stolz verriet sie Sara: »Ich bin eine diplomierte Norfolk-Nanny.«

Ihr Gegenüber krauste die Stirn: »Eine was bitte?«

»Eine Norfolk-Nanny«, wiederholte Lisha und klang immer noch stolz. »Wir sind die besten Babysitter und Bodyguards der Welt. Wenn du wüsstest, wessen Kinder ich schon alles beschützen durfte.«

Ungläubig sah Sara die Frau an, doch da war kein Scherz oder Schalk zu erkennen.

»Aha«, machte sie also nur und ließ es darauf beruhen. Dann sagte sie: »Ich glaube, ich muss jetzt mal duschen und was anderes anziehen.«

Lisha nickte zustimmend.

»Ich bin hier.«

Als Sara nur mit einem großen Badelaken bekleidet aus dem Bad ins Schlafzimmer kam, fühlte sie sich zumindest wieder wie ein halber Mensch. Der Kaffee und die Dusche hatten ihre Lebensgeister zumindest temporär wiederbelebt.

Sie rubbelte ihr Haar trocken und schob die Tür auf. Renée saß mitten im elterlichen Bett und spielte mit mehreren Paar Socken. Sie lachte laut auf vor Vergnügen, als sie Sara sah. Diese lächelte sie an und ließ sich neben sie aufs Bett fallen, um sich das Gesicht knuddeln zu lassen. Als Renée das nasse Haar ihrer Mutter an ihrer Wange spürte, quietschte sie fröhlich.

Erst jetzt fiel Sara auf, dass die Türen des Kleiderschranks offen standen. Eine hing schief im Scharnier und hatte einen deutlichen Riss, wo einer der Angreifer in der Nacht ihrer Entführung gelandet war. Sofort lief Sara ein Schauer über den Rücken. Doch dann blieb ihr Blick an den zwei offenen Reisetaschen hängen, die auf dem Bett standen. Lukas war konzentriert dabei, eine von beiden mit seinen Sachen zu packen, und stopfte gerade Unterhosen und Socken hinein. In der zweiten waren unter anderem Windeln für Renée und auch ihre Klamotten. Sara runzelte die Stirn.

»Fahren wir weg?«, fragte sie und konnte nicht vermeiden, dass sie angespannt klang. Lukas hielt inne und richtete sich auf. Unter seinen Augen lagen tiefe dunkle Schatten und er sah sie auf eine Art an, dass bei Sara sämtliche Alarmglocken schrillten.

»Nein, Sara, ich fahre weg. Und zwar mit Renée. Ich kann nicht hier bleiben, wo …« er konnte den Satz nicht vollenden, aber sein Seitenblick auf die kaputte Schranktür sprach Bände.

»Aber …«, setzte sie an, doch ehe sie auch nur eine passende Antwort hätte formulieren können, fuhr er sie mit solch einer Wut an, dass sie zusammenzuckte und sich aufsetzte.

»Nichts aber. Du bringst uns in Gefahr. Du bringst unsere Tochter in Gefahr und das ist dir komplett scheißegal. Mir aber nicht.« Er raufte sich die Haare und warf ihr einen flammenden Blick zu. »Herrgott, ich habe gesagt, dass ich damit klarkomme, was du tust, aber ganz ehrlich? Tu ich nicht. Und schon gar nicht mehr jetzt, nachdem du mein Kind in Gefahr gebracht hast. Scheiße Sara, sowas darf einfach nicht passieren.«

Sie sah ihn nur sprachlos an. Was wollte er von ihr hören? Sie hatte das doch nicht mit Absicht gemacht.

»Lukas, ich …«

Doch wieder fiel er ihr ins Wort.

»Ich kann das jetzt nicht mit dir diskutieren, sonst sage ich noch etwas, was uns am Ende beiden leid tut.«

Um Beherrschung ringend atmete er durch, und sie biss sich auf die Zunge. Er sah sie nicht mehr an.

»Ich muss nachdenken … ich kann … nein, so kann das nicht weitergehen. Renée und ich fahren jetzt erst mal ein paar Tage zu meinen Eltern. Die sich im übrigen auch Riesensorgen gemacht haben.«

Der Vorwurf war ebenso berechtigt wie unnötig, doch wieder sagte Sara nichts. Ihre eigenen Gedanken wirbelten, und sie wusste nicht, was sie erwidern sollte oder konnte, also schwieg sie nur, während er geräuschvoll die Reißverschlüsse schloss.

»Ich melde mich, wenn wir angekommen sind.«

Er warf Renées Tasche über die Schulter, angelte sein Kind vom Bett und nahm die zweite in die andere Hand. Er verharrte einen Moment und sah von oben auf sie herab. Sein Blick undurchdringlich.

»Und vielleicht denkst du mal darüber nach, was du eigentlich wirklich willst, Sara. Ist dir dieses GI-Joe-Getue wirklich so wichtig?«

Mit diesen Worten verließ er das Schlafzimmer.

Sara blieb gelähmt zurück. Gerade erst hatte sie ihr Leben riskiert, um ihre Tochter zu retten, und nun konnte sie sie nicht aufhalten, als der einzige Mensch, der das Recht dazu hatte, sie einfach hinaustrug. Zornige Tränen stiegen in ihr hoch. Sie sprang auf und rannte zum Treppenabsatz. Lukas stand noch in der Haustür.

»Du kannst mir nicht meine Tochter wegnehmen«, brüllte sie. Er sah traurig zu ihr nach oben und sagte: »Ich nehme dir deine Tochter nicht weg. Ich beschütze sie vor dir. Denn ich bin ihr Vater und ich liebe sie mehr als alles andere auf der Welt. Kannst du das auch von dir behaupten, Missis Ich-muss-die-ganze-Welt-retten?«

Der Schlag saß. Wortlos sah sie zu, wie sich die Tür hinter den beiden schloss.

XLII.

Piotr stand auf dem Kai und sah an dem frisch angelegten Containerschiff empor.

Er hätte schwören können, dass heute eine neue Ladung fällig gewesen wäre. Doch er hatte keine Nachricht erhalten. Was bedeutete das? Hatten sie jemand anderen gefunden? Würden sie ihn in Zukunft in Ruhe lassen?

Er stand auf dem Umschlagplatz, auf dem vor nur einer Woche sein Freund Bartosz gestorben war.

Es war warm für die Jahreszeit und die Sonne war gerade erst aufgegangen. Wie immer herrschte rege Betriebsamkeit.

Aber vielleicht hatten sie ihn auch nur nicht erreicht und der Fahrer würde ihm nachher sagen, welche Container-ID es war, die er umladen sollte. Doch niemand kam und richtete das Wort an ihn. Ebenso wenig, wie er eine Nachricht mit einer Containernummer erhielt. Die ganze Schicht über lief er mit einer Hand in der Tasche herum, um bloß nicht zu verpassen, ob sein Handy sich meldete. Aber es blieb stumm.

Das Schiff wurde entladen und alle Container machten sich auf die Weiterreise zu ihrer jeweiligen Destination. Niemand kam auf ihn zu. Niemand bedrohte ihn – allerdings bezahlte ihn auch niemand.

Piotr rang mit sich, ob das nun gut oder schlecht war, was es bedeuten mochte und wie es weitergehen sollte – und dann wusste er es auf einmal.

Er konnte mit dieser Unsicherheit nicht mehr leben. Egal, was die Konsequenzen wären, aber das musste einfach aufhören. Er musste dem ein Ende setzen. Für Ewa, für Martyna.

Am Ende seiner Schicht trödelte er, während sich um ihn herum die Arbeiter begrüßten und verabschiedeten. Er war der Letzte, der sich noch im Aufenthaltsraum aufhielt, als die Frühschicht ans Werk und die Nachtschicht nach Hause gegangen war.

Er trat ans Schwarze Brett und las den Zettel der Initiative für mehr Sicherheit im Hafen. Dann holte er sein Handy hervor. Keine Nachricht. Doch es wollte sich keine Erleichterung darüber einstellen.

Er schloss die Augen und horchte seinem klopfenden Herzen. Dann atmete er tief ein und wählte die Nummer der Hotline.

XLIII.

Sie hatte Lisha längst nach Hause geschickt, das Schlafzimmer aufgeräumt und die kaputte Schranktür so gut es ging repariert.

Manuela hatte hereingeschaut und, als sie Sara allein vorfand, die so gar nicht gesprächig war, sich rasch wieder zurückgezogen.

Später hatte Sara sich eine Pizza gemacht und war auf der Couch eingenickt. Als das Handy klingelte, schreckte sie hoch. Im ersten Moment hoffte sie, dass es Lukas sei, doch tatsächlich meldete sich jemand ganz anderes.

»Hallo Sara.«

»Nele!«, rief Sara überrascht und setzte sich auf, während sie sich mit der anderen Hand durch die Haare fuhr, »wie geht es dir?«

Das Mädchen am anderen Ende schwieg einen Moment, dann sagte sie – und es klang gewollt tapfer: »Es wird jeden Tag besser. Ich war heute sogar schon mit Mama und Papa spazieren.«

»Das ist toll«, erwiderte Sara, die nicht wusste, was sie sonst sagen sollte.

»Danke für die Blumen.«

»Gern«, entgegnete Sara automatisch und wieder entstand eine längere Pause. Dann sagte Nele unvermittelt: »Ich habe das mit dem Brand gelesen.«

Es dauerte eine halbe Ewigkeit, bis Saras müdes Hirn die Verbindung zusammenbekam.

»Du meinst die *eBar*?«

»Ja.«

Sara schwieg und kaute an ihrer Unterlippe. Nele schwieg auch eine ganze Weile. Schließlich räusperte sich Sara und fragte:

»Was hast du jetzt vor?«

»Na ja, zur Polizei brauche ich ja jetzt nicht mehr …« Sie ließ die Implikation dieser Aussage im Raum stehen. Sara reagierte nicht, sondern kaute nur an ihrer Unterlippe. Also fuhr Nele nach einem kleinen Hüsteln fort: »Also wenn ich einen Studienplatz kriege, dann geh ich im Herbst wie geplant an die Uni.«

Nun lächelte Sara. »Das ist super, Nele, das freut mich für dich. Wirklich.«

»Ja«, antwortete das Mädchen und offensichtlich lag ihr noch etwas auf der Seele.

»Was denn?«, ermunterte sie Sara.

»Ich glaube, ich kann nicht mehr auf Renée aufpassen. Wir fahren jetzt erst mal eine Weile weg …«

Sara nickte und bekräftigte: »Kein Problem, das verstehe ich, mach das. Pass gut auf dich auf. Und Nele?«

»Ja?«

»Vergiss nicht: Nichts von dem, was dir passiert ist, ist deine Schuld!«

Nele schwieg so lange, dass Sara kurz fürchtete, sie hätte vergessen, aufzulegen, und wäre gar nicht mehr dran, doch dann hörte sie plötzlich ein »Danke«.

Es war so leise und doch so gewichtig gesprochen worden, dass Sara ahnte, was Nele meinte.

»Gern«, antwortete sie ebenso leise und nachdrücklich. Dann hörte sie das Klicken in der Leitung.

Ja, es war nicht optimal gelaufen und nein, sie hasste sich selbst dafür, dass Renée mit in die Geschichte reingezogen worden war. Und doch wusste sie tief in ihrem Inneren, dass sie sich trotzdem jederzeit wieder genauso entscheiden würde.

Leider hatte ihr auch das Telefonat mit Nele nicht den nötigen Seelenfrieden beschert, um gut zu schlafen. Obwohl sie todmüde gewesen war, hatte sie lange überhaupt nicht einschlafen können. Und als es ihr schließlich irgendwann gelang, hatten sie Albträume gequält.

Um vier Uhr morgens war sie wutentbrannt aufgestanden und laufen gegangen. Nach zwei Stunden hatte sie zwar überhaupt keine Kraft mehr in den Beinen gehabt, aber ihr Kopf war dennoch nicht zur Ruhe gekommen.

Lukas hatte wie versprochen eine Nachricht geschickt, dass sie gut angekommen seien, jedoch nicht auf ihre Antwort reagiert und auch nicht ihren Anruf am Abend entgegengenommen.

Wütend pfefferte sie ihre Sportsachen in die Wäsche und weil der Wäschepuff überquoll, musste sie es nochmal aufsammeln und richtig reinstopfen. Dabei fiel ihr eine Latzhose von Renée in die Hände, auf der vorn ein Lama war mit Wollfusseln als Haare, die sie so sehr liebte, dass sie schon fast alle ab waren. Augenblicklich schossen Sara die Tränen in die Augen.

Was wollte ihr Mann ihr denn eigentlich vorwerfen? Sie hatte sich für Nele eingesetzt, dieses arme Mädchen. Und dann hatte sie alles getan, um ihre Tochter heil nach Hause zu holen. Was war denn bitte so falsch daran, dass sie die Welt für ihre Tochter etwas besser und sicherer machen wollte?

Sie ließ zu, dass sie mit dem Rücken gegen die Wand zu Boden rutschte und von Schluchzern geschüttelt wurde. Sie weinte sich ihren Frust von der Seele, doch auch dieser Frieden währte nicht lange. Als der innere Streitmonolog mit Lukas wieder hochkam, zog sie das nächste Set Sportklamotten an und fuhr nach Elmshorn.

Im Hauptquartier der Sisterhood war es still um die Tageszeit. Als sie ihre Nase in die Trainingshalle steckte, war sie überrascht, ausgerechnet Jay dort sitzen zu sehen.

Sie war dabei, ihre Boxschuhe zuzuschnüren und sah auf, als sie Schritte hörte.

»Na, was machst du denn schon hier? Konntest du auch nicht schlafen?«

Jay schwang sich auf die Füße und streifte die Trainingsboxhandschuh über.

»Sowas Ähnliches, ich habe gleich das Debriefing für meine Mission, die du geil zerschossen hast.«

»Oh«, machte Sara. Noch etwas, worauf sie nicht stolz war, aber trotzdem nicht das, was bei ihr gerade für schlaflose Nächte sorgte.

»Ja, oh«, imitierte Jay sie empört und schon kochte ihr Temperament hoch. Ehe Sara reagieren konnte, hatte sie einen Schritt auf sie zugemacht und verpasste ihr einen Haken. Sie hatte kaum Kraft in den Schlag gelegt, doch Sara war derart in Gedanken und mit sich beschäftigt, dass sie den Schlag ungeschützt voll kassierte und zu Boden fiel. Überrascht sah Jay auf sie hinab: »Shit, so doll war das doch gar nicht, was ist los, Konrad, schläfst du im Stehen oder was?«

»Nein«, verärgert rappelte Sara sich hoch. »Ich habe nur echt andere Sachen im Kopf, was soll der Mist?«

Jay hob herausfordernd das Kinn. »Das war dafür, dass du mir meine Mission ruiniert hast, und ich fast deinetwegen draufgegangen wäre.« Sie machte eine

Finte und Sara zuckte zurück, doch dann streifte sie den rechten Handschuh ab und streckte die Hand aus. »Und das ist dafür, dass du mir das Leben gerettet hast.«

Sara sah auf die ausgestreckte Hand und zögerte kurz, doch dann ergriff sie sie. Jay hielt ihrem Blick stand.

»Ich schulde dir ein Bier.«

»Okay«, murmelte Sara, noch immer unfähig, all die Emotionen zu verarbeiten.

Jay sah sie aufmerksam an.

»Alles okay bei dir?«

»Nein, gerade nicht, aber wird schon.«

Jay hielt ihrem Blick einen langen Moment stand, dann fügte sie hinzu: »Und wolltest du jetzt trainieren oder da nur doof rumstehen?«

Sie zwinkerte Sara zu und diese ging, dankbar für Jays Verständnis, los und zog sich um.

Später, als Max sie reinrief zum Debriefing, ging Sara einfach mit.

»Du kannst es wohl kaum erwarten, dass Max dir den Kopf abreißt, was?«

Sara grinste schief.

»Nee, ist schon okay, ist ja nicht deine Schuld, dass das alles so aus dem Ruder gelaufen ist.«

Sie setzte sich unauffällig zwei Plätze neben Jay an die eine Seite des Tisches, während Max, wieder einmal aufs Vortrefflichste herausgeputzt mit einem elegant geschnittenen Hosenanzug zu verwegen hohen Pumps und einer grellgelben Bluse mit dunkelvioletter Damenkrawatte, am Kopf der Tafel stand. Heimlich fragte Sara sich, ob es für derartige Outfits einen Stylisten bei der Sisterhood gab.

Max' dunkle Augen funkelten sie direkt an, nur ganz kurz wurden sie weich, als die Frage kam: »Wie geht es deiner Tochter?« Sara sah auf ihre Hände und zuckte mit den Schultern.

»Gut«, sagte sie und ließ den Blick gesenkt. Max verstand, dass das Thema erschöpft war, und ging zum nächsten über.

»Schön, wenn das so ist, können wir ja jetzt gleich mal darüber sprechen, was zum Teufel euch beiden eingefallen ist, diese ganze Operation dermaßen zu torpedieren.«

Jay räusperte sich als erste: »Okay, das ist nicht ganz so gelaufen, wie geplant, aber ich geh doch davon aus, dass ihr gestern Nacht bereits parallel alles aus dem Hauptquartier von Shkodran sichergestellt habt, oder?«

Max ließ sie einen Augenblick zappeln und sah streng von einer zur anderen.

»Ja, in der Tat, nach deiner Nachricht haben wir direkt ein Team dorthin geschickt und konnten trotz ein wenig Gegenwehr die Informationen extrahieren, die wir brauchten. Unsere Analysten sind bereits dabei, die Codes auf seinem Rechner zu entschlüsseln und damit das Netzwerk seiner Verteiler offenzulegen. Damit können wir der Polizei einen maßgeblichen Hinweis geben, um die einzelnen Dealer vor Ort hochzunehmen.«

»Na siehst du, geil.« Jay klang sichtlich zufrieden und nahm sich die Freiheit, ihre mittlerweile wieder in ihren geliebten Bikerboots steckenden Füße auf den Sessel neben sich auszustrecken.

»Aber nur die halbe Miete!«, konstatierte Max scharf und Jays Euphorie bekam einen Dämpfer. »Denn viel wichtiger noch, als diese ganzen Kleindealer hier hochzunehmen, wäre es gewesen, die Versorgungswege und vor allem die Labore in China zu kennen. *Das* wäre ein wirklicher Schlag gegen diese Dopingmafia gewesen.«

Jay sah betreten auf ihre Fußspitzen. Es war nicht zu leugnen, dass sie diesen Teil nicht hatten erfüllen können.

Unvermittelt meldete sich Sara.

»Das heißt, obwohl Jay hier gerade quasi im Alleingang zwei Banden gegeneinander ausgespielt, euch Zugang zum gesamten albanischen Netzwerk verschafft, den Kopf der chinesischen Schmugglerbande ausgeschaltet und ganz nebenbei mein Leben gerettet hat, machst du sie jetzt an, weil sie den blöden Laptop und das Handy nicht mitgebracht hat?«

Jay warf ihr einen überraschten Blick zu, denn in ihrer Erinnerung war das nicht ganz so ein Alleingang gewesen, und sie wusste auch nicht, worauf Sara hinauswollte, sich derart provokant mit ins Spiel zu bringen. Und wie befürchtet, richtete Max jetzt einen heute in dunkel Lila gelackten Zeigefinger auf Sara.

»Und du, Schätzchen, bist ganz leise. Denn was deinen wiederholten Ungehorsam angeht, habe ich mit dir auch noch ein Hühnchen zu rupfen. Wir sind hier ein Team, und wir müssen uns zu einhundert Prozent aufeinander verlassen können. Da ist kein Platz für Extratouren und Alleingänge à la Sara Konrad!«

Max war im Begriff, sich zu echauffieren, Sara jedoch blieb völlig cool. Als Max fertig war und sie nur noch über die Länge des Konferenztisches anfunkelte, fragte Sara lässig: »Fertig?« Was um ein Haar die nächste Tirade heraufbeschworen hätte, doch ehe Max explodieren konnte, langte sie unter den Tisch und zog etwas aus ihrer Sporttasche. Dann legte sie den schwarzen Rucksack auf den Tisch, den sie am Vortag von Jay geliehen hatte.

Den beiden anderen klappte der Unterkiefer auf. Jay nahm mit Schwung die Stiefel vom Stuhl und drehte sich zum Tisch.

»Ist das …?«, fragte sie und Sara antwortete, indem sie den Rucksack über den Tisch schob. Jay fing ihn auf.

»… der Rucksack, den du mir geliehen hast und den ich fast bei Yema vergessen hätte.« Sie zwinkerte Jay zu und auf deren Gesicht breitete sich das breiteste Lächeln aus, das Sara je bei ihr gesehen hatte.

Max verstand nicht und hatte den Austausch nur stumm verfolgt. Angespannt folgten die dunklen Augen Jays Fingern, als sie den Reißverschluss öffnete und nacheinander einen Laptop, ein Handy und sogar eine kleine schwarze Box herauszogen.

»Sie nutzt einen Tan-Generator für ihr Passwort?«

Sara zuckte die Schultern. »Sieht so aus.«

Jay sah zu Max und setzte ihr Pokergesicht wieder auf. Betont lässig nahm sie alle drei Teile und trug sie zum Kopf des Tisches.

»Ich glaube, das war es, was dir zu deinem Glück noch fehlte, oder?« Sie schlenderte zu ihrem Platz zurück und schnappte sich ihre Tasche. Über die Schulter rief sie: »Ich bin dann mal weg, für den Nerdkram brauchst du mich ja wohl nicht, und ich muss noch meine Schulden einlösen.« Sie zwinkerte Sara zu.

Die lächelte zurück. Es war ein Fest, Max sprachlos zu sehen. Ehe they sich fangen konnte, wurde die Tür geöffnet.

Im Rahmen der eleganten Rauchglastür stand eine Frau, die Sara noch nie in ihrem Leben gesehen hatte, doch die Atmosphäre im Raum veränderte sich schlagartig. Max und Jay nahmen so plötzlich Haltung an, dass es Sara nicht überrascht hätte, wenn sie auch noch salutiert hätten. Sara wusste nicht, ob sie aufstehen sollte oder überhaupt gemeint war, doch als sie die stahlgrauen Augen trafen, spürte auch sie den Drang, sich aufrecht hinzusetzen.

Die Frau war sicher nur wenige Zentimeter über 1,50 m und hatte eine Fülle an weißem Haar, das elegant am Hinterkopf aufgesteckt war. Sie trug etwas, was wie ein Kaftan aussah und aus farbenfroher Seide bestand. Das Gewand umfloss ihren Körper vorteilhaft und raschelte bei jeder Bewegung. Hinter ihr standen zwei schwarz gekleidete Bodyguards mit Sonnenbrillen und Sprechfunk im Ohr.

Sara war kurz davor, sich die Augen zu reiben. Die Frau strahlte Würde aus, eine natürliche Autorität, die immer mit Geld in Kombination kam, und doch wirkte ihr Auftritt irgendwie grotesk. Ihr Alter vermochte Sara nicht zu schätzen, denn obschon das Gesicht einiges an Lebenserfahrung in Form von Falten widerspiegelte, verriet das sorgfältige Make-up ihr wahres Alter nicht. Neugierig sah Sara sie an.

»Madame«, sagte Max ehrfurchtsvoll, »Willkommen! Was für eine unerwartete Überraschung! Möchten Sie sich setzen?«

Doch eine elegante kleine Hand in einem Handschuhe, die über und über mit teuren Ringen geschmückt war, gebot dem Vorstoß Einhalt.

»Sie sind also Sara Konrad.« Es war keine Frage und Sara kam sich vor, als würde sie vor dem Bundeskanzler persönlich stehen. Sie nickte und erhob sich jetzt doch, um auch Haltung anzunehmen.

Die Frau ließ sich Zeit, sie von oben bis unten zu mustern. Dann lächelte sie kaum merklich und machte eine Handbewegung in Richtung Max.

»Machen Sie einen Termin mit meiner Assistentin, ich erwarte sie in nächster Zeit zum Tee. Pronto.«

Ihre Worte waren zwar an Max gerichtet, jedoch hatte sie Sara nicht aus den Augen gelassen. Es war ein seltsames Gefühl, dass über sie und nicht mit ihr gesprochen wurde. Ehe sie dazu Stellung nehmen konnte, hatte Max genickt, woraufhin sich die Frau ohne Abschiedsgruß umdrehte und davonrauschte.

Da die anderen beiden sich noch nicht gefangen hatten, durchbrach Sara als Erste das Schweigen.

»Wer war das denn bitte?«

Jay und Max wechselten einen Blick und sahen sie dann an.

»Das war Madame«, sagte Max, ohne damit irgendwas zu erklären, »und du bist demnächst im Schloss zum Tee.«

Hatte Max gerade wirklich *Schloss* gesagt? Doch nun war Max aus der Starre erwacht, raffte rasch das elektronische Equipment aus Xin Yemas Büro zusammen und eilte ebenfalls wortlos an den beiden Aktiven vorbei und hinaus.

Jay ging langsam Richtung Tür und zwinkerte dann Sara zu: »Guck nicht so, das ist eine Ehre, ich war fast ein Jahr dabei, bevor ich Madame kennenlernen durfte.«

»Aha«, machte Sara immer noch etwas sprachlos. »Dann habe ich wohl zumindest irgendwas richtig gemacht.«

Jay lachte.

»Und wie siehts aus? Lust auf ein Bier?«

Sara war nicht so die Biertrinkerin. Eigentlich trank sie weitestgehend überhaupt keinen Alkohol, doch sie wusste, dass diese Einladung viel mehr war. Also nickte sie und folgte Jay nach draußen.

Als sie wenig später in einem Biergarten an der Elbe saßen, waren sie noch fast allein und die Einzigen, die um die Tageszeit schon Alkohol bestellten.

Sie setzten sich etwas abseits von allen anderen hin und Jay erhob ihre Flasche zum Toast.

»Auf das krasseste Comeback nach dem größten Scheiß, den eine bauen kann.«

Sara grinste und stieß mit ihr an. Dann legte sie die Flasche wieder an ihre Wange, die nach Jays Schlag von heute Morgen immer noch empfindlich war.

»Ach, Scheiße, denkst du, ich hatte vergessen, was das Ziel der Operation war oder was? Ich habe echt schon ganz andere Missionen erfolgreich beendet. War doch das Mindeste, dass ich den Kram mitnehme«, tat sie das Lob ab.

Sie spielte mit ihrer Flasche. Sie hatte sich ein Alsterwasser ausgesucht und stellte belustigt fest, dass bereits der erste Schluck ihr zu Kopf stieg.

»Deine Kameraden beim Bund wussten hoffentlich, was sie an dir hatten.«

»Oh ja«, bestätigte Sara und musste unwillkürlich an Hannes und Alex denken, die sie schon wieder ewig nicht gesehen hatte. Dann schmunzelte sie, weil sie sich an etwas erinnerte, was Hannes bei ihrer letzten Begegnung zu ihr gesagt hatte, und erhob ihrerseits ihre Flasche: »Auf mein neues Team.«

Jay hielt ihren Blick und stieß dann ihre Flasche gegen Saras. Nachdenklich trank sie.

»Du bist auch echt so'n Drei-Uhr-nachts-Freund, oder?«

»Was? Wie meinst du?«

Jay fixierte noch immer die Bierflasche in ihren Händen, von der sie mittlerweile das halbe Etikett abgeknibbelt hatte.

»Naja, ich meine, es gibt eine Menge Leute, die man so bis ungefähr 18 oder 19 Uhr anrufen kann und dann sind sie bereit, dir einen Gefallen zu tun. Aber nicht später, weil sie danach zu beschäftigt sind.«

Sie machte eine kurze Pause, um Luft zu holen.

»Und dann gibt es halt so Drei-Uhr-nachts-Freunde. Die rufst du mitten in der Nacht an, und du hörst an der Art, wie sie ans Telefon gehen, dass sie bereits dabei sind, ihre Jeans überzuwerfen, die Pistole durchzuladen und sich die Schaufel zu schnappen, weil sie genau wissen, dass wenn du sie zu so einer abgefuckten Zeit anrufst, es wirklich ernst ist – und sie sind einfach da. Davon gibts echt wenige. Eigentlich kann man froh sein, wenn man überhaupt einen einzigen im Leben hat.«

Sara wollte einen Scherz machen, doch dann wurde ihr bewusst, dass das wohl gerade Jays Art war, ihr danken und sich ein Stück weit zu öffnen.

Also schwieg sie einen angemessenen Augenblick und lächelte dann. Sie nahm ihre kalte Bierflasche von ihrer noch immer geröteten Wange und hielt sie Jay hin.

»Auf Drei-Uhr-nachts-Freunde.«

Jay sah auf und die Blicke aus den grünen Augen, die sich so ähnlich waren und doch so unterschiedlich, begegneten sich. Dann stieß sie mit Sara an.

»Auf meine Schwester.«

Du willst wissen, wie es weitergeht?

Hast du Lust eine **Extra-Geschichte** von Sara zu lesen und mal einen Blick in ihr **Psychologisches Profil** zu werfen?

Dann abonnier hier kostenlos meine **mao-News**:
So verpasst du keine Aktion oder Neuerscheinung mehr.

Falls der QR-Code oder Link nicht funktionieren, einfach diese Adresse eingeben:

www.melanieamelieopalka.de/mao-news

DANKE AN ALLE,
die dieses Buch so leidenschaftlich unterstützt haben

Meinem Mann und meinen Kindern,
dass sie Sara und ihr Clan ein Teil von uns allen sind

Andreas Thaysen von der Pressestelle des
Zollfahndungsamt Hamburg für den wertvollen
Hinweis auf ein spannendes Schmuggelgut

Laura Newman für das Hafenfeeling auf dem Cover

Kanut Kirches für das wie immer ausdrucksstarke
Lektorat

Ines Klingbeil, Heike Wagner und Katrin Schalla fürs
Nachkorrigieren

Meinen Blogger_innen und Leser_innen
– für euch schreibe ich, danke, dass ihr Sara so gern
lest!

Weißt du wie alles begann?

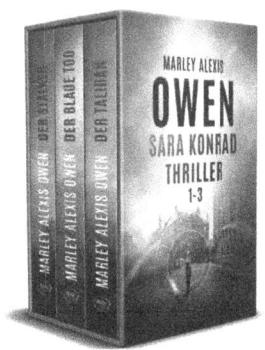

Der Stalker
– ein Sara Konrad Thriller
ISBN: 978-3-98595-530-5

Der blaue Tod
– Sara Konrad Thriller (Band 2)
ISBN: 978-3-98595-841-2

De Taliban
– Sara Konrad Thriller (Band 3)
ISBN: 978-3-98942-320-6

Als Taschenbücher und Hörbücher überall einzeln
erhältlich – das Bundle bei Amazon als eBook!

SARAS NÄCHSTES ABENTEUER

Im Winter 2025 geht es weiter:

Der Virus
– Sara Konrad Thriller (Band 5)

Gefangen im Netz der Lügen – Saras größter Kampf beginnt.

Saras Schwager steht unter Verdacht sein Unternehmen mit einer Schadsoftware erpresst zu haben – und ist verschwunden. Doch hinter dieser Anschuldigung verbirgt sich eine noch gefährlichere Wahrheit.

Entschlossen, seine Unschuld zu beweisen, folgt Sara einer Spur nach Kambodscha. Was sie jedoch dort im Dschungel erwartet, übertrifft selbst ihre schlimmsten Albträume. Schnell wird der Trip nicht nur für sie zum lebensgefährlichen Abenteuer.

Und die Uhr tickt. Kann sie die Puzzleteile zusammensetzen und tausende Menschenleben retten, bevor der Virus alles zerstört?

DIE SARA KONRAD REIHENFOLGE

Der Stalker – ein Sara Konrad Thriller
Der blaue Tod – Sara Konrad Thriller (Band 2)
Der Taliban – Sara Konrad Thriller (Band 3)
Der Container – Sara Konrad Thriller (Band 4)
Der Virus – Sara Konrad Thriller (Band 5)